古典文獻研究輯刊

十四編

曾永義 主編

第 **8** 冊

古代長篇小說經典研究（上）

王志武 著

國家圖書館出版品預行編目資料

古代長篇小說經典研究（上）／王志武 著 — 初版 — 新北市：
花木蘭文化出版社，2016〔民 105〕
目 2+228 面；19×26 公分
（古典文學研究輯刊 十四編：第 8 冊）
ISBN 978-986-404-808-3（精裝）
1. 中國小說 2. 長篇小說 3. 文學評論
820.8   105014954

ISBN-978-986-404-808-3

9 789864 048083

古典文學研究輯刊
十四編　第八冊　　　　　　ISBN：978-986-404-808-3

古代長篇小說經典研究（上）

作　　　者　王志武
主　　　編　曾永義
總 編 輯　杜潔祥
副總編輯　楊嘉樂
編　　　輯　許郁翎、王筑　美術編輯　陳逸婷
出　　　版　花木蘭文化出版社
社　　　長　高小娟
聯絡地址　235 新北市中和區中安街七二號十三樓
　　　　　　電話：02-2923-1455／傳眞：02-2923-1452
網　　　址　http://www.huamulan.tw 信箱 hml810518@gmail.com
印　　　刷　普羅文化出版廣告事業
初　　　版　2016 年 9 月
全書字數　340901 字
定　　　價　十四編 21 冊（精裝）新台幣 36,000 元

古代長篇小說經典研究（上）

王志武　著

作者簡介

王志武，男，1943 年 7 月 8 日生，又名王志儒，王維鼎。陝西長安南張村人。陝師大文學院教授，博士生導師。中共黨員。1950 年 9 月至 1967 年 7 月先後在南張村初小、大吉村高小、細柳中學、蘭州大學上小學、中學、大學。1968 年 11 月至 1970 年 3 月接受解放軍再教育，1970 年 3 月至 1973 年 11 月在青海省革委會文教組工作，1973 年 11 月至 2008 年 9 月在陝師大文學院教授古典文學。1993 年 10 月開始享受國務院特殊津貼。

著有《紅樓夢人物衝突論》（1985 年 11 月），《金瓶梅人物悲劇論》（1992 年 9 月），以上二書分獲由讀者投票評選的第一、第七屆全國圖書「金鑰匙」獎，獲獎圖書名單分別見於《光明日報》1988 年 1 月 13 日第四版和《新聞出版報》1994 年 3 月 25 日第二版。《競爭中的強者：三國演義人物競爭論》（1989 年 11 月），獲 1989-1992 年度陝西優秀社科成果獎；《古代戲劇賞介辭典》（1988 年 5 月），獲陝西省第三次優秀社科成果獎；《紅樓夢》評點本（1997 年 12 月）；《中國古典小說戲曲研究論集》（2006 年 5 月），《元明清文學》（1983 年 4-9 期《陝西教育》雜誌連載，收入《中國古代文學》（1986 年 1 月）；《中國人的善惡困惑：西遊記人物善惡論》（2013 年 2 月）；《好人忘不了》（2013 年 2 月）。《中國人的忠義情結；水滸傳人物忠義論》（2014 年 9 月）。另在《光明日報》等報刊發表論文多篇。主編「三名文品」（包括《古代文學卷》、《現代文學卷》、《當代文學卷》、《外國文學卷》、《藝術卷》。1998 年 8 月），《延安文藝精華鑒賞》，1992 年 10 月。擔任《古代小說六大名著鑒賞辭典》副主編，1988 年 12 月初版，1990 年 5 月再版。

提　要

長篇小說有素材、題材、主題、意義。本書是探討中國古代經典長篇小說主題的論文集。主題是經典作家對生活哲理的深刻感悟，是長篇小說的「心臟」，是理解長篇小說的關鍵。

認為長篇小說「多主題」、「無主題」、「模糊主題」，「這些看法就像醫生從人的手腕或其它部位摸到脈搏跳動，卻找不到心臟的準確位置，於是就說此人沒有心臟，或者說有許多心臟，抑或說誰在哪裏摸到脈搏誰就摸到了心臟。」經典長篇小說有主題如同人有心臟一樣。而且一部經典小說只有一個確定的中心主題。抓住了主題，就會對作品融會貫通。欣賞作品、闡發作品思想意義和價值，可以見仁見智，所謂詩無達詁，但如不以正確把握主題為前提，就是霧裏看花，瞎子摸象。

目

次

上　冊

前　言

　　平庸文學作品是作者對生活現象的隨意演繹；優秀文學作品是作者對生活本質的眞實反映；經典文學作品是作者對生活哲理的深刻感悟。

　　經典文學作品的作者對生活的感悟具有獨特性、普遍性和長久性特點。獨特性是指不可替代的唯一性、「這一個」；普遍性指人人都會遇到的人生課題；長久性指反覆出現，永無止境。

　　《三國演義》作者認爲歷史由亂到治的關鍵時刻「上報國家，下安黎庶」的是曹操、諸葛亮、司馬懿這樣一些出身低微的人，而不是諸如皇帝及其子孫、皇親國戚、朝廷命官及其後代一類有政治背景的人，所謂「卑賤者最聰明，高貴者最愚蠢」；

　　《水滸傳》作者所要表現的是忠臣多磨，義士薄命，終不免悲劇命運，並非「善有善報，惡有惡報」；

　　《西遊記》作者寫孫悟空由妖仙變爲神佛的歷程，認爲只有善改造不了人，改造不了天下，善惡並用才可以改造天下，改造人。

　　《金瓶梅》作者揭示人的性欲自由化必然導致社會悲劇、家庭悲劇和個人悲劇；

　　《儒林外史》作者反映最高當權者制度設計的重要性，正如王冕所說：「這個法（指八股取仕）卻定的不好，將來讀書人既有此一條榮身之路，把那文（眞才實學）、行（道德品質）、出（做官）、處（退隱）都看得輕了。」「一代文人有厄」。也就是說八股取仕制度是導致學風、官風、民風敗壞的根源。

在中國，一部分人先富起來的歷史從夏商周算起，到清代還在延續。《紅樓夢》就是清代盛世出現的一部表現先富起來的一家人的生活、心理和命運的小說。這一家先富起來的人希望自己的家庭長盛不衰，擔心生活資料遞減，唯恐落入貧困群體，為此不惜剝奪子孫對人生的自由追求，使他們如陷牢籠。優裕的生存條件沒有給他們帶來幸福，而是痛苦。《紅樓夢》作者痛感人的生存條件和生存目的之間的矛盾以及生存條件對生存目的的制約，是人生的大悲劇。

《紅樓夢》是中國長篇小說的頂峰之作，如日中天，此後的長篇小說則江河日下，量多質差。只有二十世紀五六十年代的《創業史》循著《紅樓夢》的路子，放出了異樣的光彩。小說《創業史》認為農民階層與私有制聯繫在一起時，顯得自私、狹隘、猥瑣、自卑、無情，愚昧落後，貧窮而無助；但一旦與公有制相聯繫，則顯得寬宏無私、聰明友愛、能干進取、自尊自豪。

魯迅曾經想寫長篇小說，但終於沒有寫，他在給楊霽雲的信中說過：「我以為一切好詩，到唐已經做完，此後倘非能翻出如來掌心之齊天大聖，大可不必動手。」聯繫魯迅對《紅樓夢》的評價，他沒寫長篇小說的原因也許可以從這裏得到一些解釋。但魯迅以其對生活感悟的獨特性、普遍性和長久性開創了中國文學史上中短篇小說創作的高峰、雜文創作的高峰和散文詩創作的高峰。

《三國演義》、《水滸全傳》、《西遊記》是中國古代長篇小說中情節類小說的代表作，主要以寫叱吒風雲的人物和驚心動魄的故事取勝；《紅樓夢》、《金瓶梅》、《儒林外史》是中國古代長篇小說中細節類小說的代表作，主要以寫平民百姓的生活命運、生活瑣事取勝。後者尤其是像《紅樓夢》這種需要看一遍想三遍、看五遍想十五遍，還不一定看明白的書，不適於改編為影視及評書，只適合於案頭閱讀。

2009 年 9 月 14 日《西安晚報・文化縱橫》

（二）

經典長篇小說六大名著《三國演義》、《水滸傳》、《西遊記》、《紅樓夢》、《金瓶梅》、《儒林外史》是作者對人生哲理的深刻思考，凝聚著作者的心血和智慧，是全民族取之不盡、用之不竭的精神食糧，值得反覆閱讀，經常閱

讀。毛澤東在 1938 年 10 月和幾位著名將領談起古典小說，開玩笑說：《紅樓夢》、《三國演義》、《水滸傳》，不看完這三部小說，不能算中國人。1957 年 10 月，毛澤東在莫斯科期間說過：《三國演義》、《水滸傳》這些書，至少要讀它三遍，不讀三遍沒有發言權（見趙以武主編的《毛澤東評說中國歷史》），毛澤東一生都在閱讀《三國演義》、《紅樓夢》等，他還讓許世友這些高級將領閱讀《紅樓夢》，晚年請蘆狄給他讀四大名著，並對四大名著作出了自己的獨特解釋。尼克松在《領導者》一書說，搞政治的人要讀小說。諾獎得主莫言年青時就閱讀《三國演義》和《水滸傳》。

一、讀小說經典可以知世事，長見識，增智慧，益身心，對健全人格、高尚情操、健康心理的形成起潛移默化的陶冶作用。還可提高人的欣賞、想像、鑒別、思維、寫作及認識能力。

二、讀小說經典首先是要讀懂。讀懂的標誌是抓住了主腦、主旨、主題。

葉聖陶說：「讀一篇文章，如果不明白它的主旨，而只知道一點零碎的事情，那就等於白讀。」（《文章例話》）

清代劉熙載在《藝概》中說：「凡作一篇文，其用意俱要可以一言以蔽之，擴之則為一萬言，約之則為一言，所謂主腦者是也。主腦既得，則制動以靜，制煩以簡，一線到底，萬變不離其宗。」

毛澤東說：「任何過程如果有多數矛盾存在的話，其中必定有一種是主要的，起著領導的、決定的作用，其它則處於次要和服從的地位。因此，研究任何過程，如果是存在著兩個以上矛盾的複雜過程的話，就要用全力找出它的主要矛盾。捉住了這個主要矛盾，一切問題就迎刃而解了。」

「萬千學問家和實行家，不懂得這種方法，結果如墮煙海，找不到中心，也就找不到解決矛盾的方法。」（《矛盾論》）

「綱舉目張」可以概括主題的重要性。

閱讀要把欣賞和研究結合起來，研究解決「是什麼」的問題，揭示主腦、主旨、主題，欣賞回答「怎麼樣」的問題，不同人對不同小說及人物會有不同感受。研究要以欣賞為基礎和歸宿；欣賞如果不以對主題的準確把握為前提，那就只能是霧裏看花。（朱自清語）

感覺到了的東西，我們不能立刻理解它，而只有理解了的東西我們才能更深刻地感覺它。（毛澤東《實踐論》）

以上這些都是講閱讀名著掌握其主題的重要性。改革開放以來，有一種

「無主題」的說法，違背藝術創作的實際。已產生的偉大作品都有主題，就像人都有心臟，細胞都有細胞核一樣。沒有主題的偉大作品還沒有產生，就像沒有心臟的人還沒有誕生一樣。

三、要掌握名著主題，首先是多讀作品，「書讀百遍，其意自現。」毛澤東說「《紅樓夢》至少要讀五遍才有發言權。」

其次是把握作品的整體，黑格爾說：「全體才是真理。」讀名著最忌諱的就是肢解作品，以偏概全，只見樹木不見森林，像瞎子摸象一樣去理解作品。

再次，不能把素材當做主題，《紅樓夢》考證派犯的就是這個毛病。不能把題材當主題，前一段有人要從課本中刪除《赤壁之戰》，有人要刪除武松打虎等，犯的是把表現主題的題材當做主題的毛病。任何時代的作品題材都是有局限性的，但作者從中提煉出來的主題卻是具有普遍性和永久性的。就像蘋果落地是偶發事件，但從中悟出萬有定律卻有必然性普遍性特點一樣。也不能把作品的意義、價值當做主題。主題是確定的、唯一的，意義價值是可變的、多樣的。因時因地因人而異的。認為一個人心中就有一個《紅樓夢》，一百個人心目中就有一百個賈寶玉，從其作品意義講是對的，從主題角度講則是不對的，就像我們說阿斯匹林的成份性能是確定的，是單一的，但阿斯匹林在一些人那裏是治感冒的，在另一些人那裏是預防心血管病的，將來也可能是預防癌症的。維生素 C 在一些人那裏是補充人體維生素的，在有的人那裏是治乙型肝炎的。但維生素 C 的主要成分及特徵在哪裏都是一樣的。

找準主題還有個找準角度的問題，「不識廬山真面目，只緣身在此山中。」有人把找準角度簡單化為用一種中國的或外國的什麼方法到處亂套，這是一種方法教條主義，要害是忽略每一部作品創作的獨特性、創新性。

對長篇小說主題的理解還要在動態中進行。作品的傾向是在人物命運的演化和情節進展中流露出來的，不能抓住一點凝固地去理解。

四、閱讀小說名著防止幾種傾向。

一種傾向是用閱讀把名著搞成小包裝食品一樣的改編本之類代替閱讀名著本身。改編本的要害是功利、迎合、歪曲、惡搞。和名著原作不是一回事。

第二種傾向是用看影視劇代替閱讀名著。影視劇多數是現代作者導演演員把自己許多平庸膚淺的人生見解強加於名著的產物，「化神奇為腐朽」。柳青當年就發表聲明，反對把《創業史》改編為電影，擔心歪曲他要表現的主題。

　　第三種傾向是用看研究評論文章、書籍代替對原著的閱讀。好的評論研究文章就像好的導遊和解說員一樣，能幫助我們更好地閱讀理解原著的精神內涵；不好的評論研究文章則純粹是誤導，把讀者引入歧途，使你走火入魔。好與不好怎麼鑒別呢？把原著多讀幾遍就鑒別出來了。

《紅樓夢》研究

《紅樓夢》人物衝突論（內容提示）

　　《紅樓夢》所表現的是賈寶玉和王夫人圍繞「棄釵娶黛」還是「棄黛娶釵」而展開的衝突。衝突的原因是兩人考慮問題的角度不同，審美觀不同，婚姻觀不同，擇配條件不同。寶玉崇尚天性自由，要求實現與黛玉的知己愛情；王夫人則要通過給寶玉選擇婚配對象選擇一個能使賈府長盛不衰的管家婆，她就是德、才、財、體幾者兼備的薛寶釵。這就是小說的主線和主題。小說揭示的是要求自由的生存目的，由於先天和後天生存條件的制約，不能順利實現的悲劇。

　　本書 1985 年 11 月由陝西人民出版社出版。1987 年 12 月重印，1993 年 2 月第三次印行。2000 年 4 月和《三國演義人物競爭論》、《金瓶梅人物悲劇論》合編爲《小說三論》一書，由陝西人民教育出版社出版。2003 年 5 月重印，2005 年 6 月第三次印行。2010 年 6 月由東方出版社出版，書名爲《中國人的失敗原因》。

難以逾越的高峰

　　《紅樓夢》是我國文學史上思想性和藝術性結合得最好的長篇小說。作者曹雪芹（約 1715～1763 年）名霑，號雪芹。他的祖先本來是漢人，後來為清軍所俘虜，不久便成了正白旗內務府的「包衣」（即奴才）。康熙年間，曹家是顯赫一時的貴族世家。從曾祖父曹璽起，三代世襲江寧織造，掌管朝廷所需各種織物的織造、採購和供應。祖父曹寅一代為曹家鼎盛時期，兩個女兒被選作王妃。曹寅除任織造外，晚年還兼兩淮鹽政。康熙六次南巡，四次都以曹寅任內的江寧織造署為其行宮。曹寅死後，他的兒子曹顒、曹頫連任江寧織造。雍正五年（1727 年），曹頫因「騷擾驛站」罪被抄家，次年全家北返，家道遂衰。

　　曹雪芹十二三歲以前是在他的父親曹頫擔任江寧織造時在南京度過的。當時他過著「錦衣紈絝」、「飫甘饜肥」的貴族公子生活。十二三歲以後隨家遷居北京，此時曹家由盛變衰，地位一落千丈。曹雪芹也從這一巨變中飽嘗了沒落貴族階級的酸甜苦辣。曹雪芹的晚年是在北京西郊度過的，「舉家食粥」，困苦不堪。他的這些經歷為其寫作《紅樓夢》提供了豐富堅實的生活基礎，同時也培養了他的叛逆性格。魯迅說他「生於繁華，終於零落，半生經歷，絕似『石頭』」，這是對曹雪芹經歷和性格的絕好概括。曹雪芹所以能寫成《紅樓夢》，還與家庭環境對他在藝術方面的薰陶分不開。他的祖父曹寅就具有多方面的藝術才能，善寫詩詞戲曲，著名的《全唐詩》就是他奉康熙之命負責刻印的。

　　《紅樓夢》前八十回是曹雪芹在「蓬牖茅椽，繩床瓦竈」的艱苦生活環境中「披閱十載，增刪五次」寫作而成。可惜尚未寫完，因幼子夭折，感傷

成疾，還不到五十歲，就在貧病交困中擱筆長逝了。現行的《紅樓夢》後四十回一般認為是高鶚所續。《紅樓夢》續書甚多，唯有高鶚所續四十回隨前八十回一起流傳至今。原因是多方面的。首先是程偉元最先把高鶚續書與曹雪芹前八十回原著對接「縫合」，用活字板排印，比抄本流傳範圍廣，時間長，從而造成一種不好再將二者分開的既成事實。其次，程偉元宣稱後四十回是從舊家及鼓擔上收集整理而來，給人造成一種模糊印象，好像它就是雪芹原稿，或者是雪芹原稿的修訂，抑或是根據雪芹創作提綱寫成。再次，後四十回把前八十回未完未了之故事寫完寫了，不管它是否符合雪芹原意，但卻迎合了中國讀者要求故事有頭有尾的閱讀欣賞習慣。第四，後四十回雖然在思想藝術方面較前八十回大為遜色，但比其它續書卻略高一籌，這也是它長期流傳的一個重要原因。

　　《紅樓夢》的版本有兩個系統，一個系統是附有脂硯齋評語的《石頭記》，有「脂硯齋甲戌本」（1754）、「己卯本」（1759）、「庚辰本」（1760）。這三種版本在曹雪芹生前以抄本形式流傳，都是殘本，只有「庚辰本」缺兩回，比較完整。其它的脂本還有許多。另一系統是一百二十回本，主要是 1791 年程偉元排印的「程甲本」和 1792 年程偉元在「程甲本」基礎上增刪排印的「程乙本」。現在常見的三種本子，一是 1955 年文學古籍刊行社根據「脂硯齋庚辰本」影印的《脂硯齋重評石頭記》；二是人民文學出版社 1959 年根據「程乙本」出版的《紅樓夢》；三是人民文學出版社 1982 年出版的中國藝術研究院紅樓夢研究所新校本《紅樓夢》。

　　曹雪芹生前曾先後使用過《石頭記》、《情僧錄》、《風月寶鑒》、《金陵十二釵》、《紅樓夢》等書名。程偉元和高鶚兩次刊刻一百二十回本，書名題為《新鐫全部繡像紅樓夢》；1832 年又有王希廉《新評繡像紅樓夢全傳》刊刻問世，從此《紅樓夢》便成為定名。

　　《紅樓夢》問世以後，研究者甚多，以至於成了一門專門學問——「紅學」。清末到「五四」期間的「舊紅學」以索隱評點見長。索隱派認為小說中的人物暗喻明末清初的某些政治人物，其代表作是王夢阮的《紅樓夢索隱》和蔡元培的《石頭記索引》。評點派人物較多，著名的有脂硯齋、張新之等。「五四」以後的「新紅學」以「自傳說」著稱，認為賈寶玉就是曹雪芹，胡適的《紅樓夢考證》是其代表作。解放後的「紅學」研究經歷了三個階段，第一階段是「文革」前的十七年「紅學」；第二階段是「文革」中的「評紅熱」；

第三階段是改革開放後的「紅學」。

《紅樓夢》寫的是每個人都要碰到的人生課題——婚配對象選擇問題。賈府的少爺賈寶玉，要把林黛玉作爲自己的婚配對象；他的母親王夫人卻要把薛寶釵作爲他的婚配對象。母子倆圍繞「棄釵娶黛」還是「棄黛娶釵」而展開了一場曲折複雜的衝突。

賈寶玉和林黛玉自小在賈母身邊朝夕相處，性格相投。林黛玉把寶玉看做是自己的人生知己，賈寶玉也沒有因爲林黛玉孤苦伶仃、受人歧視而看不起她，而是同情她，喜愛她。但是寶黛的自由愛情因爲脫離賈府的客觀實際，最後難以獲得完美的結局。他們所生活的賈府，雖有權勢，但卻面臨三大危機：一是財源不濟，入不敷出；二是有人享受無人籌劃；三是子孫不肖，一代不如一代。掌握家政大權的王夫人打算找一個合適的管家婆來擺脫這三大危機。王夫人大兒媳李紈因爲各種原因，難任管家之職。現任管家婆王熙鳳，資產階級作風嚴重，把賈府這個封建家庭上下左右關係搞得很緊張，弄得王夫人非常被動；鳳姐開始還能想辦法開闢財源，後來只能採取一些「釜底抽薪」的辦法搞錢；鳳姐又是賈赦那邊的人，終究要過去住。探春雖機敏過人，有管家才幹，但因她是趙姨娘所生，許多人不服她管；且又是待嫁閨女，不可能在賈府長期立足。所以管家婆只有寶玉的婚配對象擔任最合適。而要在賈府當好管家婆，除了對王夫人特別忠誠、責任心強這個先決條件外，首先必須娘家有錢，「都長著一雙富貴勢利眼」的賈府上下人等才能服管，也可解賈府財源不濟之急。其次，必須有封建階級之德，既給其它人作出榜樣，又使其它人循規蹈距。再次，必須有管家才幹，善於不斷調整人與人之間的關係，處理好紛繁複雜的家庭矛盾。還必須身體好，才能日理萬機。王夫人看中了親姊妹薛姨媽的女兒薛寶釵，於是「金玉姻緣」便炮製出籠了。在寶玉婚配對象選擇的問題上，出現了「棄釵娶黛」的「木石姻緣」和「棄黛娶釵」的「金玉姻緣」兩種方案的尖銳對立。

林黛玉家庭本來就沒有薛寶釵家豪富，又接連死了母親、父親，只好長期寄居賈府，依靠賈母過日子，吃穿用度，一針一線，全由賈府供給；她本人一年四季害癆病；只會寫詩，不會管家。如果嫁給寶玉，不但當不了管家婆，還會成爲王夫人的包袱。相反，薛寶釵條件比她優越，薛家是經商的，雖無權卻有錢；薛寶釵本人家庭生活優越，身體保養得好，不怕勞累，又懂得封建階級治家之道，還會用封建倫理道德巧妙地對付各種人和事；又經過

管家實習，深得上下人之心。爭強好勝的林黛玉在這種現實面前不得不甘拜下風。薛姨媽爲保全寶玉，含蓄地提出「釵正黛次」的方案後，她只好默認。因爲賈寶玉重黛輕釵，王夫人唯恐「釵正黛次」導致家反宅亂的後果，所以不能容忍林黛玉待在寶玉身邊。這就發生了名爲驅逐勾引寶玉的晴雯等「狐狸精」，實則想逼走林黛玉的抄檢大觀園的事件。薛寶釵最後建議王夫人裁掉大觀園這筆開支，實際上是要把黛玉逼向絕路。

賈母開始是默默支持寶黛愛情的，甚至不惜同暗示支持「金玉姻緣」的元妃唱對臺戲。但看到賈府的日子一天難似一天，自己揮霍享受需要錢；身邊需要人湊趣，而這些黛玉做不到，只有薛氏母女能做到，所以只好默認「金玉姻緣」。寶黛愛情完全失去依託，又沒有條件反抗，只有含恨而終。但賈府還是不以人的意志爲轉移地衰敗了，王夫人企圖以聯姻挽救其衰敗命運的打算落了空。

寶玉是賈政和王夫人的次子。王夫人的長子賈珠早夭之後，寶玉這個「天下無能第一」、「古今不肖無雙」、「於國於家無望」的「孽根禍胎」、「混世魔王」便成了王夫人的寶貝。王夫人在賈府處於掌權地位，寶玉也就因此而身價百倍，成了賈府的「鳳凰」、「寶天王」、「寶皇帝」，屈身逢迎者滔滔而至。但是賈寶玉與一般大家公子不同，既不熱衷仕途經濟，也不留意科舉功名，待人接物更是不同於富貴人家的庸俗勢利之輩。他親近秦鍾、琪官、柳湘蓮這些地位低下的人，疏遠賈雨村一類有權勢的人；對黛玉喪父的關心勝過對元春爲妃的關心；他親近小廝下人，對老子賈政，卻像老鼠見了貓一樣，避之唯恐不及；他親近未嫁而無權之女，鄙視已嫁而有權之婦；親近丫環婢妾，疏遠爲主子效忠的奴才、婆婆、媽媽；他反對以出身論貴賤的賈探春。他的這種以平等觀爲核心的民主思想，集中表現在對婚配對象的選擇上。凡是知道他、認識他的女兒都喜歡他，他也喜歡所有的女孩子，認爲女兒都是水做的骨肉，男子都是泥做的骨肉，見了男子便覺濁臭逼人，見了女兒便覺渾身清爽；但是在他悟出「人生情緣，各有分定」之後，喜愛女孩子的性格雖然沒有改變，但卻特別著意於林黛玉，因爲林黛玉不說功名仕進一類混帳話。他和黛玉的愛情關係經過了幾個階段，開始是醞釀期，在賈母的保護下，他和黛玉夜同眠，日同食，青梅竹馬，兩小無猜。此時雙方年齡尚小，還談不上戀愛。後來是萌發期，進住大觀園後，兩人共讀《西廂》，愛情的種子破土而出，互相以張生鶯鶯話語爲戲，從此開始了正式的戀愛生活。第三階段是

發展期，寶玉被眾女子的追逐弄得眼花繚亂，一時無所適從，又生怕黛玉不相信自己；黛玉也怕寶玉愛上戴金鎖的寶釵和有麒麟的湘雲，兩個人就這樣不斷地發生誤會性衝突，而他們的愛情也就在這種衝突中熔煉得越來越純潔，越來越專一，越來越真摯。寶玉給黛玉贈帕定情，並和寶釵保持一定距離。黛玉此時卻向寶釵服輸，與寶釵和好，接受釵正黛次方案；寶玉被蒙在鼓裏，批評黛玉和寶釵稱姐道妹，格外親熱，使他「落了單」。第四階段是毀滅期，寶玉本打算以黛玉為妻，以晴雯為妾。王夫人驅逐晴雯，意在黛玉，他並沒有察覺，還夢想和黛玉襲人始終在一起呢。黛玉最後被王夫人逼死，不但對寶黛愛情是個沉重的打擊，更是對寶玉身心的毀滅性打擊。

寶玉雖然認識到王夫人是他與黛玉結合的最大障礙，但卻無力反抗。因為他在經濟上完全依靠家庭，飯來張口，衣來伸手，四體不勤，五穀不分，只會寫詩，別無一技之長；他沒有足以制勝對方的先進思想武器；在賈府這個雖然開始衰敗但仍然非常頑固的封建堡壘中，孤立無援。開始還有賈母暗中支持，後來賈母也倒向了王夫人一邊。這樣一來，賈寶玉反對封建鬥爭的失敗便是必然的了。他的悲劇不是封建階級犧牲品、殉葬品的悲劇，而是一個封建階級叛逆者的悲劇。

黛玉出生在姑蘇（蘇州別稱）林家。祖父以上，四代世襲列侯。到父親林如海，科甲出身，為前科探花（殿試第三名），官至蘭臺寺大夫，欽點巡鹽御史。可見她的家庭既是貴族之家，也是書香之族。但是林家支庶不盛，只有黛玉這個獨生女兒。母親死後，賈母接她到賈府寄居。不久父親也死了，完全成了孤兒。黛玉自小接受的是封建階級正統教育，賈雨村教她學習《四書》。開始到賈府，不敢多說一句話，不敢多走一步路。後來由於賈母的溺愛和放縱，再加上受賈寶玉的影響，性格不是那麼拘謹了，而是變得能言俐齒，對不平的人和事總要挖苦諷刺一番，原來就很強的自尊心變得更強了，受不得一點委屈和冷遇。她有卓越的寫詩才能，經常在詩中表現自己的處境、個性和人生態度。她在著名的《葬花詩》中寫道：「一年三百六十日，風刀霜劍嚴相逼」（以花枝在酷風嚴霜中被摧殘比喻自己的處境險惡），「質本潔來還潔去，不教污淖陷渠溝」（比喻自己在骯髒的環境中出污泥而不染的性格和處世態度），所以《紅樓夢》小說的作者把她比做「芙蓉」（荷花），這是很有道理的。林黛玉與世俗不同，別人都勸寶玉在科舉功名、仕途經濟上下工夫，唯有她不在寶玉面前說這些「混賬話」，所以寶玉對她特別喜歡，特別尊重。搬

進大觀園瀟湘館後，《西廂記》、《牡丹亭》這些見所未見、聞所未聞的戲曲在她心靈深處引起強烈共鳴，從此她和寶玉從兩小無猜到相互傾慕。可是「金玉姻緣」的陰風始終在她周圍盤旋，她因擔心寶玉被「金」奪走而經常和寶玉發生誤會性衝突，有時還弄得天翻地覆。寶玉給她送了兩塊舊帕作爲定情之物，她這才像吃了定心丸，不再多疑了，也不再與寶玉發生口角了。賈母是她長住賈府的靠山；與寶玉的愛情是她生活的精神支柱。但是賈府生活的演變使她的頭腦由空想變得現實起來，她不得不承認薛寶釵在家世、錢財、身體、做人等方面壓倒了自己，只好向薛寶釵這個無法對付的情敵「繳械投降」。薛寶釵提出讓她嫁給薛蟠，她拒絕了。爲了保持與寶玉的知己愛情，她不得不接受薛姨媽提出的「釵正黛次」的方案，稱寶釵爲「姐姐」，稱薛姨媽爲「媽媽」。雖然她自歎「紅顏命薄」，但又無可奈何，把這看做是自己在賈府所能爭得的最好前途。她在《五美吟》中，對西施、虞姬、明妃、綠珠、紅拂這些古代有才德的女子感到「可欣、可羨、可悲、可歎」，正所謂「同病相憐」之故。王夫人抄檢大觀園，徹底否定了林黛玉給寶玉做次妻的前途。《紅樓夢》只寫了前八十回，黛玉後來究竟如何結局，各人有各人的猜測。但從晴雯之死可以想像，她的結局比晴雯之死更慘。

薛寶釵是薛姨媽的女兒，薛蟠的妹妹。她自小讀書識字，諸子百家、詩詞曲賦，無所不通，寫詩以「溫柔敦厚」見長，和林黛玉「獨抒性靈」的詩風完全不同。年幼時和林黛玉一樣天眞爛漫，獵奇好學，後來慢慢變得穩重內向。尤其是父親死後，不以書字爲事，只留心於針黹家什等事，以便爲母親分憂解勞。薛姨媽離不開她，她也離不開薛姨媽。她脖子上經常戴一個金鎖，據說和寶玉脖子上的那塊玉一樣，是個和尚給的，上面有兩句吉利話，和寶玉那塊玉上的話正好是一對。薛姨媽還說，和尚給這個鎖的時候，叮嚀「金鎖要與有玉的方可正配」。寶釵住進賈府之後，在寶玉的玉上下了不少工夫，翻來覆去看個不夠，費盡心機地織網絡子。她一有機會就表現自己，向賈母、王夫人等人討好，甚至不惜說謊逢迎，誣陷好人（如說金釧兒自己跳井，不承認薛蟠給寶玉說的藥方等）。她的「高明」在於這樣做的時候臉不紅心不跳，天衣無縫，叫人感到她很知禮，很有修養，而不是在使「奸」。她還利用自己身體好、家庭條件好的有利條件，給賈府的人今天送宮花，明天送土產，後天送人參；又是到賈母、王夫人那裏陪坐，又是去姐妹們房中玩笑，晚上還要熬眼做針線。她對人對事最冷酷最勢利，但表面上又顯得很熱情很

公正。這就是薛寶釵的「會做人」。果然，她的工夫沒有白花，連賈母都不得不放棄對「木石姻緣」的支持，而默認了「金玉姻緣」。寶釵之所以贏得了賈府人心，主要的是賈府的生活演變需要她這種人，而封建的家庭環境正好薰陶出了她這種人。

寶玉從他喜愛一切女孩子的性格出發，對寶釵不無喜愛之情。但對她愛說功名仕進一類「混帳話」早有不滿，對她說謊使奸非常討厭，連做夢時都咒罵「金玉姻緣」。寶釵對此瞭如指掌，但她深知，決定兒女婚姻的不是兒女本人，而是封建家長，所以她根本不把寶玉的話當一回事。王夫人與薛姨媽一起炮製「金玉姻緣」的神話，元妃端陽節賜禮，使她對「金玉姻緣」充滿了信心，所以她在代鳳姐管家時那樣躊躇滿志，從容不迫，儼然是賈府的管家婆了。她根本看不起寶玉，說寶玉是「富貴閒人」、「無事忙」，更談不上有什麼感情。她之所以一定要嫁寶玉，是因爲只有嫁給姨娘之子，才能使寡母長住賈府，老有所養，只有嫁給有權勢的賈府才能使兄長有所約束，惹下禍有人周旋了結。但是賈府最後敗落，寶玉出走，寶釵自己也成了孤家寡人。

王熙鳳又叫「鳳姐」。她是王夫人的內姪女，九省檢點王子騰的姪女，嫁給賈赦之子賈璉爲妻。王夫人爲了避免賈母長子賈赦夫婦的反對，爲了有一個親近的人做臂膀，便讓她做管家婆。但王熙鳳自小被家人假充男兒撫養，又沒讀過什麼書，再加上在娘家時接觸外國人的機會多，所以思想作風受封建階級影響較少，而資產階級氣味很濃。林黛玉進賈府，她不顧賈母、王夫人、邢夫人等人在場，違背封建女子笑不出聲、笑不露齒的禮法，人未到而笑先聞，連黛玉都感到她「放誕無禮」；她不信陰司地府報應，說行就行，不擇手段地害人、騙錢，封建道德、封建法律、封建官府，全不在她的話下；她反對賈璉推行一夫多妻，反對賈赦左一個小老婆右一個小老婆，人家都說她是「醋缸」、「醋甕」。但她自己卻插足賈蓉和秦可卿夫妻中間，連焦大都扯著嗓門當著許多人罵她「養小叔子」；她對在上者不敬，對平輩人不賢，對奴隸們作威作福；她腳踩門檻剔牙縫，和老道士亂開玩笑，罵人難聽，打人手狠，連賈母都看不下去；她看人不是以封建道德爲標準，而是以言語是否靈便，做事是否精明爲標準。總之，鳳姐是賈府中與其它封建家長不同的一個人物。

王熙鳳在相當長的一段時間裏，非常得意，但她並不是王夫人理想的管家婆。因爲王夫人喜歡像薛寶釵那樣的人管家，而王熙鳳卻有點像林黛玉。

王夫人的「棄黛娶釵」方案對她很不利；而寶玉的「棄釵娶黛」倒是對她有好處。因為「金玉姻緣」變成事實，鳳姐必然被薛寶釵所代替；而「木石姻緣」如果變成事實，黛玉身體不好，又無管家才能，不可能對她的管家婆地位構成威脅。從鳳姐的思想性格看，她不喜歡「不干己事不開口，一問搖頭三不知」的薛寶釵，而應該喜歡語言靈便的林黛玉。可是她為了在賈府站住腳，不敢得罪王夫人，寶釵又是那樣的豪富，黛玉又是那樣的孤窮，所以她不支持「棄釵娶黛」而支持「棄黛娶釵」。但是「金玉姻緣」成功之日，便是鳳姐末日來臨之時。鳳姐在平兒的啟發下，在賈府的現實面前，總算看到了這一點，因此在抄檢大觀園時不像過去那麼「丁是丁，卯是卯」，而是做起了好好先生。

鳳姐的命運和黛玉很相似。黛玉有「一年三百六十日，風刀霜劍嚴相逼」的名言，鳳姐有「一夜北風緊」的詩句。雖然鳳姐赫赫揚揚，黛玉孤孤淒淒，但心境卻是如此驚人的一致。從前八十回的暗示看，黛玉最後因為愛情徹底毀滅而慘死，鳳姐這個「機關算盡」的「脂粉隊裏英雄」，最後也是「一場歡喜空悲辛」，「機關算盡太聰明，反算了卿卿性命」。

魯迅先生說過：「自有《紅樓夢》出來以後，傳統的思想和寫法都打破了。」這是對《紅樓夢》價值的精闢概括。那麼，《紅樓夢》究竟打破了那些傳統的思想和寫法呢？

首先，《紅樓夢》和過去許多小說不同，主要寫日常生活。

《紅樓夢》第一回所說的那塊頑石後面有一首偈，最後兩句說：「此係身前身後事，倩誰記去作奇傳？」這就把《紅樓夢》和歷史、傳奇、神話小說區別開來了。《紅樓夢》中沒有叱吒風雲的英雄，沒有驚心動魄的情節，沒有「大賢大忠理朝廷治風俗的善政」，也無朝代紀年可考；它完全寫的是日常瑣事，吃穿住行，喝酒行令，作詩猜謎，應酬往來，作品中的人物只不過是幾個異樣女子，或情或癡，或小才微善，亦無班姑、蔡女之德能，讀後卻給人留下深刻印象。「脂粉隊裏的英雄」王熙鳳，其性格就是通過管理家務、待人接物、打人罵人、詼諧討好、撒潑撒賴等「身前身後事」表現出來的。

《紅樓夢》也不像歷史、傳奇、神魔小說那樣，好人一切皆好，壞人一切皆壞。《紅樓夢》裏幾乎找不出一個完美無缺的「好人」，或者絕無長處的壞人。賈寶玉和林黛玉是作者肯定較多的人物，但作者也沒有迴避對賈寶玉

無為任性、黛玉孤傲清高的批判描寫。王熙鳳、薛寶釵兩個人物作者筆下有不少微詞，但王熙鳳的說老實話、殺伐決斷，薛寶釵的淵博學識、孝敬長輩，作者的讚美之情毫無掩飾。一提起薛霸王，誰都會搖頭，但作者也寫了他對柳湘蓮的遁世很有朋友情懷。即使賈璉這種豬狗不如的人，對尤二姐也還能盡夫婦之情。

其次，和前代寫愛情的文藝作品相比，《紅樓夢》首先破除了那套郎才女貌、一見鍾情、密約私奔、及第團圓的陳腐公式，寫了一對青年在共同性格基礎上建立的真正愛情；賈寶玉和林黛玉自小一起長大。一個對仕進作官不感興趣，一個不說仕途經濟的混帳話。兩人互相關心，互相愛護，建立了純潔美好的愛情。書中警幻仙姑所說的「意淫」，是對寶玉堅持與黛玉的「木石前盟」但卻不把愛情僅視作男女關係的觀點的概括，又是對寶玉把黛玉當作終生知己而不當作玩物的精神的概括。「意淫」和「皮膚濫淫」把寶黛愛情和《金瓶梅》中那種「淫穢污臭的風月筆墨」區別開了，把賈寶玉和西門慶區別開來了。

再次，《紅樓夢》把愛情置於政治經濟諸因素的制約之下去寫，使它比那些單純寫愛情的文藝作品高出一籌。寶黛的愛情悲劇不是小人撥亂，也不完全是父母昏庸，而是賈府家庭衰敗過程中所造成的必然結局。政治經濟諸因素沒有使有情人終成眷屬，反而讓無意者結成姻緣。寶黛二人既無法私奔、幽會，也不能去鬼界完婚，更不能怪罪任何個人，因為在封建社會中，結婚對於王公本身來說，是一種政治的行為，是一種借新的聯姻來擴大自己勢力的機會；起決定作用的是家世的利益，而決不是個人的意願。在這種條件下，關於婚姻的最後決定權當然不可能屬於愛情。《紅樓夢》作者通過藝術描寫表明，像榮寧二府這樣的家庭是罪惡的，是應該衰敗的，是不值得同情的，只值得詛咒和揭露；在此環境中萌芽生長但最終被它扼殺的寶黛愛情才是美好的，是與日月同輝、與世共存的，永遠值得懷念。宣揚愛情至上有其時代和階級的局限性；而全面否定扼殺美好愛情的整個封建制度，卻是此前的文藝作品所無法相比的。

《紅樓夢》評點本前言 1997 年 12 月

《紅樓夢》的主要矛盾衝突

　　世界上的事物儘管千變萬化，總有一個主要矛盾在起主導作用；《紅樓夢》雖然錯綜複雜，也有一個主要矛盾貫穿全書。這個主要矛盾歷來論者多認為是賈政和賈寶玉圍繞所謂功名舉業所進行的鬥爭，寶玉挨打被認為是這一斗爭的一次激烈表現。其實這種看法是不符合作品實際的。就拿寶玉挨打來說吧，賈政開始訓斥寶玉，本出於往日之習慣，「原本無氣的」。接著忠順王府的長史官來追尋琪官，賈政「又驚又氣」，「目瞪口呆」，再加之賈環一番「淫辱母婢，強姦不遂」的誣衊不實之詞，賈政這才「氣的面如金紙」，下狠心置寶玉於死地。可見寶玉挨打根本與功名富貴無關。不錯，賈政有時也說幾句要寶玉讀書的話，但沒有一次認真檢查過兒子的學業。平時在外，縱然寄回「萬金」家書，也無一字提及寶玉讀書舉業之事。回到家裏，不是同清客相公閒談消遣，就是與其母共度天倫之樂，從不過問兒子的功課。而對寶玉那些與舉業無關的「歪才」卻頗為賞識，大觀園題額、閒徵姽嫿詩、經常帶寶玉會客作詩，就是明證。賈環賈蘭叔侄較之寶玉是在舉業上用功較多的。但賈政多次要求環、蘭在作詩上學習寶玉，而從未叫寶玉在讀書舉業上學習環、蘭。賈政這樣做並非沒有道理，賈家的榮華富貴不是通過舉業之路所取得，不需要也不可能通過仕進之路來維持。賈雨村的陞降浮沉沒有導致大富大貧即可作為旁證。我不否認賈政和寶玉之間存在矛盾，他們的矛盾是維護還是褻瀆封建家長尊嚴的矛盾，父子二人在輕舉業重詩賦上倒是一脈相承的。

　　王夫人和賈寶玉的矛盾是貫穿《紅樓夢》全書的主要矛盾。矛盾的焦點是「棄黛聚釵」還是「棄釵娶黛」。作者在前五回多次點明這一矛盾：第一回

的還淚之說表明寶黛愛情是知音酬報，冰清玉潔，但歷盡曲折坎坷，最後以淚盡人逝而了結；第二回介紹了主要矛盾發生的地點——賈府的情況；第三回通過黛玉之眼介紹主要矛盾雙方的王夫人和寶玉的大概情況及各自與周圍的各種聯繫；第四回通過賈雨村徇情枉法一事預示寶玉敗於王夫人的深刻根源；第五回的寶黛判詞及《紅樓夢》曲中的《引子》和《終身誤》，強調主要矛盾的一方的寶玉對他和王夫人衝突結局的不平和憤激之情。第五回以後，作者通過金釧兒之死、晴雯之死以及雪芹不寫之寫的黛玉之死等一系列重大情節來表現這一矛盾。打金釧兒、攆晴雯都是針對黛玉的。王夫人平時視金釧兒如親女一般，她打金釧兒的理由是「勾引」壞了寶玉，金釧兒一句調笑話就能把寶玉「勾引」壞，恐怕王夫人本人也未必相信。我們如果聯繫在此以前的一系列情節就會發現，王夫人痛恨的是黛玉整天和寶玉沒明沒夜地糾纏在一起，違背了她當初叮嚀的不要理睬寶玉的指示，而這才是「勾引」壞寶玉的最大危險。但黛玉又有賈母護著，不好發作，因此藉故在金釧兒身上發泄。鳳姐就很理解王夫人的隱衷，硬是要用給黛玉做生日的衣服妝裹金釧兒。至於晴雯，寶玉是視其爲未來之妾的，如果「木石前盟」變爲現實的話。晴雯不爲王夫人所容，其中當然有襲人的嫉妒和告密，但從王夫人一提起晴雯便想起黛玉的「眉眼」，而且在她向賈母回報驅趕晴雯的理由中，什麼「懶」呀，「不穩重」呀，「害女兒癆」呀，並不符合晴雯實際，卻與黛玉情況相投，因此，這些誣衊之詞與其說是指晴雯，不如說是影射黛玉更符合王夫人的真正用意。黛玉之死雖爲雪芹所未寫，抑或是不忍寫，抑或是哀痛已極無法寫，抑或是沒必要寫，但黛玉爲王夫人逼死是無疑的，其悲慘情景將遠遠超過晴雯之死也是不難想像的。

王夫人和寶玉圍繞「棄黛娶釵」還是「棄釵娶黛」所展開的矛盾衝突，大體上經過如下幾個階段：第一階段，兩種方案的形成和對立。寶黛之間不考慮任何附加條件的愛情日趨成熟。而王夫人卻和薛姨媽散佈「金玉」之說，內定「棄黛娶釵」。元妃端陽節賜禮唯寶玉與寶釵同，與「金玉」之說不謀而合。有意成全「木石前盟」的賈母則借清虛觀打醮之機和「金玉姻緣」唱對臺戲，當著薛氏母女和鳳姐的面向張道士宣佈寶玉「不早娶」，將來娶妻不挑根基富貴只挑性格模樣，王夫人也背著賈母提拔襲人同周趙姨娘同列，作爲實現「金玉姻緣」的重要步驟。第二個階段，賈母變卦。愛吃愛樂愛聽

奉承話的賈母在王夫人、鳳姐、薛氏母女投其所好的糖衣炮彈的進攻下，在因玩樂揮霍等原因造成的錢財日盡的嚴重局面的壓力下，欲爲寶玉求配寶琴，對薛、王作出鮮明讓步，使寶黛的「木石前盟」失去唯一的靠山。黛玉目睹現實，開始向寶釵妥協，不再與之爭衡。第三個階段，薛姨媽提出新方案。王夫人讓寶釵理家，加快了實現「金玉姻緣」的步伐。而寶玉則在紫鵑以語相試後表示即使老太太放黛玉走他也不依。在此情況下，薛氏母女去「看望」黛玉，寶釵提出嫁黛玉給薛蟠，遭到黛玉拒絕。薛姨媽提出願作月下老人把黛玉定與寶玉。薛姨媽在寶玉因聽黛玉要回老家而急痛攻心、痰迷心竅時說過：寶黛一塊長大，比別的姊妹不同，這會子熱刺刺地說一個要去，不要說實心的傻孩子寶玉，「就是冷心腸的大人也要傷心」。可見她說把黛玉定給寶玉出於眞心。賈母也表示要娶薛家的人，寶琴已許梅翰林，剩下的只有寶釵了。薛氏母女一直呆在賈府不走，又不給寶釵提親，足見其實現「金玉姻緣」的決心並未動搖。那麼薛姨媽現在又要說黛玉給寶玉，這究竟是怎麼回事呢？當紫鵑跑來催她通過賈母作成寶黛之事時，薛姨媽說紫鵑催黛玉出嫁爲的是自己早點尋個小女婿。古之女子出嫁妻要帶陪房丫頭，作妾則不帶丫頭。薛姨媽用和紫鵑開玩笑的方式表明她是要黛玉給寶玉作妾，調和「金玉姻緣」和「木石前盟」的矛盾，使「釵黛合一」。黛玉當時只臉紅不反駁，後來又心安理得地喝下寶釵所剩下的半杯茶水，與寶釵相處如同胞姐妹，說明她默許了。但她的欲哭無淚而只是心裏難過說明她這樣作是啞巴吃黃連。賈母入朝隨祭時託黛玉給薛姨媽，對釵黛和睦親熱非常滿意，表示老祖宗也同意這種「皆大歡喜」的「兩全」之策。第四個階段，王夫人否定新方案。寶玉放縱丫頭下人「作亂」，提醒王夫人不能讓一個趙姨娘式的美妾呆在寶玉寶釵身邊，而只能讓一個周姨娘式的粗粗笨笨的襲人把寶玉寶釵陪伴，於是便借繡春囊之事抄撿大觀園，撵走晴雯，意在黛玉，殺雞給猴看。賈母這時已如百年好參，成爲「糟朽爛木」，自身尚且不保，那裏顧得外孫女。薛氏母女也都趕忙迴避，不再與賈母、黛玉共樂。寶釵建議王夫人免掉園中開支，預示了黛玉的悲慘結局。黛玉連作妾的可能性都沒有了。可憐她還在寶玉改「紅綃帳裏，公子多情；黃土壟中，女兒薄命」爲「茜紗窗下，我本無緣；黃土壟中，卿何薄命」時，「忡然變色」，心中產生了「無限的狐疑亂猜」，以爲晴雯有代她作妾之嫌。其實是王夫人在根絕她兩人爲寶玉共同作妾的可能。寶玉並不知道薛姨媽與黛玉達成的作妾協議，仍視黛玉爲未來之正妻。

但從他為香菱「擔前慮後」、向王道士討要妒婦方來看，他決不會同意林妹妹如香菱一樣受作妾之罪。高鶚續作完成了原作中王夫人和寶玉矛盾衝突的高潮。但他要黛玉與寶釵在誰為寶玉正妻上你死我活，卻和原作大相違背。

　　寶玉是封建階級中的民主派。他親近秦鍾、琪官、柳湘蓮，疏遠賈雨村；親近小廝，疏遠賈政；親近未嫁無權之女，疏遠已嫁有權之婦；親近丫環婢妾，疏遠為主效忠的奴才、婆婆、媽媽；反對以出身論貴賤的王夫人，討嫌以金錢論貴賤的王熙鳳，不滿以嫡庶論貴賤的賈探春。他的這種以平等觀為核心的民主思想集中體現在對婚配對象的選擇上。凡是知道他的女兒都喜愛他，他也喜愛所有的女子。但他已經悟出「人生情緣，各有分定」，所愛並非沒有重點，而以黛玉為「至尊」。他對黛玉開始是知己相愛，黛玉父亡之後，雖然因有賈母的存在而暫時保持著小姐的身份，但在都長著一雙富貴眼的賈府人心目中已和香菱相去不遠了。香菱的今天就是黛玉的明天。在這種情況下，寶玉對黛玉的愛情又增加了新的意義。

　　寶玉要實現自己高尚的愛情，而王夫人則要以寶玉為「奇貨」，挑選一個合適的管家婆。鳳姐無德（封建階級之德）無才，但開始還能弄來錢，後來弄不到錢時便為王夫人所厭棄；李紈較鳳姐有德，但無錢無才。探春有才，但無錢無德。黛玉錢德才三者俱無，薛寶釵三樣皆備。王夫人「棄黛娶釵」，為的使錢財日盡、倫常不振、無人籌劃的賈家長盛不衰。寶玉在這場衝突中失敗了，有情者未成眷屬，無意的卻結姻緣。但是王夫人也沒有如願以償，賈家還是不以任何人意志為轉移地衰敗了，「落了片白茫茫大地真乾淨」。

原載師大中文系《中學語文教學參考資料》1983 年 5 期

《古典文學知識》2002 年 1 期

《紅樓夢》的矛盾衝突

　　哲學家宋振庭先生在給紅學家胡文彬先生《紅樓探微》所寫卷首弁言中說：「如果牽來一頭鹿，人們討論它是公鹿還是母鹿，是梅花鹿還是馬鹿，是亞洲鹿還是美洲鹿，究竟還是在鹿這個種屬內爭論；可對《紅樓夢》的研究，卻有些指鹿爲馬，指鹿爲牛，指鹿爲兔，指鹿爲象，指鹿爲貓的區別了。」宋振庭先生這裏所說的就是作品的主題問題。

主線和主題

　　現代文學大師茅盾 1950 年 8 月 9 日在北京語文教員講習會上所作的「怎樣閱讀文藝作品」的學術報告中說：「這部小說（指《紅樓夢》——筆者注）主要寫的是兩種思想的衝突，而用三角戀愛的方式表現出來；這兩種思想，一是以賈政爲代表的傳統的封建思想，另一種是以賈寶玉爲代表的反抗封建思想的虛無主義的思想」。茅盾的這一觀點後來被許多論者所認同，只不過這些人在肯定賈政和賈寶玉矛盾是小說的主要矛盾的同時，對矛盾內容和性質作了修正，認爲父子二人主要圍繞走不走功名仕進之路發生衝突。

《紅樓夢》的主要矛盾衝突

　　實際上，《紅樓夢》的主要矛盾並不存在於賈政和賈寶玉之間。就拿寶玉挨打這個被認爲是賈政和賈寶玉劇烈衝突的情節來說吧，賈政開始訓斥寶玉，本出於往日爲父之習慣，「原本無氣的」（人民文學出版社 1982 年《紅樓夢》新校本，以下引文同）。只是因爲賈政見寶玉行爲惶悚，「應對不似往日」，「這一來倒生了三分氣」。接著忠順王府的長史官來追尋琪官，賈政「又驚又

氣」,「目瞪口呆」,再加之賈環對寶玉的一番誣衊不實之詞,賈政這才「氣的面如金紙」,下狠心置寶玉於死地。可見寶玉挨打根本與功名仕進無關。不錯,賈政有時也說幾句要寶玉讀書的話,但沒有一次認真檢查過兒子的學業(高鶚後 40 回續書賈政檢查寶玉功課並不符合曹雪芹的構思)。平時在外,縱然寄回「萬金」家書,也無一字提及寶玉讀書舉業之事。回到家裏,不是同清客相公閒談消遣,就是與其母共享天倫之樂,從不過問兒子的功課。而對寶玉那些與舉業無關的「歪才」卻頗為賞識,大觀園題對額、閒徵姽嫿詩、經常帶寶玉會客作詩,就是明證。賈環、賈蘭叔姪較之寶玉是在舉業上用功較多的。但賈政多次要求環、蘭在作詩上學習寶玉,而從未叫寶玉在讀書舉業上學習環、蘭。賈政這樣做並非沒有道理,賈府的榮華富貴不是通過舉業仕進之路取得的,不需要也不可能通過舉業仕進之路來維持,賈雨村的陞降浮沉,沒有導致大富大貧,即是旁證。我並不否認賈政和寶玉之間存在矛盾,他們之間的矛盾正如王朝聞在《論鳳姐》中所說,是維護還是褻瀆封建家長尊嚴的矛盾。父子二人在輕視舉業熱中詩賦上倒是一脈相承的,這一點作者在「閒徵姽嫿詩」一回中已有表述。

《紅樓夢》的主要矛盾衝突是在王夫人和賈寶玉之間展開的。因為婚姻觀不同,審美觀不同,考慮問題角度不同,標準不同,王夫人為賈寶玉選擇的未來婚配對象是薛寶釵,賈寶玉為自己選擇的未來婚配對象是林黛玉。母子倆圍繞「棄黛娶釵」還是「棄釵娶黛」問題而進行的衝突是貫穿《紅樓夢》全書的主要矛盾衝突。

小說的情節結構貫穿主要矛盾衝突

作者在前 5 回用不同手法從不同角度概括介紹了這一主要矛盾衝突。第 1 回,作者用神話和現實相結合的方法介紹賈寶玉對林黛玉的選擇,「還淚之說」表明寶玉和黛玉是知音酬報,雙向選擇。甄英蓮由於家庭變故地位一落千丈則預示著寶玉所選擇的黛玉未來地位的變化;第 2 回,作者用冷眼旁觀人介紹談論賈府人事關係的方法揭示王夫人選擇薛寶釵的現實依據。賈府的危機促使王夫人要通過給寶玉選擇婚配對象給自己選擇一個滿意的管家婆,以維持賈府這個賈寶玉也要賴以生活的生存環境。第 3 回作者把寶玉選擇的黛玉送進賈府,並通過黛玉之眼一一領略賈府各色人等,而王夫人對黛

玉的冷和賈母對林黛玉的熱引人注目。作者還特別揭示了黛玉的性格基調——讀書知禮，循規蹈矩。第 4 回作者把王夫人選擇的薛寶釵送進賈府，賈雨村的徇情枉法則是為寶釵出場蓄勢。這一回所表現的寶釵的財勢和前一回中黛玉的無勢恰成鮮明對比。第 5 回作者用虛擬的太虛幻境影射後來的大觀園，並初步暗示寶釵和黛玉以及與他們命運相當（或為當事人選擇，或為家長選擇）的眾多女兒命運的大致走向。前 5 回中第 1 回的「好了歌」和「好了歌注」肯定和讚揚自由瀟灑的神仙生活，否定名、利、妻、子這些身外之物，正是小說主題的點睛之筆。

從第 6 回開始，作者具體深入地展開描寫王夫人和賈寶玉在「棄黛娶釵」還是「棄釵娶黛」問題上發生的矛盾衝突。小說以這一主要矛盾衝突發展過程的不同，可以分為三個大的階段。劉姥姥一進榮國府至第 36 回「夢兆絳雲軒，情悟梨香院」為第一階段，寫賈寶玉選擇林黛玉的經過——從兩小無猜、耳鬢廝磨、朝夕相處，到正式戀愛，互相試探，再到寶玉送舊帕定情（見何其芳《論紅樓夢》）；寫王夫人對現任管家婆鳳姐不能不用但又不可能長期使用，因此才和薛姨媽早就商定「金玉姻緣」，以薛寶釵代王熙鳳。而林黛玉的中途降臨增加了王夫人選擇薛寶釵的難度。雖然元春暗示「金玉姻緣」，賈母卻以賈府長者的身份支持「木石姻緣」。在此情況下，王夫人和賈寶玉堅持各自的選擇，互不相讓。

從第 36 回結社吟詩到第 70 回林黛玉重建桃花社，寫兩個婚配對象候選人薛寶釵和林黛玉的競爭，以及黛玉屈服於薛寶釵的經過。這是環境對兩種不同選擇所作的裁定。薛姨媽則在紫鵑試寶玉之後為黛玉預謀歸宿，黛玉拒絕嫁給薛蟠，而默認了薛姨媽提出的「釵正黛次」方案。尤二姐尤三姐的悲劇則是林黛玉兩種可能命運的預演，尤二姐嫁給賈璉作次妻，因為鳳姐不容，吞金而逝。黛玉若嫁寶玉為次妻，命運不會比尤二姐更好；尤三姐在賈府之外覓求知音柳湘蓮，但因柳湘蓮懷疑她不貞而悔婚，尤三姐自刎身亡。黛玉自小與寶玉朝夕相處，連王夫人都懷疑她和寶玉「作怪」，如捨棄寶玉另覓知音，尤三姐便是她的榜樣。尤氏姐妹的故事雖然也具有獨立意義，但在《紅樓夢》的整體藝術構思中，則是與王夫人和賈寶玉選擇婚配對象的主要矛盾衝突密切關聯的。

第 71 回「鴛鴦女無意遇鴛鴦」至 80 回，主要寫王夫人不容林黛玉。兩

宴大觀園，如同演了一齣貧富對比戲，賈母和劉姥姥的強烈反差，使冷眼旁觀的王夫人更加堅定了實現「金玉姻緣」的決心，以使自己的晚年如福壽雙全的賈母，而不能因為家庭衰敗，墜入貧困階層，和劉姥姥一樣失掉人格尊嚴。寶玉放縱丫頭下人「作亂」，提醒王夫人不能讓一個趙姨娘式的美妾待在寶玉寶釵身邊，而只能讓一個周姨娘式的粗粗笨笨的襲人把寶玉寶釵陪伴。抄檢大觀園，驅逐晴雯，意在黛玉，正是在此情況下發生的。賈母這時已如百年好參，成了「槽朽爛木」，自身尚且不保，那裏顧得外孫女。寶釵建議王夫人省掉園中開支，連黛玉如同妙玉一樣帶髮修行的路也睹死了。

小說高潮集中表現了主要矛盾衝突

　　《紅樓夢》前 80 回的第一個高潮是金釧兒之死，而不是寶玉挨打。寶玉挨打是金釧兒之死的餘波。金釧兒是王夫人的心腹丫頭，和王夫人女兒差不多：金釧兒死後王夫人破例賞銀 50 兩，趙姨娘的弟弟趙國基死後探春按規矩才只給了賞銀 20 兩；王夫人還要用姑娘們的衣服妝裹金釧兒屍首；又把金釧兒生前的月銀讓她妹妹玉釧兒拿了。可是金釧兒就因為和寶玉說了幾句調笑話，被王夫人又打又攆又逼，直到金釧兒投井身亡。按照王夫人的說法，是因為「好好的爺們，都教你教壞了」，一兩句調笑話能「教壞」寶玉，恐怕連王夫人也不會相信；金釧兒又是王夫人身邊的丫頭，不是寶玉身邊的丫頭，要說「教壞」寶玉也輪不上她。王熙鳳要用黛玉生日衣服妝裹金釧兒屍首，一語道破了玄機：林黛玉置初進賈府時王夫人叮囑她不要沾染寶玉的話於不顧，和寶玉整天廝混，搞得寶玉神魂顛倒，大有因她毀掉「金玉姻緣」的勢頭。黛玉又有賈母護著，王夫人拿她沒法，只好借金釧兒之事發泄她對黛玉的不滿，金釧兒是黛玉的替死鬼。金釧兒死後接著就是寶玉挨打，王夫人和賈母合流，「棄黛娶釵」和「棄釵娶黛」的對立劍拔弩張。

　　晴雯之死是《紅樓夢》前 80 回中的第 2 個高潮，被人們誤認為是高潮的抄檢大觀園只是高潮前的序幕。王夫人抄檢大觀園的真正原因並不是繡春囊事件，因為王熙鳳建議用暗中訪察的方法解決繡春囊事件已得到了王夫人的同意。促使王夫人下決心抄檢大觀園的原因是因為王善保家的誣衊晴雯「能說慣道」，「掐尖要強，妖妖趫趫，大不成個體統」，一下觸動了王夫人那根最敏感的神經，馬上把晴雯和黛玉連繫了起來。其實在大觀園裏，黛玉像唱戲的齡官，晴雯又像黛玉，那麼齡官肯定也和晴雯相像。而工夫人沒有

把晴雯和齡官連繫起來,卻把晴雯和黛玉連繫起來,這決不是偶然的,說明她心裏一時一刻也忘不了要除掉林黛玉,於是才決定抄檢大觀園。王善保家的抄了一遍還不解恨,王夫人又親自出馬,二次搜檢怡紅院,趕走四兒、芳官,重點當然是驅逐晴雯,目的是殺雞給猴看。王夫人事後回稟賈母時說晴雯「一年之間病不離身」,「懶」,「害女兒癆」,沒有一條符合晴雯情況,倒是黛玉確實害的是肺癆,一年間「藥弗子不離火」,「舊年好時一年做一個香袋兒」,「今年半年還沒見拿針線呢」。王夫人這裏明說晴雯,暗指黛玉。她驅逐晴雯就是威逼黛玉,回稟賈母就是要賈母放棄對外孫女的保護。

《紅樓夢》的第 3 個高潮是黛玉之死,這是金釧兒之死、晴雯之死的繼續,是王夫人和賈寶玉這一主要衝突發展的必然結果。黛玉之死有無原稿至今爭議不休,曹雪芹給讀者留下了無限的想像空間,這種不寫之寫比寫出來可能更好,再高明的續書和探軼學之類充其量也只不過是代替讀者想像的蛇足之筆,與曹雪芹的 80 回《紅樓夢》已經沒有關係了。讀者通過晴雯之死完全可以想像黛玉之死的悲慘程度。黛玉死了,在 57 回就發誓與黛玉一起化灰化煙的寶玉也不會苟活於世。而不會像未定情前所說的黛玉死了他去當和尚。

其它矛盾衝突圍繞主要矛盾衝突

王夫人和賈寶玉圍繞婚配對象選擇問題而進行的衝突是《紅樓夢》的主要矛盾衝突,但不是唯一衝突。圍繞這一主要矛盾衝突還有其它許多矛盾衝突,這些矛盾衝突和主要矛盾衝突互相影響,互相制約,形成了一個有機的矛盾衝突網絡。這些矛盾衝突因其與主要矛盾衝突關係的不同,可以把它們分別概括為:

背景性矛盾衝突

其中又包括:

嫡庶間的矛盾衝突。主要是趙姨娘母子(寶玉挨打之前還包括賈政)與王夫人及探春的矛盾衝突。這是一種爭奪家庭財產繼承權的矛盾衝突。賈環把蠟燭油推向寶玉臉上欲使寶玉瞎眼;趙姨娘勾結馬道婆毒設魘魔法欲置寶玉鳳姐於死地;賈環向賈政誣告寶玉強姦不遂,逼死金釧兒,以借賈政之手打死寶玉;探春管家時趙姨娘為了多要幾兩銀子又哭又鬧;趙姨娘借茉莉粉

之事與芳、葵、豆三官撕撞，以泄私慣，都是嫡庶矛盾的表現。賈政由偏向趙姨娘轉而偏向王夫人，趙姨娘才偃旗息鼓，但矛盾並未止息。

親疏間的矛盾衝突。是本應執掌家政大權但因不受賈母寵愛而未掌握家政大權的賈赦、邢夫人夫婦與本來不應掌握家政大權但因受到賈母偏愛而掌握家政大權的王夫人、賈政及鳳姐的矛盾衝突。誰握有家政大權，就意味著握有財產的分配權以及人事處置權，從而也就決定了他在家庭的地位和影響。寶玉挨打之前因為王夫人與賈母若即若離的微妙關係，親疏間的矛盾衝突還不明顯；寶玉挨打之後，由於王夫人賈母關係趨向密切而使親疏矛盾日漸表面化。賈赦欲娶賈母心腹丫頭鴛鴦為妾，一方面表現了他的荒淫，但更重要的是為了「算計」賈母（賈母語），挖老娘的牆角。廚房風波，是賈赦女兒迎春的丫頭司棋與傾向於王夫人、鳳姐一邊的廚師柳家的爭奪膳事權的鬥爭；賈母 80 大壽，邢夫人當著眾人給鳳姐下不了臺，發泄對賈母親近王夫人和鳳姐而冷淡自己的不滿；賈赦在賈璉偷娶尤二姐後，把丫頭秋桐賞給賈璉為妾，使為王夫人效忠的鳳姐「心中一刺未除，又平空添了一刺」；中秋節擊鼓傳花說笑話，賈赦很有針對性地說了個用針灸之法醫治母親偏心病的笑話，賈赦還和賈政公開作對，獎勵因詩作不佳而受到賈政批評的賈環，拍著賈環的頭笑道：「以後就這麼做去，方是咱們的口氣，將來這世襲的前程跑不了你襲呢。」露骨地表白了親疏嫡庶間矛盾衝突的實質。但因為得不到賈母的支持，郝邢夫婦的主動出擊總以失敗告終。

主奴間的矛盾衝突。《紅樓夢》中主奴矛盾衝突的一個特點是與親疏、嫡庶間的矛盾相關聯，如鴛鴦因深得賈母信賴並與王夫人鳳姐站在一起取得抗婚勝利；司棋因依附於賈赦之女迎春而被趕出大觀園。主奴矛盾的又一特點是和王夫人與賈寶玉這一主要矛盾衝突相聯繫，晴雯、芳官等因為和寶玉關係密切而遭到王夫人驅逐；襲人麝月等因為投合王夫人心意而得以在賈府站穩腳根，但卻為寶玉所不齒。《紅樓夢》中主奴矛盾本身雖不乏階級鬥爭色彩，但在賈府這種特定的環境下，它們總是通過王夫人和賈寶玉這一主要矛盾以及嫡庶親疏矛盾來表現的，奴隸們的悲劇也與後者鬥爭結果相關，有的就是後者的犧牲品。

貴族和農民之間的矛盾衝突。《紅樓夢》中沒有正面描寫貴族和農民間的矛盾衝突，烏進孝交租、劉姥姥二進榮國府可以幫助我們從側面瞭解這一矛盾衝突的大概情況。

貴族家庭和皇室間的矛盾衝突。元春用青春和生命爲賈府換來了「烈火烹油，鮮花著錦」之盛，也爲賈府招來了沒完沒了的外祟，周太監夏太監劉備借荊州式的向賈府借錢，使替王夫人管家的璉鳳夫婦苦不堪言；江南甄家被抄也好像是爲賈府的未來厄運予作暗示。

《紅樓夢》是把背景性矛盾衝突作爲王夫人和賈寶玉矛盾衝突的典型環境來表現的。背景性矛盾衝突的存在和發展對王夫人選擇薛寶釵賈寶玉選擇林黛玉這一主要矛盾衝突誰勝誰負，起著非常重要的影響，而哪種選擇占上風又反過來影響背景性矛盾衝突的存在和發展。

從屬性矛盾衝突

從屬性的矛盾衝突主要是作爲主要矛盾衝突在某一方面的表現而存在的，是爲主要矛盾所規定、所影響、所制約的。

寶玉與襲人的矛盾衝突：襲人和寶玉關係可分爲三個階段，第一階段是襲人第一次回家之前，寶玉和襲人平等相處，矛盾不甚明顯；第二階段，襲人儼然以寶玉身邊人自居，向寶玉提出三項要求，不喜歡寶玉和姊妹們「黑家白日的鬧」，對寶玉和黛玉的關係更是「可驚可懼」。而寶玉對襲人或者表面應付，或者以批「文死諫」、「武死戰」含沙射影予以抨擊，行動上還是我行我素。寶玉挨打之後，二人關係發生重大變化，襲人被王夫人看中，充當王夫人代理人，看管寶玉；寶玉則在讓晴雯給黛玉送舊帕時避開襲人；晴雯被驅逐後，當面質問襲人；在《芙蓉女兒誄》中對襲人進行了譴責。寶玉和晴雯的關係與寶玉和襲人的關係恰呈相反方向發展。

寶玉與寶釵的矛盾衝突：寶玉是個追求天性自由的人。寶釵則是個按照環境需要矯飾僞裝的人；寶玉的嫡庶、主奴觀念非常淡薄，在處理與賈環的關繫上他不以兄長自居。在處理與丫頭小廝關繫上，「沒上沒下」，經常呵護下人。寶釵嫡庶、主奴觀念特別強，判斷是非以封建等級爲標準，不管誰有理，總是站在嫡出的主子一邊；寶玉最討厭別人在他面前談論仕途經濟。而寶釵則一有機會便向寶玉鼓吹讀書仕進。寶玉因此而罵寶釵「一個清淨女兒」入了國賊祿蠹之流；寶玉堅持婚配對象當事人自己選定，不願爲家庭犧牲自己的選擇。寶釵則爲家庭放棄自己選擇的權力；寶玉對人眞誠，不討好權勢者。寶釵則只知多方討好權勢者，待人誠心不多。

寶玉對寶釵並無感情，羞籠紅麝串一回不是表現他見了姐姐忘了妹妹，

而是希望寶釵具有的優點如健康嫵媚之類能爲黛玉所具有，這種現象心理學上謂之「假借」，就是希望自己喜歡的人具有自己不喜歡或不大喜歡或者談不上喜歡不喜歡的人所具有的優點；寶釵不願爲寶玉所說的給黛玉治病的有效藥方作證，寶玉對寶釵爲了迎合王夫人而說謊卻贏得王夫人贊其不說謊非常反感，讓她去陪老祖宗抹骨牌，表示了對寶釵的極大蔑視；寶釵在寶玉熱天午睡時，一人坐在寶玉身邊，做鴛鴦兜肚，熟睡中的寶玉說「和尙道士的話如何信得，什麼金玉姻緣，我偏要說木石姻緣」，給正在做金玉姻緣美夢的寶釵當頭一棒。

寶釵對寶玉也沒有眞正的感情，她責寶玉「素日不正，肯和那些人來往」（指金釧兒、琪官等）；眾姊妹作詩，她給寶玉起名「無事忙」，「富貴閒人」；惜春作畫，她當著眾姐妹的面說寶玉「沒用」，「越幫越忙」；香菱學詩，他責寶玉讀書仕進不如香菱刻苦等等，說明她從內心深處看不起寶玉。但她還非嫁給寶玉不可，倒不是她果眞相信「金玉姻緣」的「神話、鬼話、騙人話」，而是爲了家庭和母親的需要：薛家雖有錢勢卻缺少權勢，父親去世無人管教薛蟠，薛蟠惹禍需要有權勢的男性爲之了結；呆兄不爭氣，母親需要她孝敬侍奉，而如果嫁於別人難以照顧母親。寶釵「進京待選」只是掩人耳目之詞，實現金玉姻緣才是眞正目的。

寶玉和黛玉的矛盾衝突：寶玉和黛玉的矛盾衝突主要發生在贈帕定情之前。黛玉和寶玉衝突的原因完全是出於擔心。黛玉首先擔心的是寶玉對自己的愛是否出於眞心？這種擔心產生的原因是因爲她的地位和寶玉相距甚遠。20 回寶釵生日時，鳳姐湘雲等視黛玉爲貧民丫頭，黛玉不怪，怪的是寶玉也攪和在裏邊，這對黛玉來說才是難以忍受的，這就難怪她事後和寶玉鬧矛盾了。黛玉的第 2 個擔心是怕寶玉對她感情不專一。賈府內外追逐寶玉的女孩不是一個兩個，最讓黛玉擔心的是薛寶釵；其次還有襲人；再次，在一段時間裏史湘雲也是令林黛玉不放心的人物。

黛玉和寶玉鬧矛盾的第 3 個擔心是「金玉姻緣」的干擾。金玉之說不絕於耳，寶釵整天戴著金鎖招搖過市，這些都是令黛玉鬧心的事。金玉之論使她變得格外敏感，而這些煩惱只能向寶玉發泄。

黛玉的第 4 個擔心是無人爲之主張。清虛觀打醮雖對她有利，但賈母的表態只是一種傾向性的表態，具體所指並未點破，不確定性很大。正因爲如此，不但沒有讓黛玉喜出望外，反而又引起她和寶玉大吵大鬧。黛玉畢竟是

個讀書知禮的人，她想讓自己做主的愛情婚姻通過封建的「父母之命」的途徑來實現。所以每每悲傷父母早逝，雖有「銘心刻骨之言，無人為我主張」。

黛玉和寶玉鬧矛盾的第 5 個原因是她生活在賈府這個特定的環境中，不能將真情吐露，只有以假意試探，與眾不同的是他們每鬧一次矛盾，相互瞭解便加深一層，每經一次波折，感情反而變得更專更純，這是一對性格特殊的青年男女在特殊環境下雙向選擇的特殊形式。

寶釵和黛玉的矛盾衝突：寶釵進住賈府後的言行都是圍繞著實現「金玉姻緣」，黛玉日夜嚮往的是「木石姻緣」；釵、黛追逐的對象又是同一個寶玉；寶玉選擇的是林黛玉，但王夫人卻已為他選定了薛寶釵。釵黛矛盾由此而生。黛玉投靠的是不掌實權的賈母，寶釵投靠的是掌握實權的王夫人；黛玉要自己選知己做終生伴侶，寶釵聽命父母裁定；黛玉單純厚道，熱情。寶釵有城府，與誰都合得來，與誰都談不上感情篤深，與人交往功利色彩很重；黛玉與寶玉關係在明裏，誰都看得見。寶釵卻避開家長，暗中使勁；黛玉靠當事人，寶釵靠掌權人；黛玉讀書知禮，循規蹈矩，雖有個人選擇意向，沒有向任何人表露；寶釵則對封建禮法陽奉陰違，對寶玉的寶玉引人注目的注意。36 回之前，釵黛處於對峙狀態，互相爭強鬥勝，各不相讓；36 回之後，黛玉經歷了賈府的一系列事變，在嚴酷的現實面前向寶釵服輸。兩宴大觀園說酒令時黛玉無意中說了《牡丹亭》、《西廂記》中兩句唱曲，寶釵要挾黛玉，教訓黛玉，說得黛玉「垂頭吃茶，心下暗伏，只有答應是的一字」。後來黛玉又在寶釵面前承認自己在身份、家世、親眷等方面不如寶釵。寶釵管家之後，「金玉姻緣」大局已定，黛玉只好默認「釵正黛次」方案，投向薛氏母女懷抱。

王夫人和黛玉的矛盾衝突：王夫人從其畸形的審美觀出發，認為長得好看的必不安分，在黛玉剛進賈府時就對她產生了感情上的排斥傾向，神精敏感地叮嚀黛玉不要沾染寶玉。隨著寶黛關係的不斷發展，王夫人便把黛玉視為眼中釘，肉中刺，不願意拿出 360 兩銀子為黛玉認真治病，還把對黛玉的一腔憤怒發洩到金釧兒、晴雯身上。黛玉雖然深知王夫人是她與寶玉結合的最大障礙，但是她的性格和地位決定了她不可能有一丁點思想和言行上的反抗表示流露出來，完全處於被動地位。王夫人雖然處於主動地位，因礙於賈母，也一時拿黛玉沒法。但愈是這樣，除掉黛玉的心思也就愈加強烈。王夫人和黛玉矛盾衝突與其它矛盾衝突具有不同的特點和形式。

交叉性矛盾衝突

交叉性矛盾衝突是指鳳姐、李紈、探春三個人物既與寶玉衝突，又與王夫人衝突的矛盾狀態。

王熙鳳是王夫人內侄女，又在賈府替王夫人管家，待人接物按王夫人眼色行事，一心一意效忠王夫人。但因她幼時生活在東南沿海一帶，家裏經常和外國人打交道；不識字，較少受傳統道德影響；自小當男兒教養，思維言行不同一般女流之輩。她和秦氏雖皆淫亂，但卻顯示了資產階級貴婦人和封建階段貴婦人之不同（見恩格斯致哈格納斯的信：「論巴爾扎克」）：她反對賈璉賈赦搞一夫多妻；和張道士開玩笑不顧道俗、長幼、男女之別；她打人手狠、罵人苛薄；對公婆不孝，對妯娌不和，對丈夫不賢，上下左右關繫緊張；她不以出身嫡庶論人，誇讚探春、小紅；她不顧幾重公婆在場，人未到而笑先聞；她踩著門檻剔牙縫，不信陰司地府報應，說行就行；她對晴雯、司棋的看法與王夫人不同。她又是賈赦親兒媳，「終究要過那邊去」，只是王夫人的臨時管家婆，金玉姻緣不僅威脅的是林黛玉，而且也威脅到她的管家婆地位。按照她的性格，應該支持寶玉選擇黛玉，反對王夫人選擇寶釵。但她為了效忠王夫人，為了四大家族聯姻，卻違背性格本能而支持王夫人選擇寶釵提拔襲人，反對寶玉選擇黛玉。她那些要黛玉給她家作媳婦的話，正如黛玉所說，只是拿黛玉窮開心：她故意要讓寶釵生日規格超過黛玉，在寶釵生日時比黛玉為戲子，要拿黛玉過生日衣服妝裹死去的金釧屍首，八月十五日擊鼓傳花說笑話時故意在眾人面前倡揚寶黛的不平常關係，企圖毀壞黛玉聲譽。但是她的一系列違背封建倫理道德的言行也使王夫人對她擔憂和不滿，這也是王夫人加快實現金玉姻緣的原因。王熙鳳又是王夫人選擇管家婆的參照物，她所具有的優點未來管家婆都要有，她沒有的優點未來管家婆也要有。

李紈海棠社評詩，與王夫人選人不謀而合，遭到寶玉反對，李紈以詩社社長身份壓服寶玉。在思想性格方面李紈和寶玉是矛盾的。但因她尚德不尚才，娘家又沒有什麼背景，不中王夫人之意。雖然按關係和資格，可以充任管家婆之職，王夫人卻沒有把管家大權交給她。後來陪薛寶釵管了幾天家，那是王夫人為了轉移人們對寶釵管家的注意而讓她作陪襯。王夫人平時對她冷漠，抄檢大觀園時倒沒有放過她。但李紈比較善良，她當著鳳姐的面為平兒鳴不平，她在評詩時也不乏對黛玉的同情和照顧。當然也僅止於同情和照

顧，她不會支持寶玉選擇黛玉。

探春是海棠社評詩時唯一支持李紈評寶釵爲魁的人；眾姊妹談論家人生日時，精明強記的探春記得寶釵生日，唯獨忘了黛玉生日，這些都不是偶然的。她只認王夫人不認親娘，認寶玉不認親弟，爲寶玉所不齒。她又是個嚴格的等級論者，在芳官與趙姨娘矛盾中，袒護趙姨娘；在趙姨娘邢夫人和王夫人之間，她旗幟鮮明地站在王夫人一邊。她爲王夫人的事業憂心忡忡，不徇私情。但她認爲抄檢大觀園是「自殺自滅」，卻不知道支持王善保家進行抄檢的不是她反對的邢夫人，而是她效忠的王夫人。她這個未出閣的閨女竟然打了邢夫人心腹陪房王善保家的耳光，這種違背封建禮法的作爲也未必不引起王夫人的反感。

轉化性矛盾衝突

賈母開始暗中支持寶玉選擇黛玉，後來因各種原因又默認王夫人選擇薛寶釵。黛玉母喪之後，賈母主動接她來賈府寄居，爲黛玉和寶玉朝夕相處提供條件和保護，清虛觀打醮是賈母對寶玉婚配對象選擇的第一次表態；欲爲寶玉求配寶琴，是賈母在賈府一系列事變面前所作的第二次表態，說明她向薛家靠攏了一大步，放棄了對寶玉選擇黛玉的支持。但她不求寶釵而求寶琴，說明她未拋棄清虛觀宣佈的標準和條件，也不同意王夫人選擇薛寶釵。批「鳳求鸞」，說「巧媳婦喝猴兒尿」的笑話，則表明她雖不再支持寶玉選擇黛玉，但也不容許任何人傷害她外孫女的聲譽。抄檢大觀園之後，王夫人向她回稟驅逐晴雯之事，她開始有點不以爲然，最終承認了既成事實，加之她年老力衰，寶玉和她又是隔代，這就意味著對寶玉選擇何人作婚配對象她再也不會像過去那樣深管，就像迎春嫁孫紹祖，她不贊成，但賈赦堅持，她也沒有深管一樣。

賈母轉變與王夫人對她的策略改變有關。王夫人開始不理賈母，自搞一套，不和賈母一起吃飯；清虛觀打醮不陪賈母；端陽節賞午不請賈母。後來發現要抵擋來自賈政和趙姨娘及赦邢夫婦的攻擊，離不開賈母，金玉姻緣的成功繞不開賈母，而賈母晚年也需要王夫人，於是一頓蓮蓬荷葉湯把賈母和王夫人撮合到了一起。從此王夫人在吃喝玩樂上對賈母百依百順，以便在寶玉婚配對象選擇問題上，使賈母不好與自己作對。王夫人的目的達到了。賈母的轉變還與薛氏母女及鳳姐陪著她吃喝玩樂，潛移默化地使賈母感到離不開薛氏一家有關。加之賈府的入不敷出日益嚴重，賈母還要保持福壽雙全，

薛家正好能滿足她的需要。

賈母對寶玉婚配對象選擇問題的三次重要表態是既明確又不明確，這是符合賈母的性格和地位的。賈母態度的轉變，意味著王夫人和賈寶玉在婚配對象選擇問題上的衝突已見分曉。《紅樓夢》以婚配對象選擇問題作為切入點，反映貴族家庭複雜微妙的利害關係。王夫人和賈寶玉矛盾衝突的實質是人的生存條件和生存目的的矛盾。《紅樓夢》的悲劇是人的生存目的因為受到生存條件的制約而難以實現的悲劇。

2004 年 3 期《中國文學研究》

王夫人和賈寶玉矛盾衝突的成因、特點和性質

　　《紅樓夢》寫的是王夫人和賈寶玉圍繞婚配對象選擇問題而進行的衝突，王夫人給賈寶玉選擇的婚配對象是薛寶釵，賈寶玉為自己選擇的婚配對象是林黛玉。那麼，王夫人和賈寶玉為什麼做出不同的選擇？

　　首先，他們的婚姻觀不同。賈母的婚姻觀是才子配佳人，不講究「根基富貴」，聽任當事人自己選擇，但最後要由家長拍板定案；王夫人的婚姻觀是門當戶對，父母包辦，不給當事人知情權和參與權；賈寶玉的婚姻觀是男女雙方互為知己，心情相對，自己做主，自己選擇，自己決定。賈寶玉在自己選擇婚配對象這一點上和賈母一致，但最後由自己決定婚配對象一條又和賈母不同；王夫人在家長拍板定案一條上和賈母一致，在不給當事人知情權選擇權方面和賈母相矛盾。王夫人和賈寶玉處於對立的兩極，賈母則介於二者之間，這是賈母開始傾向於支持賈寶玉而不支持王夫人，但後來又默認了王夫人的選擇的重要原因之一，也是王夫人和賈寶玉始終處於對立衝突的原因。

　　其次，王夫人和賈寶玉的審美觀不同。在《紅樓夢》之前出現的短篇小說集《聊齋誌異》中，蒲松齡寫了一篇「羅剎海市」，表現兩種審美觀的對立，海市國以美為美，羅剎國以醜為美。《紅樓夢》之後出現的「病梅館記」，也反映了兩種不同審美觀的對立，即以自然之美為美和以人工修剪為特徵的病態之「美」為美的對立。《紅樓夢》中的王夫人，以「粗粗笨笨」為美，以矯飾偽裝為美；認為風流俏麗的人必不安分，亟欲除之而後快。賈寶玉則以美

為美，以不加修飾的自然美為美，最討厭的就是偽裝和嬌飾。

再次，他們考慮問題的角度不同。王夫人作為實權派，處於入不敷出、少人謀劃、子孫不肖的賈府，考慮的是選擇一個合適的管家婆，使賈府長盛不衰，安定和諧。現任管家婆王熙鳳雖是王夫人的親侄女，卻是賈赦親兒媳，正如平兒所說，終究要過那邊去；王熙鳳把賈府上下左右關係搞得很緊張，也使王夫人因其風聲不雅而深為憂慮。王夫人的大兒媳李紈尚德不尚才，難以充任管家婆之職，她連自己身邊的丫頭也「調教」不好，那能管好幾百口的大家。因此未來的管家婆就只能是寶玉的配偶了，這是王夫人特別關注寶玉婚配對象的原因。與其說她為寶玉選擇婚配對象，還不如說她是在為自己選擇心腹管家婆更合適。賈寶玉是無才補天的頑石脫生而來的，他現在雖為賈政公子，卻仍保持著先天頑石那種天性自由的性格。（賈寶玉的自由是精神的自由，是主宰自己思想言行的自由，是尊重他人人格的自由，是尊重他人自由的自由，又是誓和卑賤同生死、甘與弱者共存亡的自由，這是他和杜麗娘那種要求滿足人的自然欲望的自由不同的地方，也是和西門慶那種性自由不同的地方，更是和老莊那種追求個人自由超脫、混沌無為、不辨是非的人生哲學不同的地方）婚配對象的選擇是一個人一生中的第一個重大選擇，從某種意義上說，也是決定一個人一生旅程的選擇。一個人如果連陪伴自己走過一生的伴侶的選擇，都沒有自由的話，也就談不上其它方面的自由選擇和追求了。這正是《紅樓夢》作者把婚配對象的選擇作為小說切入點的原因所在。

第四，王夫人和賈寶玉各自選擇的條件不同，這也是由以上三方面的原因造成的。王夫人為賈寶玉選擇婚配對象的第一個條件是娘家必須有錢。因為賈府現在雖有人做官，元妃又被封為貴妃，有權勢，錢勢卻不能與之匹配。選擇薛寶釵，不但不需要賈府接濟，還會時不時的接濟賈府。恰好薛家現今雖有財勢，卻少權勢助威。兩家正好優勢互補（見張畢來《漫說紅樓》）。再則，用賈母、秦邦業和劉姥姥的話說，賈府裏的人都是「一雙富貴眼」，誰有錢就服誰，誰娘家無錢，再有本事也未必有人服從，賈府是有錢就有權。王熙鳳雖有一定的才幹，但她在遠見性方面不如秦氏，在調查處理矛盾糾紛方面不如平兒，在不殉私情、能拿出有效治家辦法方面，不如探春。她卻能在一段時間裏赫赫揚揚，威重令行，與其娘家廣有錢財分不開。正像她誇口的，把王家地縫子掃一下，就夠賈家用幾年了。而尤氏、邢夫人、探春等人，之

所以在賈府無權無威,就因為娘家或生母貧窮困窘。寶釵雖為親戚,在管家實習時尚能使上下人服,其中一個原因是因為薛家有錢,連愛挑人不是的黛玉也不敢對她說三道四。王夫人為寶玉選擇婚配對象的第二個條件是德,即本人必須有封建階級所要求的道德,並且能以封建倫理道德治家,處理上下左右關係。薛寶釵不僅自己裝做很有封建道德的樣子,在管家實習中也能做到深得眾人之心。這種和諧的關係和安定的局面,正是王夫人所希望的。第三個條件是有管家才能。薛寶釵在代王熙鳳管家時,探春提出類似於今天的「家庭承包責任制」,她從「朱子治家格言」的理論高度給以說明和支持。她不僅為賈府斂了錢,還為管家婆子們增了收。從此大觀園各負其責,主人不在家也有人互相監督,盡職盡責,一絲不苟。在贈送薛蟠從老家帶來的土產時,連趙姨娘這種「沒時運」的人她也沒拉下;她在不到六百字的管家演說中,七次提到姨娘,可見她對王夫人之忠。王夫人怎能不以她為未來心腹助手!而黛玉則只有寫詩才能,她寫的那些不拿稿費的詩對王夫人來說毫無用處。第四個條件是身體健康,賈府幾百口之家,大小事情一天至少幾十件,連王熙鳳這種男人萬不及一的人,也勞累得不時要借病休息幾天。薛寶釵家本來物質生活就很好,再加上常年服用各種營養長壽花蕊配成的冷香丸,林黛玉怎能與她相比!作者曾寫薛寶釵每天早晚省候服侍賈母王夫人,日間同姊妹們陪坐說話,每晚女工必至三更,沒有好的身體支持不下來。林黛玉本來身體就先天不足,到了賈府,在風刀霜劍中生活,心情壓抑淒苦,正像她自己所說,整天藥罐子陪著。縱然其它條件具備,也難勝任管家之職。

賈寶玉為自己選擇婚配對象的第一個條件是面貌好看,賞心悅目。選擇終生伴侶畢竟和選擇朋友不同;寶玉又看了那些「邪書僻傳」,不少是講才子配佳人的;寶玉在「遠親近友之家所見的那些閨英閨秀,皆未有稍及林黛玉者」,這裏的「遠親近友」當然包括寶玉姨媽家的薛寶釵,說明薛寶釵長相不如林黛玉。寶玉選擇婚配對象的第二個條件是互相瞭解。他和林黛玉「耳鬢廝磨,心情相對」,日則同起同坐,夜則同止同息,比別的姊妹關係更顯親密。寶玉選擇婚配對象的第三個條件是,對方不能說要他走仕進之路或多與做官為宦者打交道一類「混賬話」,否則就是入了國賊祿鬼之流。林黛玉不說這些混賬話,因此互為知己。第四個條件是處於被人瞧不起的地位。寶玉交的三個男朋友秦鍾、柳湘蓮、琪官兒地位都很低下。他平時所喜歡親近的是所有的女孩子,而特別關心的卻是平兒之類地位特別低下的。他在初會

秦鍾時油然而生的那種「老天不公」的感慨，就不是一般人所能理解的。在賈府，林黛玉在人們心目中的地位是低賤的，所以有人敢於把她和當時最被人看不起的唱戲女孩子聯繫起來，而她自己也感到別人這樣看她，是欺她爲「貧民丫頭」。正如紫鵑所說，只是因爲賈母的健在，她才保持著小姐的身份；若無賈母，也只好任人欺負罷了。作者每寫到諸如平兒、尤二姐之類不幸女兒的命運時，總要寫寶玉聯想到黛玉，這決不是偶然的。寶玉正是要選擇一個地位低賤但心境高邈的林黛玉，他空虛的感情生活需要黛玉這種人來塡補，就像賈母需要劉姥姥來調節生活一樣。只不過前者永遠，後者短暫罷了。

王夫人和賈寶玉矛盾的特點是什麼呢？又統一又矛盾，也就是「離不得的見不得」。

王夫人對兒子的不滿不是走不走仕進之路的問題，因爲這對賈府並不重要，賈府的榮華富貴不是那個人仕進做官取得的，也不可能靠那個兒孫仕進做官所能保持。對王夫人來說，寶玉能仕進做官最好，如不能讀書當官也無所謂，只要不惹事生非就行。她對兒子最不滿的就是整天和女孩「廝混」，這是既不利於寶玉的名聲，也不利於她的名聲。但因爲寶玉和賈母住一起，有賈母護著，作爲兒媳的王夫人又不好深管，因此就更讓她沒有一天不憂心。賈政打寶玉雖出乎她之所料，卻也等於替她教訓了寶玉；但她又不願意賈政打死寶玉，因爲打死寶玉，等於絕了她。在賈府這樣的大家庭，作爲一個女性當權派，要想保住自己的地位，必須要有男孩，那怕是一個傻小子，也比聰明超群甚至當上貴妃的女孩對她更有用。王夫人本來喜愛的賈珠死去了，不喜愛的寶玉卻活下來了，眞是愛不是，恨又不是。

賈寶玉對王夫人也是「見不得的離不得」。寶玉深知金鎖要與有玉的作爲正配的神話是王、薛二姊妹的得意傑作，王夫人是她選擇林黛玉的最大障礙。只有賈母在開始一段時間裏是他們的唯一靠山，所以當他和黛玉鬧彆扭和解後，便拉著黛玉去賈母那裏，而不去王夫人那裏。當他意識到金釧兒之死、晴雯之死都與黛玉有關時，這種視王夫人爲最大障礙的看法就更明顯了，這一點在「芙蓉女兒誄」中就有所流露，「鉗詖奴之口，豈討從寬。剖悍婦之心，忿猶未釋」，前者還可說指襲人之流，後者就不僅是指王善保家的了。王夫人驅逐晴雯，不正是悍婦的一場絕妙的表演嗎？

但賈寶玉又離不開王夫人，離不開王夫人所主宰的包括他也生活其間的生存環境。賈寶玉衣來仲手，飯來張口，沒有生活自理能力，連小紅這個服

侍他多年的丫頭都不認識,可見服侍他的人究竟有多少,誰也說不清。要他像司馬相如偕卓文君私奔不可能,要他效法張生與鴛鴦私結夫妻也不可能。他還要依靠現存的生存環境維持生命。

王夫人和賈寶玉雖處於矛盾衝突狀態,但從未發生過類似於寶玉挨打那樣的劇烈對抗,但他們的矛盾衝突雖不劇烈但卻深刻,難以調和。《紅樓夢》表現矛盾衝突的特點正是這樣,劇烈衝突的矛盾未必是帶根本性質的矛盾,帶根本性質的矛盾反而不一定「針鋒相對」,「刺刀見紅」,這是《紅樓夢》寫矛盾衝突和《二國演義》、《水許傳》、《西遊記》一類情節小說不同的地方。

王夫人要以犧牲兒子的自由追求、自由選擇保持現有的生存條件;賈寶玉卻不顧生存條件而堅持自己的自由追求、自由選擇。前者未必如願以償,後者也難心想事成,王夫人和賈寶玉矛盾衝突的實質就是自由追求的人生目的因為生存條件的制約而不能實現的悲劇。這決不是「愛情婚姻悲劇說」、「貴族家庭衰亡說」所能概括的。

2003 年 4 月 30 日《光明日報·文學遺產》

薛寶釵和林黛玉

　　早在《紅樓夢》流傳初期，就有所謂朋友間因為對林黛玉和薛寶釵褒貶不同而「幾揮老拳」的說法。俞平伯則認為薛林為一，作者對薛林一視同仁，無所謂褒貶，對這兩個人物產生不同看法的原因是因為讀者自己的眼光不同，「麻油拌韭菜，各人心裏愛」。與此相對的看法則認為薛寶釵是封建階級衛道者，林黛玉是封建階級叛逆者，從而揚黛抑薛。新時期以來，則多有抑黛揚薛之論盛行，甚至網上有調查顯示，認同薛寶釵者在 80%以上，認同史湘雲者 10%以上，只有不到 10%的人認同林黛玉。我們姑且不論選擇婚配對象不是選民議代表，沒有必要取得多數人的認同；我們要探討的是林薛二人究竟誰遵守封建禮法，誰更寬容，誰更順應環境。

　　在《紅樓夢》中，王夫人把男女廝混視為有違封建禮法之大忌，薛寶釵在王夫人面前總是裝做和寶玉保持一定距離的樣子，而林黛玉總是給人以整天和賈寶玉廝混的印象。究竟薛寶釵和林黛玉誰在和賈寶玉關繫上有違封建禮法？讀過《紅樓夢》的人都會記得，林黛玉從來沒有一個人跑到怡紅院單獨和寶玉相處，只有賈寶玉跑到瀟湘館和林黛玉單獨相處。而賈寶玉從未跑到蘅蕪苑與薛寶釵單獨相處，只有薛寶釵跑到怡紅院和賈寶玉單獨相處。而且薛寶釵找賈寶玉一般都在熱天寶玉午休時，或傍晚賈寶玉睡覺前。小說中寫薛寶釵第一次中午找寶玉，襲人告訴她寶玉被賈政叫去會見客人（賈雨村），薛寶釵當時說：這個客人也太沒意思，大熱天不在家歇著。請問你薛寶釵一個未出閣的女孩大熱天不在家歇著跑來找一個未婚男孩，又是什麼意思？還有一次，也是大熱天午休，薛寶釵又來找寶玉，這一次沒有白跑，寶玉光著身子只穿了一個肚兜（神功元氣袋一類護腹所用之物），花襲人坐在身

旁椅子上埋頭繡鴛鴦肚兜，薛寶釵在與襲人寒喧了幾句後，襲人藉口有事離開，薛寶釵竟然坐在襲人坐過的椅子上接著襲人繡的鴛鴦肚兜自己繡起來了。寶玉在夢中說：「和尚的話如何信得，什麼金玉姻緣，我偏說木石姻緣」，正在如癡如醉地給寶玉繡鴛鴦肚兜的寶釵聽後一下子「怔」了，「怔」者，全身血液如凝固了一般、全身細胞如麻木了一般之謂也。但過了一會兒，寶釵竟然像沒事兒人一樣和林黛玉、史湘雲、花襲人說說笑笑，好像壓根兒沒有剛才所發生的事似的。還有一次傍晚，林黛玉去找賈寶玉，不想賈寶玉和薛寶釵在怡紅院說說笑笑，林黛玉吃了晴雯閉門羹賭氣回房。關於這一點，襲人和晴雯最有發言權。寶玉挨打後襲人在向王夫人回稟寶玉情況時曾提出讓寶玉搬出大觀園，是怕和薛林之間發生不測，當時她是薛林並提的，說明她也感到寶釵與寶玉關係接觸有非同一般之處。至於晴雯就說得更直了，她在黛玉叫門不開時，發牢騷說寶釵有事沒事來一說半夜，弄得她們沒法按時休息，這說明寶釵不是一次兩次晚睡前找寶玉，也不是有什麼事非要找寶玉，更不是說幾句話就走。這一點很能說明林薛之間性格、心機和為人。

薛寶釵十五歲生日，王熙鳳當著賈府眾多人的面，羞辱林黛玉，比林黛玉為戲子，史湘雲、薛寶釵等也都心領神會地以一動一靜與之配合，連賈寶玉也參和在裏邊。林黛玉不是傻大姐，她有自己的尊嚴。她雖深知其中惡意，但沒有發作，她可以反唇相譏，也可以拂袖而去，如果那樣，眾人尷尬，寶釵的生日也會變得不歡，但因黛玉是賈母非常喜愛的外孫女，誰也拿她沒法。然而黛玉沒有那樣作，而是選擇了沉默，既給了眾人以面子，也沒有使寶釵生日氣氛受到影響。不僅如此，第二天當寶玉感到應付幾個姐妹力不從心而產生出家想法時，黛玉竟然不計前嫌，主動邀史湘雲、薛寶釵一起去說服賈寶玉打消呆想。黛玉的寬容和涵養於此可見。

可是被史湘去稱作「真真心地寬大」、「真真有涵養」的薛寶釵就不是這樣了。寶玉和黛玉鬧彆扭主動和好後來到賈母等人中間，寶玉深知他和黛玉和好寶釵心中不會高興，為了給寶釵一個面子，寶玉主動和寶釵套近乎，開玩笑說難怪人家稱寶姐姐為楊妃，原來也體豐怯熱。寶玉的討好竟然惹惱了寶釵，她當時就憋得滿臉紫脹，便借丫頭靚兒找扇之機指桑罵槐地把寶玉羞辱一番，弄得寶玉非常尷尬地訕訕離開了。黛玉對寶玉和寶釵的關係雖然也很在意，但還沒有在眾人面前給寶玉下不了臺。再則寶玉比寶釵為楊妃無絲毫污辱寶釵人格尊嚴之意，完全是討好的口氣，寶釵經過拚死奮鬥也未必能

達到楊妃的地位，就這寶釵還如此動怒，如果黛玉過十五歲生日，有人把她當做「戲子」，那她又該作何惱怒之狀呢？寶釵心胸可見一斑。

前80回《紅樓夢》中史湘雲幾次來賈府，第一次和黛玉住在一起，後來就不和黛玉住了，和薛寶釵住在一起，寶釵從討好賈母出發對她也顯得很熱情，出錢為她設計螃蟹宴，幫她為詩社擬題限韻，史湘雲也對寶釵大有好感，在襲人面前褒釵抑黛，誇寶釵有涵養，心地寬大，說黛玉愛耍小性兒，行動愛惱的人，等等。還有意無意地挑撥釵黛關係。史湘雲最後來賈府又和林黛玉在一起了，因為薛寶釵不理她了，她又在黛玉面前發泄對寶釵食言的不滿：「可恨寶姐姐說冷道熱，明明說八月十五和姐妹們一起賞月，到時卻不辭而別，一家人團圓去了。」黛玉不僅不計較湘雲的反覆，還勸說湘雲，「事若求全何所樂」，「人皆有不如意之事，不獨你我客居之人，連老太太老爺太太探丫頭也都有不如意之事」。兩人一起在凹晶館聯句，雖然冷淒，卻也一唱一和，配合默契。林黛玉待人寬厚，薛寶釵待人功利心太重。

薛寶琴來賈府後，賈母異乎尋常的喜歡，逼著王夫人認做乾女兒，跟自己一起住，宣佈要養活她。史湘雲以己之心度人之腹，說賈母此舉可能引起林黛玉「多心」，而事實上林黛玉倒沒有什麼，作為薛寶琴的姐姐薛寶釵卻對寶琴說：「我不知道我哪裏不如你，來了這麼長時間還未受到老祖宗如此寵愛。」嫉妒之情溢於言表。薛寶釵嫉妒之心甚於林黛玉，而且這種嫉妒之情按捺不住地表現出來，對寶黛關係的嫉妒也是如此，只不過對不同人表現的方式不同罷了，對依附於她家生活的薛寶琴嫉妒之情表現得很露骨，對林黛玉的嫉妒表現得較為隱蔽，闢如寶玉因魘魔法而致病恢復後，林黛玉念了一聲佛，她諷刺說佛祖管起人間的婚姻來了；在王夫人面前讓寶玉快到賈母那裏去，林妹妹在等你。林黛玉對寶釵和寶玉關係也不無嫉妒之心，但她只是在寶玉面前表露；寶釵管家之後，她不但不嫉妒，還投向薛氏母女懷抱，背後說寶釵是好人，她自己錯怪人家「心裏藏奸」，默認了釵正黛次的安排。凹晶館聯句，黛玉在湘雲發泄對寶釵不滿時還勸解史湘雲。而寶釵則在看到王夫人底牌後「臥塌之側不容他人酣睡」，不容於林黛玉。

姐妹們結社吟詩，李紈利用自己詩社社長的權力以「溫柔渾厚」為標準強評薛寶釵為首，寶釵無一字謙詞；菊花吟評林黛玉為魁，黛玉還自謙自己的詩「失於纖巧」，稱讚未拿上名次的史湘雲詩中不乏佳句。寶釵也誇獎過林黛玉譏諷劉姥姥為「母蝗蟲」是「春秋筆法」，誇獎過賈母比鳳姐「巧」，但那種誇獎沒有實質內容，沒有誠意，別有一番用心。同樣是誇獎別人，黛釵

截然不同。

　　《紅樓夢》描寫人物的角度是不斷轉換的，而不同角度的描寫所表現的作者對人物的褒貶感情也是很不相同的。第五回的林黛玉和薛寶釵以及林薛兩類不同女性在作者的筆下都是命運不能自主任人選擇的可憐人，作者正是從這個角度同情她們，「無所愛憎」，「無所褒貶」，「一視同仁」，「悲金悼玉」。在以後各回的描寫中，角度不盡相同，對她們各自處世的態度也就不是「無所愛憎，無所褒貶」，「一視同仁」了，而是有褒有貶，有愛有憎，並非一視同仁。這就需要我們閱讀時細心體味。

　　　　　　　　　　　　2007 年 4 月 27 日《光明日報‧文學遺產》

「釵正黛次」說

　　《紅樓夢》第 57 回「慧紫鵑情辭試忙玉，慈姨媽愛語慰癡顰」是前 80 回《紅樓夢》的一個重大轉折，讀懂這一回是準確地把握後來一系列人物情節的關鍵。在此之前，王夫人委託薛寶釵管家，表明她加快實現「金玉姻緣」的決心。林黛玉的出路何在？第 57 回正是回答這個問題的。紫鵑試寶玉本來是逼寶玉表態的，出乎紫鵑所料的是賈母和薛姨媽也表了態。賈母不讓黛玉離開賈府可以理解，薛姨媽不讓黛玉離開賈府，值得研究。黛玉一旦離開賈府，寶玉便會變得又呆又傻，看著自己的女兒嫁給一個又呆又傻的人，作母親的心中又該是何滋味呢？為了保全自己的女兒而保全寶玉，為了保全寶玉就必須留下黛玉。那麼，留下黛玉又該作何安排？薛姨媽雖和王夫人是同胞姐妹，但性格迥異。王夫人不大愛說話，像個「木頭人」，平時吃齋念佛，但做事心狠霸道。薛姨媽則軟善厚道，她既要讓黛玉留在賈府，不使寶玉變呆變傻，又要使黛玉能有一個「四角周全」的歸宿。以含蓄不露見長的薛寶釵試探性地要黛玉嫁給薛蟠，黛玉做出拒絕的表情和動作，性格厚道的薛姨媽不願勉強黛玉，一旦發現黛玉拒絕嫁給薛蟠，她馬上說了一番要黛玉嫁給寶玉的話。這不能說是薛姨媽狡猾騙人，其用意還是真誠可信的。既然戴金鎖的要嫁與有玉的作正妻，那麼黛玉就只能作二房了。對此作者雖然沒有點破，但卻在多處作了一系列暗示和照應，以便提醒讀者注意。

　　首先一處，是紫鵑聽了薛姨媽說要讓黛玉嫁給寶玉後，催促薛姨媽和賈母去說，薛姨媽「哈哈笑著」對紫鵑說：「你這孩子，急什麼，想必催著你姑娘出了閣，你也要早些尋一個小女婿去了。」在中國的一夫多妻制家庭，為了防止作次妻的有越禮言行，明媒正娶的正妻帶陪房丫頭作丫頭，作次配的

不能帶陪房丫頭，伏侍她們的丫頭由正妻調撥自己房裏的丫頭充任。《金瓶梅》中伏侍潘金蓮的丫頭龐春梅原是吳月娘房裏的丫頭，《紅樓夢》中趙姨娘房中的丫頭彩霞原是王夫人房中的丫頭，尤二姐住進大觀園後，伏侍她的是鳳姐房中的丫頭善姐。紫鵑給寶玉說過，她試寶玉，催黛玉早嫁寶玉，目的是既不離開本家，又和黛玉在一起。現在薛姨媽說要黛玉嫁給寶玉，卻讓紫鵑自尋女婿，讓黛玉給寶玉作次妻的用意不言自明。薛姨媽「哈哈笑著」對紫鵑說的原因是她笑紫鵑沒有領會她的深意。

第二處，早在 34 回「錯裏錯以錯勸哥哥」中，薛蟠就對薛寶釵說過：「從先媽和我說，你這金要揀有玉的才可正配。」這裏的「正」，正是針對「次」而說的，有正必有次，無次也就無所謂正了。這裏的「正配」是為 57 回薛姨媽提出的「釵正黛次」預設伏線。

第 37 回眾姐妹結社吟詩，第一次海棠詩李紈評寶釵為魁，第二次菊花吟評黛玉為首，這一先一後也是賈府人對釵黛二人先後次序的定位。李紈未必料到後來有釵正黛次的方案，但她和薛姨媽思想觀念一致卻是沒有疑義的。

黛玉在薛姨媽說出釵正黛次方案後臉紅，顯得不好意思，但沒有像對寶釵讓她嫁給薛蟠時那種拒絕的動作和表情，說明她默認了。這一點還可以從後來的一系列情節中得到印證：59 回寶釵命丫頭鶯鶯向黛玉要薔薇硝，黛玉則要鶯鶯帶話給寶釵說，她要同「媽媽」（指薛姨媽）一起去寶釵處吃飯，「大家熱鬧些」，此種話語，為過去所未聞。62 回襲人給黛玉送來一鍾茶，沒想到黛玉和寶釵在一處，襲人說誰渴了誰先接，她再倒去。寶釵本來不渴，卻當仁不讓地首先接過那鍾茶喝了一口，嗽嗽口，把剩下的半杯遞給黛玉。她的這種以老大自居的做法連襲人都感到不好意思，要再倒茶給黛玉，而黛玉竟毫不在乎地笑說，這半鍾茶盡夠了，心安理得地把半杯茶飲乾。這一不為歷來研究者注意的細節正表明黛玉對釵正黛次方案的默認。64 回黛玉作《五美吟》，以西施、虞姬、明妃、綠珠、紅拂五個才色兼備而命運不濟的女子為題，感到她們的「終身遭際令人可欣可羨可悲可歎」，她為什麼不以呂后、長孫皇后為題作詩？顯然是她感到同這五個皆為侍妾的薄命紅顏同病相憐之故。67 回寶釵給眾姊妹贈送薛蟠從南方老家帶來的各種玩意兒。「只有林黛玉的比別人不同，且又加厚一倍」，使人想起元春端陽節賜禮時寶釵與寶玉相同的描寫；黛玉得到寶釵所贈土物後，要和寶玉一起「到寶姐姐那邊去」，寶玉還以為一起去謝寶釵，黛玉則說「自家姐姐，這倒不必」，泰然以次處之。

釵正黛次也爲賈母所認可。58 回賈母入朝隨祭，把她喜愛的寶琴託咐給李紈照管，卻把黛玉託咐給薛姨媽照管，薛姨媽搬來瀟湘館與黛玉同住，「一應藥餌飲食十分經心」。而黛玉則對薛姨媽感戴不盡，一改以往寶姐姐、琴妹妹的稱呼，呼寶釵爲姐姐，呼寶琴爲妹妹，尊薛姨媽爲「媽媽」，「儼似同胞共出，較諸人更似親切。賈母見如此，也十分喜悅放心」。「喜悅放心」就是認可。

寶釵未必認同釵正黛次，但對母親的安排她也只有違心地順從。64 回寶釵知道黛玉作了《五美吟》後，還未看詩，先教訓黛玉說：「自古道，『女子無才便是德』，總以貞靜爲主，女工還是第二件。其餘詩詞，不過是閨閣中遊戲，原可以會可以不會。咱們這樣人家的姑娘，倒不要這些才華的名譽。」寶釵在此還是以老大自居。

黛玉認同釵正黛次決不是偶然的。寶玉挨打之前，黛玉還和寶釵爭強鬥勝，32 回她就感歎自己和寶玉既爲知己，「則又何必有金玉之論哉：既有金玉之論，亦該你我有之，則又何必來一寶釵哉！」大有有我無你的味道。兩宴大觀園之後，她在嚴酷的現實面前低頭了。42 回「蘅蕪君蘭言解疑癖」中林黛玉被寶釵一番「看雜書移了性情就不可救了」的「開導」說得「心下暗伏」，只有答應「是」的一字。45 回「金蘭契互剖金蘭語」一回，她在與寶釵談話中承認自己過去對寶釵看法不對，寶釵勸她不要看雜書是對的，往日竟是她錯了，「實在誤到如今」。還說她長了十五歲，沒有人像寶釵前日那樣教導她，自己無依無靠，客寄賈府，一草一紙全和賈府小姐一樣，被人多嫌，不如寶釵有母兄，有房地，一應大小事情不要賈府一文半個。這說明她認識到自己無法與薛寶釵抗衡，她在寶釵的實力面前認輸了。不僅如此，她還對寶玉說寶釵「竟眞是個好人，我素日只當他藏奸。」寶玉對她與寶釵的和解不理解，黛玉則心平氣和地向寶玉講了寶釵對她的許多「好處」。56 回寶釵管家，更使她感到形勢已難扭轉，要實現與寶玉的知己愛情，只有投入薛姨媽的懷抱。所以 57 回薛姨媽給她謀出路時她要認薛姨媽做乾媽，後來也確實認了媽媽。

作者在 64 回之後穿插了一個尤氏姊妹的故事，這個故事雖有其獨立意義，但作爲《紅樓夢》這個藝術整體的一個組成部分，則是預示林黛玉兩種可能命運的不可行。尤二姐嫁給賈璉後，安分守己，和安於作次妻的林黛玉相似，但最後卻爲鳳姐所不容，吞金而逝；黛玉作次妻若變成事實，雖然會受到寶玉的寵愛，根據臥塌之側豈容他人酣睡的規律，決不會爲薛寶釵所容。

薛寶釵表面溫柔和平，實則嘴甜心冷，遠比嘴辣心辣的鳳姐更難提防。至於尤三姐的命運，則預示黛玉外嫁之不可能。柳湘蓮懷疑三姐不貞而悔婚，黛玉自小與寶玉朝夕相處，如另覓知音，下場不會比尤三姐更好，縱然像出污泥而不染的芙蓉一樣清白，也難免被人懷疑見棄。

寶玉對黛玉與薛姨媽及賈母的作次妻的構想蒙在鼓裏，但從他對芳官、藕官、春燕、鶯兒、五兒、彩雲、香菱、平兒等丫環姬妾的百般呵護看，如果釵正黛次的方案變為事實，必然揚次抑正，家反宅亂。這無異於提醒王夫人：不能讓一個趙姨娘式的次妻林黛玉生活在寶玉寶釵身邊，而只能讓一個周姨娘式的粗粗笨笨的襲人把寶玉寶釵陪伴。

抄檢大觀園是王夫人對釵正黛次的表態。晴雯因眉眼與黛玉長的像而觸動了王夫人那根最敏感的神經。人謂襲人是寶釵的影子，晴雯是黛玉的影子。王夫人提拔襲人是愛屋及烏，驅逐晴雯是恨屋及烏。她抄檢大觀園是殺雞給猴看，她誣稱晴雯「懶」、「一年四季病不離身」、「害女兒癆」，實際都是指桑罵槐，針對的是黛玉。因為黛玉說自己一年四季是藥養著；襲人說她舊年好時作了個香袋，現在半年還沒拿針線呢；至於害女兒癆，大觀園裏只有林黛玉。王夫人事後給賈母回稟的這些精心羅織的驅逐晴雯的罪名，目的是讓賈母放棄釵正黛次的設想。

抄檢大觀園後，薛寶釵建議王夫人省掉大觀園這筆開支，表面上看是為賈府節省開支，實際後果是在絕林黛玉的後路。因為此時的大觀園只剩下寶玉黛玉，寶玉搬出大觀園猶有住處，黛玉搬出大觀園將無處安身。她連像妙玉一樣帶髮修行的路也被堵死了。從這裏我們也可看出薛寶釵當初順從薛姨媽釵正黛次的構想是違心的，她在骨子裏對林黛玉是排斥的。單純幼稚的林黛玉卻被她對自己的表面「好處」所迷惑，可悲可歎。

2005 年 5 月 27 日《光明日報‧文學遺產》

關於後 40 回

　　現在一般人都習慣於把曹雪芹的前 80 回《紅樓夢》和高鶚補續的後 40 回《紅樓夢》作爲一個藝術整體來看待。當初高鶚補續《紅樓夢》也是爲了使表面上沒有故事結尾的前 80 回變得有頭有尾。而事實上後 40 回和前 80 回互相矛盾，難以構成一個藝術整體，尤其是在人物描寫方面，後 40 回只有前 80 回人物之名，而無前 80 回人物之實。

　　前 80 回《紅樓夢》的主要人物是王夫人和賈寶玉。王夫人因其背景和性格的原因，似不如主要人物賈寶玉引人注目，所以很少有人把她作爲主要人物看待。其實，在女尊男卑的賈府，賈母和賈政對王夫人都有幾分懼怕；王熙鳳探春等人則更是唯王夫人之命是從；賈府下層人物的命運都掌握在王夫人手中；像賈寶玉婚配對象的選擇和決定這種牽動賈府全局而又非常敏感的問題更是王夫人不容他人插手的大事。王夫人利用生母和賈府女皇的權力，根據自己和家庭的需要而不是根據當事人的需要，代替當事人強行擇定婚配對象薛寶釵；賈寶玉則根據自己追求自由的生存目的，自主擇定婚配對象林黛玉。沒有權利就沒有自由。這場選黛還是選釵的權利對抗權力的衝突，也是人的生存目的與生存條件之間衝突的表現。生存條件本來是爲生存目的服務的，王夫人卻要寶玉放棄生存目的，屈從生存條件，這就是賈寶玉和王夫人作爲兩個主要人物發生衝突的意義所在。可是後 40 回卻把王夫人和賈寶玉都變成了次要人物。在寶玉婚配問題上，開始是賈母主動提出讓賈政給寶玉相看一個女孩子，既未提黛也未提釵；接著，賈母爲治寶玉因失玉所致之病，爲使將赴外任的賈政放心，讓賈政王夫人向薛姨媽求娶寶釵，薛姨媽徵求寶

釵兄妹意見後表示同意，於是兩下一拍即合，大功告成。王夫人和賈寶玉在娶釵問題上和其它一系列問題上完全處於被動狀態。

賈政在前 80 回只是個陪襯人物：他和賈寶玉的矛盾是維護還是褻瀆封建家長尊嚴的矛盾（見王朝聞《論鳳姐》），這一矛盾在寶玉挨打之後便中斷了；賈政主宰不了賈府各種事態發展的方向和人物的命運，也不關心寶玉功名仕進，一切聽任王夫人擺佈；回到家中不是同清客相公下棋吃酒閒聊，就是與其母共度天倫之樂，抑或是會見無聊政客賈雨村。後來乾脆「一應大小事務一概益發付於度外」。但後 40 回卻把賈政作為主要人物，大寫賈政對寶玉「應試選舉」、「習學八股」的重視，親自送寶玉上學，叮嚀教師嚴管寶玉，檢查寶玉功課作文；對於家事也是樣樣關心，迎春的嫁人，寶玉的婚娶，水月庵的風月案，都親自過問；高鶚還大寫賈政的官場活動，寫他想當清官而因上了部下李十兒的當卻不自覺地成了貪官，最後被貶回京等等。賈政由前 80 回的閒人和庸人變成了忙人和能人，他的活動貫穿於整個後 40 回，他的德行為賈府贏得了功名和富貴，「蘭桂齊芳，家道復初」。由於主要人物的改變，導致主線和主題的改變，使後 40 回成了《蕩寇志》式的續書，和前 80 回已經沒有內在的聯繫了。

前 80 回是通過一系列矛盾衝突來表現人物的。除了王夫人和賈寶玉這一主要矛盾衝突外，還有背景性衝突（親疏、嫡庶、主奴、貴族家庭與封建皇室、貴族和農民等矛盾衝突），從屬性衝突（寶玉與襲人、寶玉與寶釵、寶玉與黛玉、黛玉與寶釵、黛玉與王夫人等矛盾衝突），交叉性衝突（王熙鳳、探春、李紈既與王夫人又與寶玉的矛盾衝突），轉化性衝突（賈母開始傾向於支持寶玉選擇黛玉，後來又默認王夫人對寶釵的選擇），這些矛盾衝突與主要矛盾衝突互相制約，互相影響，形成了一個有機的矛盾衝突網絡，各種人物就像門捷列夫的化學元素周期表中的化學元素都有自己的位置一樣，也在這個矛盾衝突網絡上有自己的特定位置，並與其它人物發生關係，從而顯示自己的性格和命運走向。而後 40 回《紅樓夢》中這個有機的矛盾衝突網絡消失得無影無蹤，賈府這個被溫情脈脈面紗所掩蓋的「一個個像烏眼雞，恨不得你吃了我，我吃了你」（探春語）的封建貴族大家庭，變得人人通情達理，和諧融洽。王夫人和賈寶玉好像從來就不存在選釵與選黛之爭；前 80 回後期賈政與賈赦、邢夫人與王夫人劍拔弩張的緊張關係看不見了，賈赦經常去賈政房中請安議事敘寒溫，邢王二大人親密無間地說笑話；寶黛之間沒有矛盾，寶

釵給黛玉寄知音書子，黛玉視寶釵為知己而寫 4 首詞曲回贈；王夫人和黛玉
也沒有什麼矛盾，王夫人給黛玉送蘭花，不同意瞞黛娶釵，怕黛玉知道後「倒
不成了事了」，還和賈母去看望黛玉，為黛玉之死「掌不住哭了」；寶玉和寶
釵不但沒有什麼矛盾，還認同了金玉姻緣，娶釵娶黛都無所謂，娶釵勝於娶
黛，把對黛玉之愛略移於寶釵，與寶釵恩愛纏綿，惹得因夫妻關係不睦的鳳
姐眼紅難過；過去從不把黛玉當回事的探春經常看望黛玉；如此等等。只有
趙姨娘是眾矢之的，作者也讓她不明不白的一死了之。高鶚筆下的各種人物
都成了離開自己在現實矛盾衝突網絡中所處的特定位置而遊移不定任憑作者
驅使的散兵遊勇。他們的性格完全被作者作了隨意的扭曲的描寫。

　　後 40 回性格扭曲最大的人物是賈寶玉。前 80 回的賈寶玉是個外柔內剛
的人，而後 40 回的賈寶玉卻變成了一個外柔內也柔的人，就像一個沒有主心
骨的軟麵團。他因迎春嫁給孫紹祖竟然去瀟湘館林黛玉那裏大哭起來，後來
他又因探春遠嫁而「哭倒在炕上」，這是對 77 回所寫晴雯被逐後寶玉倒在床
上哭了起來的拙劣的模仿。後 40 回的寶玉一會兒罵孫紹祖「沒人心的東西」，
一會兒罵賈芸「混帳」，前 80 回的賈寶玉又何曾以此語言罵人？87 回作者寫
他偷看惜春妙玉下棋時突然哈哈大笑，把兩人唬了一跳，活像薛大傻；109 回
又寫他背著寶釵調戲柳五兒，讓人想起為李瓶兒守靈時與奶子如意兒勾搭的
西門慶；（令人哭笑不得的是，77 回王夫人抄撿怡紅院時曾說柳五兒短命死
了，「不然進來了又連夥聚黨遭害這園子」。後 40 回卻寫柳五兒進怡紅院伏侍
賈寶玉，這不是活見鬼嗎？）元春歸省時賈寶玉視有為無，心裏掛念的是窮
朋友秦鍾。而 85 回卻寫寶玉為其父「報升郎中任」而賀喜；還有，為巧姐講
解《女孝經》、《烈女傳》也非前 80 回的寶玉所願為。高鶚把寶玉的功名仕進
看得重於自主擇偶的權利，賈政要他讀書科考，他就以功名報答父母之恩，
這與前 80 回那個視勸他讀書仕進之人為「國賊祿蠹」，把維護和堅持自主擇
偶權利看得高於功名仕進的寶玉風馬牛不相及。總之，後 40 回的作者把一個
有靈性的寶玉寫成了一個呆頭呆腦的寶玉；把一個有雅情雅趣的寶玉寫成了
一個粗俗鄙陋的寶玉；把一個癡心不改自己的自由選擇堅持自己自主權利（他
沒有像柳湘蓮向尤三姐討回祖傳鴛鴦寶劍以示悔婚一樣討回送給黛玉的兩塊
定情舊帕，對黛玉他從未言棄）的寶玉，寫成了一個放棄人生追求、隨事俯
抑、昏昏噩噩、沒肝沒肺的傻爺。

　　除了賈寶玉，性格被扭曲的人物還有賈母。前 80 回的賈母對賈寶玉婚配

對象的選擇有三次重要表態，第一次是清虛觀打醮，利用婉拒張道士提親的機會借題發揮，傾向性明確但又引而不發的含蓄的表示了她的態度；隨著賈府事態的發展，賈母看到選擇林黛玉已不現實，但又不願意認同王夫人選擇的薛寶釵，便用欲為寶玉求配寶琴的方式表示了自己的態度；直到抄撿大觀園，在年老力衰無力左右賈府局面的情況下，才不得不違心地默認王夫人對晴雯的驅逐和對襲人的提拔，實際上也就等於默認了王夫人對薛寶釵的選擇。賈母對寶玉婚配對象選擇經歷了一個大轉變的過程，但從未具體表明贊成賈寶玉選擇林黛玉還是王夫人選擇薛寶釵。而這並不意味著她就沒有自己的基本立場，關如對外孫女，即使在木石姻緣、釵正黛次不能變成現實的情況下，對外孫女還是「心肝兒肉」一樣疼愛，對外孫女的前途充滿擔擾，對外孫女的聲譽竭力維護，這才是前 80 回那個有大家風度、表態做事留有餘地但又不失基本立場的賈母。而後 40 回的賈母卻充滿了小家子氣，整天絮絮叨叨，說三道四，在寶玉面前褒寶抑環，在薛氏母女面前褒釵抑黛，就連黛玉死後也不放過說其壞話的機會，對外孫女非常薄情，活脫脫一個碎嘴小女人。79 回迎春嫁孫紹祖，賈母不同意，但賈赦堅持，賈母因年邁，又是隔代，便沒有再加深管，這就意味著後來她不會像清虛觀打醮時那樣深管寶玉擇偶之事。而後 40 回的賈母卻像吃了返老還童丸一樣，和兩宴大觀園以前一樣精力充沛，事事插手，竟然親自主張娶釵瞞黛。她一會兒說黛玉小心眼死得早，一會兒又說是她害了黛玉，也是自我矛盾，說明高鶚對賈母的性格把握不定。

　　性格被扭曲的人物不止寶玉和賈母。後 40 回還把前 80 回那個宣稱不管陰司地府報應，「我說行就行」的鳳姐，寫成了一個又遇鬼又信神，又求籤又問卦的迷信婆；前 80 回的鳳姐按其性格本性，應該支持賈寶玉選擇林黛玉。但她為了效忠王夫人，卻違心地支持選擇薛寶釵，還一有機會便羞辱林黛玉。她自從先後見棄於賈母和王夫人後，再加之平兒的兩次諫勸，決心不再像過去那樣丁是丁，卯是卯，而是要得樂且樂，當好好先生，「反正天塌下來有大個子頂著」，連抄撿大觀園那種王夫人親自督辦的事，她都袖手旁觀，根本不會像後 40 回所寫的那樣謀劃主辦掉包計這樣的鬧劇，也不會在此前給黛玉送錢使，更不會在黛玉死後為之痛哭；還有，前 80 回那個因不說「混帳話」而被賈寶玉視為知己的林黛玉竟然兩次三番地鼓勵寶玉讀書仕進。因肺癆耗盡津液哭不出眼淚的黛玉，動不動就「籟籟滴下淚來」：後 40 回把不苟言笑，做事兇狠，一怒死金釧兒，二怒死晴雯，不但要剝奪兒子的自由選擇權，還

要剝奪兒子選擇的黛玉的生存權的王夫人，寫成了言行隨和、沒有主見、無可無不可、一切聽從賈母之命、很有同情之心的老好人；當年因擔心黛玉前途而試寶玉的紫鵑竟然說黛玉難伏侍。「此丫頭不是彼丫頭」，高鶚筆下的這些人物已不再是曹雪芹筆下的那些人物了。

在前 80 回，詩詞曲賦是作者表現人物性格、心理和命運的重要手法之一，賈寶玉的「四時即景詩」、「芙蓉女兒誄」等都是如此。尤其是林黛玉，她的「葬花詩」、「秋窗風雨夕」、「桃花行」、「柳絮詞」及諸多賽詩聯句都是她心靈的寫照。後 40 回很少有人作詩言志，作詩表情，作詩明心。黛玉未作一首詩，卻令人莫名其妙地彈琴譜曲。前 80 回寫醫生看病，詳寫其所開處方，以表現其醫術和病人的病因及性格，後 40 回卻迴避具體處方而大寫不能表現病人生理心理特點及醫生醫術的病歷。前 80 回寫鳳姐的手法之一是說笑話，後 40 回鳳姐僅有的兩次笑話，說得味同嚼臘。高鶚的知識和才能遠沒有曹雪芹那麼全面和精深。

後 40 回之所以能隨前 80 回流傳至今，一是程偉元最先把高鶚續書與曹雪芹前 80 回原著對接縫合，用活字板排印，比抄本流傳廣，時間長，從而造成一種不好再把二者分開的既成事實。二是程偉元宣稱後 40 回是從舊家鼓擔上收集整理而來，給人造成一種模糊印象，好像它就是雪芹原稿，或者是雪芹原稿的修訂，抑或是根據雪芹創作提綱寫成。第三，後 40 回畫蛇添足的補續迎合了相當一部分中國人不管需要與否，要求故事有頭有尾的閱讀欣賞習慣。至於說到它的水平，倒是可以用「狗尾續貂」四字來概括。

附：

《紅樓夢》中共寫了九百多個人物，其中有鮮明個性特點和典型意義的就有二三十個。按照毛澤東的說法，《紅樓夢》至少要讀五遍，否則就弄不清眾多人物的相互關係，就沒有發言權。下面我從人物矛盾衝突的角度把主要人物及其矛盾關系列一簡表，供讀者閱讀時參考。

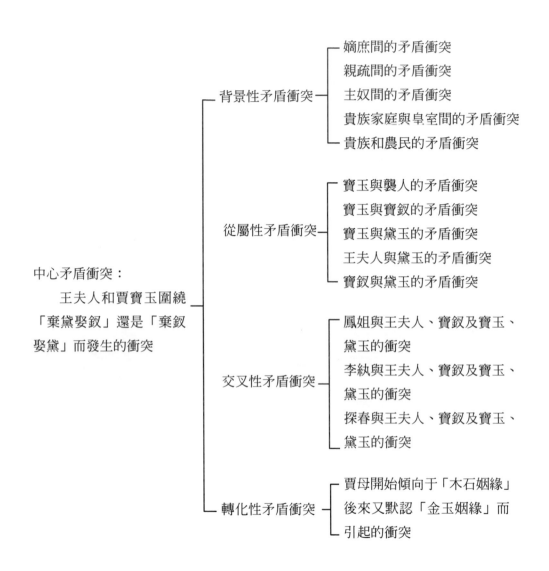

中心矛盾衝突：
　　王夫人和賈寶玉圍繞「棄黛娶釵」還是「棄釵娶黛」而發生的衝突

背景性矛盾衝突
- 嫡庶間的矛盾衝突
- 親疏間的矛盾衝突
- 主奴間的矛盾衝突
- 貴族家庭與皇室間的矛盾衝突
- 貴族和農民的矛盾衝突

從屬性矛盾衝突
- 寶玉與襲人的矛盾衝突
- 寶玉與寶釵的矛盾衝突
- 寶玉與黛玉的矛盾衝突
- 王夫人與黛玉的矛盾衝突
- 寶釵與黛玉的矛盾衝突

交叉性矛盾衝突
- 鳳姐與王夫人、寶釵及寶玉、黛玉的衝突
- 李紈與王夫人、寶釵及寶玉、黛玉的衝突
- 探春與王夫人、寶釵及寶玉、黛玉的衝突

轉化性矛盾衝突
- 賈母開始傾向于「木石姻緣」後來又默認「金玉姻緣」而引起的衝突

摘自 1997 年 12 月陝師大出版社出版的《紅樓夢》評點本

林黛玉的性格

（一）

　　《紅樓夢》重要人物之一的林黛玉，不是封建階級叛逆者，是讀書知禮的封建淑女。《紅樓夢》第3回通過一系列細節爲她的性格定下了基調：進賈府後「步步留心，時時在意，不肯輕易多說一句話，多行一步路」，唯恐被人恥笑；她的老師是賈雨村，這樣的老師，培養不出封建階級叛逆者；在鳳姐人未見而又說又笑時，她馬上對照眼前這些個個斂聲屏氣、恭肅嚴整的賈府人等，在心中產生來人「荒誕無禮」的想法。如果她是叛逆者，或者那怕具有些微叛逆心理，應該因爲在賈府遇見知音而喜出望外才對；作者寫老嬷嬷領黛玉拜見賈政王夫人，先到正室東邊的耳房，老嬷嬷讓黛玉炕上坐，黛玉見炕沿上有兩個錦褥對設，度其位置，是賈政王夫人坐位，便不上炕，只向東邊椅子上坐了。等了一會兒，老嬷嬷又領黛玉到了王夫人此時所在的東廊三間小正房，正房炕上東壁面西設著靠背引枕，王夫人坐在西邊下首，讓黛玉在東邊坐，黛玉又度其位置，料定是賈政之位，便在挨炕的椅上坐了，王夫人再四攜她上炕，她方挨王夫人坐下。作者兩次寫到黛玉挑選座位，說明她讀書知禮；賈寶玉見黛玉無玉便摔自己戴的寶玉，事後林黛玉一個人哭鼻子，原因是寶玉摔玉因她而起；她雖對母親當日告訴她的寶玉與生俱來的「寶玉」很好奇，但當襲人要趁寶玉休息拿給她看時，她還是壓抑了自己的好奇心，婉言謝絕了。

　　比起薛寶釵，林黛玉更有修養，也更寬容。薛寶釵生日，王熙鳳別有用心地說唱戲的齡官活像一個人，在座的人經她這一啓發，一致發現齡官像黛

玉，只不過不好意思說破，唯有湘雲說齡官像林妹妹。在此情況下，黛玉可以有兩種選擇，一種選擇是反唇相譏：「你說我像戲子，我看你才像戲子！」如果這樣，誰也拿她沒法，而在座的人都會感到沒趣，薛寶釵生日的喜慶氣氛也會因此而大打折扣。還有一種選擇，就是拂袖而去，使在座的人難堪，同樣會使薛寶釵的生日黯然失色。而如果這樣，別人也無奈她何。因為她畢竟是賈母非常喜愛的外孫女。但林黛玉沒有作出以上兩種選擇，而是選擇了沉默。這樣，在座的人不至於太尷尬，寶釵的生日氣氛也沒有破壞。說明她的境界和修養不同一般。雖然事後她為此和寶玉大鬧一場，但不大鬧才是不可理解的，她畢竟不是傻大姐，她也需要發泄。可貴的是她沒有當場發泄，而是背後在她的知己面前發泄，就像一個小孩在外受到悔辱無法發作回到家裏向父母發作一樣可以理解。尤其難得的是當寶玉因在眾女孩中周旋感到力不從心，產生出世思想時，林黛玉竟然不計前嫌，主動與史湘雲和薛寶釵一起去給寶玉做工作，這種連幾十歲的有修養的大人都很難做到的事，林黛玉做到了。

對比之下，薛寶釵就顯得相形見挫了。30 回作者寫一次天熱，寶玉看見寶釵出汗，開玩笑說難怪別人比寶姐姐為楊妃，原來也體豐怯熱，當時寶釵不由得大怒，臉都氣紅了。剛好丫頭靚兒來找扇子，寶釵指桑罵槐地把寶玉挖苦諷刺了一頓，弄得寶玉很不好意思地走了。把寶釵比做楊妃並沒有降低她的身價，如果她進京待選不是謊言的話，這條通向皇帝身邊的路要走到底夠她薛寶釵奮鬥一陣子，也未必能趕上楊貴妃。我們還可以設想一下，如果在林黛玉的生日有人把寶釵比戲子，她能像黛玉一樣保持沉默嗎？看來薛寶釵的「真真有涵養」「心地寬大」是心地既不寬大，也很難說有什麼涵養。倒是林黛玉夠得上心地寬大，真真有涵養。賈母對寶琴惹人注目的寵愛，引起寶釵的嫉妒，林黛玉倒毫不在意，也說明了這一點。

那麼林黛玉的心胸狹窄是從誰口裏傳出來的呢？是史湘雲，是花襲人。她們出於對賈寶玉喜愛林黛玉的嫉妒而給林黛玉編織了這些莫須有的缺點。22 回史湘雲對寶玉說林黛玉「小性兒、行動愛惱的人」；32 回花襲人向湘雲說黛玉愛鬧愛哭，動不動就賭氣不理人。實際上黛玉就是和寶玉經常弄矛盾，在其它人面前並沒有表現出「小性兒」、「行動愛惱」、「愛哭愛鬧」的缺點。史湘雲開始和林黛玉在一起住，後來又跑去和薛寶釵一起住，最後又跑來和林黛玉一起住，還背後說黛玉不好，後來又在黛玉面前說寶釵不是，

黛玉沒有附合，也沒有計較，而是寬容。對襲人，黛玉更沒有對她有什麼傷害。史湘雲襲人主要是嫉妒黛玉比一般人更被寶玉喜愛。尤其是史湘雲，她想不通。是的，在史湘雲看來，無論她還是薛寶釵都比林黛玉條件更好，為什麼賈寶玉對其它人不如對林黛玉呢？20回寫史湘雲到賈府，對賈寶玉說：「二哥哥、林姐姐，你們天天一處玩，我好容易來了，也不理我一理。」嫉妒之情溢於言表。她當眾點破齡官像林黛玉也與嫉妒林黛玉有關。當然史湘雲這種嫉妒是一般女孩子都可能有的，並不能因此就認為史湘雲也加入釵黛追逐賈寶玉的行列。關如史湘雲和賈寶玉都有麒麟，史湘雲就沒有像薛寶釵執著於金玉姻緣一樣搞什麼「麒麟姻緣」。史湘雲因為對林黛玉的嫉妒，甚至做出挑撥離間的事，如 20 回黛玉和她開玩笑（這是當面開玩笑，並沒有背後議論）說她把「二哥哥」咬舌念成「愛哥哥」，史湘雲認為這是揭了自己的短，使自己在黛玉面前失去優勢，使出了挑撥黛釵關係的伎倆，說林黛玉專挑人的不好，「指出一個來，你敢挑她，我便伏你」，她指的人就是薛寶釵。她明知釵黛二人為爭寶玉弄得不可開交，現在卻背後挑撥林黛玉說寶釵的壞話。多虧林黛玉沒有感情用事，如果林黛玉缺乏修養，在史湘雲的「挑撥」下順口說出寶釵一兩句不好聽的話，心直口快的史湘雲一旦傳出去進入寶釵耳中，林黛玉的日子就更不好過了。當然反過來說，賈母健在，一時也許拿她沒法，爾後卻可能成為受欺負的根源（正如紫鵑所說，老祖宗不在，只好讓人欺負罷了）。但林黛玉沒有上史湘雲的當，說明林黛玉的修養不在史湘雲之下。

海棠社賽詩，第一次詠海棠，眾人在沒有預先協商任何統一標準的情況下，憑藉各人藝術感受能力，不約而同地認為黛玉詩作為上，但李紈卻憑藉職權私訂「溫柔渾厚」為標準，推寶釵為魁，在一人擁護一人反對（探春擁護，寶玉反對）的情況下，強行拍板，獨斷專行，黛玉未置一詞；第二次菊花吟，為了安慰黛玉，李紈改「溫柔渾厚」為「風流別致」作標準，評黛玉為首，黛玉反而謙虛地認為自己的詩失於纖巧，還誇讚沒有評上名次的湘雲有絕妙佳句。而寶釵在詠海棠被評為首時卻是未有一字謙詞。黛玉外傲內謙，寶釵外謙內傲。

在處理與寶玉的關繫上，林黛玉比薛寶釵更遵守封建禮法，更遵守封建道德。一個有力的事實就是林黛玉從來沒有一個人去寶玉房中，更沒有一個人在寶玉獨睡時守在寶玉身邊。薛寶釵在元妃歸省後經常一個人去尋寶玉，

她還說別的客人大熱天要會寶玉，「太沒意思」，她自己就太沒意思。「繡鴛鴦夢兆絳雲軒」那回書裏就是寫大熱天中午寶釵去寶玉房中，一個人獨自坐在正在午休的寶玉身旁，聽到寶玉在夢中說：「和尚說的話如何信得，什麼金玉姻緣，我偏說木石姻緣。」她雖然「怔」了一會兒，但沒有告訴任何人，還一直賴在賈府待嫁。連晴雯都說她「有事沒事跑了來坐著，弄得我們三更半夜的不得睡覺」。

林黛玉從來沒有以各種方式向賈寶玉表白自己的感情，題帕詩並未讓寶玉知曉；而薛寶釵在第 8 回「奇緣識金鎖」裏通過看「寶玉」及說明金鎖上面的兩句話和「寶玉」上的兩句話是一對兒，就已經作了表白；整天戴著金鎖招搖過市：為鴛鴦設計給「寶玉」打絡子等，都是一種表白。

作為女孩，林黛玉和薛寶釵都想嫁給賈寶玉，這是符合情理的，不能以此斷定誰是叛逆者誰是衛道者。問題是在處理與賈寶玉的關繫時，林黛玉在行動上是按封建禮法封建道德辦事的；薛寶釵在行動上對封建禮法封建道德是陽奉陰違的；當著王夫人是一套，背著王夫人又是一套。在處理與賈寶玉的關繫上，薛寶釵更露骨更大膽；林黛玉則是顧慮重重，絲毫談不上叛逆。封建禮法封建道德是一種虛偽的裝璜門面的東西，既不實用，又違背人的天性。主張天性自由的寶玉當然不會把它當一回事；寶釵也深知此中奧妙，所以從實用主義出發，採取了陽奉陰違的態度；只有單純實在的黛玉才把它當了真。

（二）

寶玉贈帕之前，黛玉和寶玉鬧彆扭的原因完全是出於擔心，用寶玉的話說就是「不放心」。黛玉首先擔心的是寶玉對自己的愛是否出於真心？這種擔心產生的原因是因為她的地位和寶玉相距甚遠。黛玉在母亡父在時還不能說是孤女，封建社會男子有另娶的特權，林家興許有振興的希望。但在父亡之後，林家不會有任何振興的希望了，林黛玉變成了名符其實的孤女。在此情況下，賈寶玉對她的愛有增無減，結果反而使她產生懷疑。中國封建社會男女自由戀愛雖受到限制阻撓，但還是不斷地發生著，問題是這些自由戀愛都是男攀高者居多，女攀高者幾乎沒有，要有也都是做妾做二房。因為男的有可能通過科考仕進改變自己的地位，達到與女方「門當戶對」，如張生、柳夢梅之類；而女的從出生那天起，她們的地位就被決定了，只不過不是由她們

的才華和容貌決定的，而是由父母及其家庭所決定的，社會不可能像《鏡花緣》中寫的那樣給她們提供通過科考仕進提高自己地位的機會。富貴人家的女子只有因爲特殊事變地位一落千丈的（如甄士隱的女兒英蓮），很少有出身窮苦人家憑藉自己的才貌地位得以提高的。甄士隱家的嬌杏也是先給賈雨村做妾而後被扶正的。黛玉不說功名仕進一類「混帳話」，並非對科舉仕進制度不滿，而是怕因此更加拉大她和寶玉間的差距。爲了表現這一點，作者在 26～27 回穿插一段紅玉和賈芸的故事，紅玉雖和寶玉互有好感，但因地位懸殊，中間阻隔，不能如願，紅玉最後只好捨高就低，和賈芸以帕傳情，紅玉就是黛玉現實生活中的影子。20 回寶釵生日時，鳳姐湘雲等視黛玉爲貧民丫頭，黛玉不怪，怪的是寶玉也攪和在裏邊，這對黛玉來說當然是難以忍受的，她怎能不和寶玉鬧矛盾？他對寶玉說的話即是對湘雲幾個人的駁斥，又是對寶玉的擔心，擔心她和湘雲一種見識，視她爲「貧民丫頭」。「我原是給你們取笑的，──拿我比戲子取笑。」她問寶玉：「你爲什麼又和雲兒使眼色？這安的是什麼心？」封建大家庭的公子對於出身貧賤的美女，正如「賣油郎獨佔花魁」中的莘瑤琴所說，只知追歡買笑，不知憐香惜玉。賈寶玉是否也是這種人？她「不放心」。所以 23 回當寶玉用《西廂記》中曲文向她表白愛情時，她哭了，說寶玉用淫詞豔賦「欺負」她，她要向舅舅舅母告寶玉。26 回寶玉到瀟湘館又以張生自比，黛玉登時沉下臉來哭道：「如今新興的，外頭聽了村話來，也說給我聽，看了混帳書，也來拿我玩笑兒，我成了爺們解悶的。」黛玉和寶玉弄矛盾是唯恐寶玉像其它富家公子一樣，把自己當玩物對待。齡官劃薔和情悟梨香院正是以齡官的癡情和擔心表現黛玉的癡情和擔心。

　　黛玉和寶玉鬧矛盾的第二個擔心是怕寶玉對她感情不專一。賈府內外追逐寶玉的女孩子不是一個兩個，無論是年齡比他小的，比他大的，抑或與他相仿的，都有人對他抱有委身的希望，就連依賴賈府暴發得勢的通判傅試也想把自己才貌雙全，已經二十三歲，寶玉也遐思遙愛的妹子傅秋芳作爲與賈府聯姻的砝碼。而賈寶玉給人的印象也是「多情地喜歡許多女孩子」（何其芳語）。黛玉的這種擔心不是沒有道理。首先讓黛玉擔心的是寶玉喜歡寶釵勝過喜歡自己。當寶釵與寶玉在一起，使她受到冷落時，她生氣地說：「你又來作什麼？橫豎又有人和你玩，比我又會念，又會作，又會寫，又會說笑。又怕你生氣拉了你去，你又作什麼來？死活憑我去罷。」（20 回）當寶玉對她發誓說：「除了老太太、老爺、太太這三個人，第四個就是妹妹了。要有第五個人，

我也說個誓。」她又說：「你也不用說誓，我很知道你心裏有『妹妹』，但只是見了『姐姐』，就把『妹妹』忘了。」（28 回）她去看寶玉，寶玉正與寶釵在屋裏說笑，她卻吃了晴雯閉門羹，她便對寶玉說：「今兒得罪了我的事小，倘或明兒寶姑娘來，什麼貝姑娘來，也得罪了，事情豈不大了。」除了寶釵，讓林黛玉不放心的還有襲人。31 回襲人在寶玉和晴雯鬧矛盾時稱自己和寶玉為「我們」，儼然以寶玉屋裏人自居，而寶玉也曾說過用八抬大橋抬襲人的話。所以事後黛玉拍著襲人的肩稱其為嫂子，還說：「你說你是丫頭，我只拿你當嫂子待。」襲人說自己「一口氣不來死了倒也罷了」，黛玉說襲人死了她「先就哭死了」，寶玉笑說：「你死了，我作和尚去。」本來寶玉此話是針對黛玉說自己「哭死了」而說的，黛玉卻誤會是針對襲人說自己「死了倒也罷了」說的，所以接著伸出兩個指頭，抿嘴笑說寶玉「作了兩個和尚了」，還說自己「從今以後都記著你作和尚的遭數了。」襲人雖然是丫頭，用晴雯的話說「連個姑娘還沒掙上去」，但鋒芒逼人，前程看好，且寶玉此時和襲人關係勝過晴雯，所以黛玉說這些話也是有現實依據的。在一段時間裏，史湘雲也是令林黛玉不放心的人物。史湘雲有個麒麟，清虛觀打醮時張道士又送給了寶玉一個麒麟，兩個正好一對，寶玉要把張道士送他的麒麟轉送湘雲。黛玉因為發現近日寶玉所看的外傳野史，多半才子佳人，都因小巧玩物撮合而遂終身。現在寶玉給湘雲轉送張道士送的麒麟會不會弄出風流佳事？她不放心。探聽的結果卻是寶玉向大講「經濟學問」的湘雲下逐客令。雖然黛玉以上的這些擔心是無濟於事的，但卻是可以理解的。

黛玉和寶玉鬧矛盾的第 3 個擔心是「金玉姻緣」的干擾。如果說寶黛關係在耳鬢廝磨階段，黛玉還只是擔心寶玉喜歡寶釵超過喜歡自己；那麼到了二人正式開始戀愛階段，黛玉擔心的則是寶玉會不會被金鎖奪走？在黛玉和寶玉的矛盾衝突中，多數與此有關。賈母為寶釵作生日，規格超過黛玉；元春端陽節賜禮唯寶釵與寶玉同，黛玉與眾姊妹同，都是令黛玉鬧心的事。金玉之論使她變得格外敏感，所以她動不動就對寶玉說：「你有玉，人家就有金來配你；人家有冷香，你就沒有『暖香』去配？」「我沒這麼大福禁受，比不得寶姑娘，什麼金什麼玉的，我們不過是草木之人。」寶玉的厚道使他只能在夢中對金玉姻緣表態，而不願在現實生活中表態。所以黛玉一提金玉之說，他總是不知如何回答才好，而這更令黛玉心裏懷疑：「你心裏自然有我，雖有金玉相對之說，你豈是重這邪說不重我的。我須時常提這『金玉』，你只管了

然自若無聞的，方見得是待我重，而毫無此心了。如果我只一提『金玉』的事，你就著急，可知你心裏時時有『金玉』，見我一提你又怕我多心。故意著急，安心哄我。」這就是她對寶玉的表態總是不滿足，總是感到心裏不踏實的原因。32 回黛玉還有一段心理活動，「既你我為知己，則又何必有金玉之論哉；既有金玉之論，亦該你我有之，則又何必來一寶釵哉！」34 回寫寶玉給黛玉送去兩塊舊帕後，黛玉也認識到「自己每每好哭，想來也無味，又令我可愧」，「寶玉這番苦心，能領會我這番苦意，又令我可喜」，從此再也未和寶玉鬧過矛盾。

黛玉和寶玉性情相對，兩意相投，互為知己；薛寶釵和寶玉無任何情意可言，但薛寶釵卻整天戴著金鎖在人面前晃來晃去，金玉姻緣的神話像驅不散的烏雲在她頭頂上徘徊；薛寶釵又有她所不具備的為王夫人所喜歡的優越條件，黛玉無法與她抗衡；寶釵又有一套待人處事的辦法，也為黛玉所望塵莫及。黛玉怎能不為之憂心？她能做到心平如水嗎？這種生怕金鎖奪走寶玉的心態只能向寶玉表露，心中憂鬱只能向寶玉傾泄。

黛玉和寶玉鬧矛盾的第 4 個擔心是無人為之主張。清虛觀打醮，是賈母一次明確地傾向於支持木石姻緣而不支持金玉姻緣的表態。但賈母的表態只是一種傾同性的表態，具體所指也未點破，這是符合賈母性格地位和為人的，而這恰好給後來賈母改變態度留下餘地，給金玉姻緣演變成事實留下餘地。正因為如此，不但沒有讓黛玉喜出望外，反而又引起她和寶玉的一次滿城風雨的大吵、大鬧。賈母雖然愛她如心肝寶貝，但畢竟是隔代隔親的，總有萬般心事，不便向她明言。

金玉姻緣是薛寶釵母親出面主張的，符合「父母之命」；木石姻緣是當事人之間的雙向選擇，沒有「父母之命」。黛玉畢竟是個讀書知禮的人，她想讓自由選擇的愛情婚姻通過封建的「父母之命」的途徑變為現實。她沒有勇氣直接表露，更沒有勇氣走崔鶯鶯張生或卓文君司馬相如的道路，也沒有這種可能，所以黛玉每每悲傷父母早逝，雖有「銘心刻骨之言，無人為我主張」。

黛玉和寶玉鬧矛盾的第 5 個原因是她們生活在賈府這個特定的環境中，不能將真情吐露，只有以假意試探，「因你也將真心真意瞞了起來，只用假意，我也將真心真意瞞了起來，只用假意，如此兩假相逢，必有一真，其間瑣瑣碎碎，難保不有口角之爭。」與眾不同的是她們每鬧一次口角，每鬧一次誤會衝突，相互瞭解便加深一次，感情每經一次波折就變得更加專一和純潔，這是一

對性格特殊的青年男女在特殊環境下雙向選擇的特殊形式，不能簡單地用性格缺陷來解解。正如紫鵑所說，黛玉對寶玉「耍小性兒」，「歪派」寶玉，寶玉本人並不計較，反而對黛玉更專更純。而寶釵對寶玉百般勸誡和迎合，結果卻使寶玉對她更加反感，這種客觀效果本身就是對釵黛兩人的最好評判。

（三）

黛玉在環境事變而前，性格發生了重大變化。結社吟詩之前，她還和寶釵爭強鬥勝，兩宴大觀園之後，他在嚴酷的現實面前低頭了。「蘅蕪君蘭言解疑癖」中林黛玉就被寶釵一番「看雜書移了性情就不可救了」的開導說得「心下暗伏」，只有答應「是」的一字。「金蘭契互剖金蘭語」一回，她在與寶釵談話中承認自己過去對寶釵看法不對，寶釵勸他不要看雜書是對的，往日竟是她錯了，「實在誤到如今」。還說她長了十五歲，沒有人像寶釵前日那樣教導她；第二是認識到自己無依無靠投奔賈府，一草一紙全和賈府小姐一樣，被人多嫌；三是不如寶釵有母兄，有買賣地土，家裏有房有地，一應大小事情不要賈府一文半個。她已認識到自己無法與寶釵抗衡。黛玉對寶玉說寶釵「竟真是個好人，我素日只當他藏奸。」這是背著寶釵說的，完全出於真心。

黛玉的《葬花辭》還有對環境的埋怨、抗爭和清高的自我剖露：「一年三百六十日，風刀霜劍嚴相逼」，「質本潔來還潔去，不教污淖陷泥溝」。到了《秋窗風雨夕》，只有孤獨、寂寞、憂愁、悲涼，無法與環境抗爭的壓抑心境：「助秋風雨來何速，驚破秋窗秋夢續」，「連宵脈脈復颼颼，燈前似伴離人泣」，「不知風雨幾時休，已教淚灑窗紗濕」。第 70 回的《桃花行》，則把桃花和人作比，表現一種憂憤、苦悶、消沉、寂寞、痛苦的生活，從早晨到黃昏以淚洗面，完全是被環境所主宰的無可奈何的心理：「淚眼觀花淚易乾，淚乾春盡花憔悴。憔悴花遮憔悴人，花飛人倦易黃昏；一聲杜宇春歸盡，寂寞簾櫳空月痕！」70 回的「柳絮詞」也可以說是對《桃花行》的注腳：「飄泊亦如人命薄，空繾綣，說風流」，「歎今生，誰捨誰收」，「嫁與東風春不管，憑爾去，忍俺留」，使人大有黛玉自況之感。這幾首詩詞是黛玉在幾個關鍵時刻性格變化的重要標誌。

與湘雲凹晶館聯句時，史湘雲埋怨寶釵不講信用，黛玉沒有埋怨，還開導史湘雲：「事若求全何所樂」，「不但你我不能稱心，就連老太太，太太以至寶玉探丫頭等人，無論事大事小，有理無理，其不能各逐其心者，同一理也，

何況你我旅居客寄之人哉！」說明她對環境的認識更現實了。

黛玉向環境屈服，並不意味著環境就可以包容她。作者用尤二姐的結局暗示釵正黛次（見拙著《紅樓夢人物衝突論》陝西人民出版社 1985 年 11 月和《紅樓夢》評點本陝西師大出版社 1997 年 12 月）的道路走不通；作者用尤三姐的結局暗示捨棄寶玉在外擇偶沒有可行性；作者用妙玉在大觀園這筆開支省掉後無處安身暗示待發修行這條路對黛玉也沒有可能。王夫人又沒有《戰爭與和平》中伯爵夫人不同意姪女做兒媳卻可以容忍姪女作傭人的胸懷，所以林黛玉的結局讀者完全可以通過晴雯之死想像其多麼悲慘，都不爲過分。這就是禮義之邦的人情和人性。

一個人是否在某個環境中某些人中受歡迎或受歡迎到什麼程度，是由他能否滿足或在多大程度上滿足這個環境這些人的需要來決定的。林黛玉的悲劇不是不能順應環境，更不是所謂叛逆，而是不能滿足賈府的需要，才爲環境所不容，爲賈府的女性當權派王夫人所不容。薛寶釵也不是因爲遵守封建道德，是封建階級衛道者，才爲賈府所認同，而是因爲她能滿足賈府和王夫人的需要才爲賈府和王夫人所認同。

原載《明清小說研究》2004 年 2 期　收入此書時，恢復了刪改部分

寶玉・黛玉・賈母
——為答讀者和網友之質疑而作

「活著，咱們一處活著。不活著，咱們一處化灰化煙」

　　賈寶玉是個外柔內剛的人物。賈璉小廝興兒對尤二姐說他「沒剛柔」，下人「沒人怕他」；尤三姐說他「在女孩子們前不管怎樣都過的去」；鳳姐說他在眾姊妹和大小丫頭們跟前，「最有盡讓」，「再不得有人惱他的」。但他在選擇婚配對像這樣的大問題上，卻是寸步不讓。因為選擇婚配對象是他一生中第一個重大的選擇，從某種意義上說也是決定其一生的選擇。他選擇林黛玉不僅因為其貌壓群芳，還因為兩人「性情相投」，互為知己，且因他有與弱者共命運的善心。他選擇林黛玉的 100 條理由中可能有 99 條在別人看來是不對的，但有一條是對的，這就是他根據自己追求自由的生存目的自主擇定婚配對象，而這一條理由就可以否決其它 99 條理由。當事人擇配也有不理想的（如薛蟠擇配夏金桂），別人代選也有理想的（如賈璉之於尤二姐），但這不能作為剝奪當事人自己擇偶權利的理由，二者不是一回事。王夫人對賈寶玉來說，具有生母和賈府女皇的雙重權力，她選擇薛寶釵的 100 條理由中可能有 99 條在別人看來都是對的，但有一條不對，這就是她根據自己和家庭的需要而不是根據當事人的需要，代替當事人強行擇定婚配對象，這一條理由就可以否決其它 99 條理由。沒有權利就沒有自由。這場選黛還是選釵的權利對抗權力的衝突，是人的生存目的和生存條件之間衝突的表現。生存條件本來是為生存目的服務的，王夫人卻要賈寶玉放棄生存目的，屈從生

存條件，把人變成造糞機器，變成衣服架子，變成大觀園的守門人。賈寶玉則追求的是精神的自由和命運的自主權，這就是賈寶玉和王夫人作爲兩個主要對立面人物發生衝突的根本原因。賈寶玉在王夫人及其主宰的環境的高壓下，給林黛玉送了兩塊舊帕作爲定情的信物，而且在賈府的環境越來越不利於他的情況下，對林黛玉永不言棄，沒有像柳湘蓮收回定情信物表示悔婚一樣收回定情舊帕。他雖然在 30 回和 31 回說過黛玉死了他做和尚，但那是定情之前說的話。57 回紫鵑試寶玉，寶玉向紫鵑賭咒發誓說：「活著，咱們一處活著；不活著，咱們一處化灰化煙。」讀者可以根據晴雯之死想像黛玉之死的悲慘程度；而黛玉死了，寶玉也不會苟活於世。正如薛姨媽在 57 回說的，寶玉是個「實心的傻孩子」，不是口是心非的兩面派。他不會像高鶚寫的那樣在黛玉死後過一把與寶釵結婚的癮，又過一把科考高中的癮，兩把癮過完再出家當和尚，更不會調戲死而復生的柳五兒（這個柳五兒在曹雪芹筆下已經死去，高鶚卻莫名其妙地讓她活了過來，還進了怡紅院，服侍賈寶玉，有點活見鬼）。

「死生有命，富貴在天」

乍一看上面兩句話，恐怕有人不會把它和林黛玉連繫起來。然而這兩句話確實出自林黛玉之口，是在 45 回薛寶釵看望她時說的。

一提起林黛玉，人們就會想起她那首著名的「葬花吟」：「一年三百六十日，風刀霜劍嚴相逼」，「質本潔來還潔去，不教污淖陷泥溝」；想起她在周瑞家的送宮花時說的那句讓周瑞家的聽了「一聲兒不言語」的話：「我就知道，別人不挑剩下的也不給我」；想起她和薛寶釵爭強鬥勝，不甘示弱；想起她因「不放心」（寶玉語）而與寶玉發生的誤會衝突。但這些都是她與寶玉定情之前的事了。隨著賈府各種事態的發展，隨著薛寶釵在賈府被認同，林黛玉的心理性格也發生了變化。

首先是不再像「葬花吟」中那樣自許清高，對環境不滿，與環境抗爭，而是像 70 回「桃花行」中所寫的那樣被環境主宰而無可奈何，同一回中的「柳絮詞」則進一步寫道：「漂泊亦如人命薄，空繾綣，說風流，」「歎今生，誰捨誰收」，「嫁與東風春不管，憑爾去，忍淹留」，完全是聽天由命，順其自然了。凹晶館聯句時還勸湘雲不要事事求全，「人皆有不遂心之事，何況你我旅居客寄之人」，如果看不到林黛玉心理性格的變化，只聽口氣，倒像是湘雲勸

黛玉，但事實是正好相反。

對薛寶釵，她也不像過去那樣「有我無你」了，而是在薛寶釵的實力政策面前，認輸（42 回在寶釵教訓她看雜書會移性情時低頭吃茶，只有答應「是」的一字），認錯（45 回寶釵看望她時當面向寶釵承認自己以往錯怪寶釵，誤到如今），認姐妹（認寶釵爲姐姐，認寶琴爲妹妹），完全投入到薛氏懷抱（認薛姨媽爲媽媽），「儼似同胞共出」，連知己賈寶玉對此都不理解，質問她「是幾時孟光接了梁鴻案」，她在寶玉面前稱讚寶釵是好人，承認自己往日錯以寶釵藏奸，感念寶釵對她「多情如此」。薛姨媽後來所做的「釵止黛次」安排她未必感到滿意，但在當時環境下，在她看來也只能是如此了。而嚴酷的現實卻是：外嫁不可能，像妙玉帶髮修行不可能，釵止黛次也行不通，只有一條比晴雯更慘的路在等著她。和平年代，決定人命運的首先是環境因素，其次才是個人的性格；在《三國演義》那種動亂年代，決定人命運的首先是性格，同時也有環境因素。林黛玉生活在和平年代，個人的性格不可能完全決定她的命運，而主要是環境決定了她的命運。她說「死生有命，富貴在天」，表明她對此有了清醒認識，已沒有「葬花吟」那種自己主宰自己命運的想法了。黛玉之不被環境所容，並非她有叛逆思想，也不是她不主動適應環境，而是因爲她不能滿足賈府及其主宰者王夫人的需要。

「既是你深知，豈有大錯誤的」

《紅樓夢》中的賈母有個轉變過程，29 回清虛觀打醮是她根據 28 回元妃端陽節賜禮時對金玉姻緣的暗示所作的相反表態。張道士給寶玉說親時她告訴張道士寶玉命中「不該早娶」，就有利於不到及笄之年的黛玉，而不利於已過及笄之年的寶釵。她說這是「和尚說的」，也是有意要與「金玉姻緣」出自和尚之口的說法對等持平。因爲在賈府，人們是把和尚的話當做最高指示看待的。她說寶玉娶親要「模樣兒性格兒難得好的」，更是有利於黛玉而不利於寶釵，因爲在寶玉「所見遠親近友的閨英闈秀中皆未有稍及林黛玉者」，這其中當然不能排除作爲寶玉姨媽之女的薛寶釵。性格兒方面也是賈母喜歡黛玉超過寶釵，賈母、寶玉和黛玉一樣都喜歡才子佳人戲曲，這種興趣愛好的相同表明她們在性格上的驚人一致。而寶釵則無此喜好。最後賈母所說的「至於那家子窮，無非多給他幾兩銀子罷了」，更是有現實針對性的表態，因爲薛寶釵和林黛玉相比，最明顯的優勢就是富有，黛玉孤窮。但賈

母這個表態只是一種有傾向性的表態。所以事後寶黛二人不但沒有因為這個表態喜出望外，相反倒是大鬧了一場，一個剪穗，一個砸玉，滿城風雨。因為賈母的表態很不確定，容易出現變數。

果然，當賈母看到為寶玉選擇黛玉已不現實，便欲為寶玉說娶寶琴，而薛寶琴也符合老祖宗清虛觀打醮時宣佈的娶親條件。寶琴已許梅翰林，她來賈府投靠薛家是因為家窮待嫁，這一點賈府人都知道。賈母欲為寶玉說娶寶琴，或者是想讓薛家改變主意，悔婚另許；也可能確實不知寶琴已許梅家；或者是故作不知。不管哪種情況，欲為寶玉說娶寶琴都是一種表態；薛姨媽在回答賈母時沒有與梅家悔婚的意思，說明她首先考慮的還是「金玉姻緣」。賈母欲為寶玉求配寶琴是要表示她雖然放棄支持寶玉選擇黛玉，向薛家靠近了一大步，但卻沒有贊同王夫人選擇薛寶釵。長住賈府的寶釵未許人，又有所謂「金玉之說」，但賈母並沒有為寶玉說娶寶釵。

賈母在抄檢大觀園後認同了王夫人對薛寶釵的選擇。抄檢大觀園，是為了拉下鳳姐，肯定襲人，驅逐晴雯，威逼黛玉，為薛寶釵陞堂入室掃清障礙。其中肯定襲人、驅逐晴雯是其重點。賈母在王夫人先斬後奏時雖對此不以為然，但因為年老力衰，再加之隔代，只得承認既成事實：「既是你深知，豈有大錯誤的」，等於默認了對薛寶釵的選擇。此前作者曾寫賈赦要把女兒嫁給孫紹祖，賈母反對，賈赦堅持，因為年邁、隔代，賈母只好聽任賈赦擺佈。這意味著抄檢大觀園後對王夫人執意選擇薛寶釵排斥林黛玉她也不會再像清虛觀打醮時那樣深管了。

賈母不是一直支持寶玉選黛玉，也不是一直支持王夫人選擇薛寶釵，而是有一個轉變的過程。從某種意義上說，《紅樓夢》也可以說是寫賈母轉變的，如果沒有賈母清虛觀打醮時的表態，薛寶釵可能早就坐上寶二奶奶的寶座了。賈母的轉變，一是因為王夫人改變了對她的策略，由事事對立（不與老祖宗一起吃飯，清虛觀打醮找藉口不陪老祖宗，端午節賞午不請老祖宗等）到百依百從，以使老祖宗在寶玉擇偶這一關鍵問題上向她讓步。而老祖宗對她也有幾分怕（訓斥邢夫人時稍帶了一下王夫人，馬上又讓寶玉代她向王夫人下跪檢討）；二是鳳姐抓住她愛吃愛玩愛樂又愛錢的特點，不斷給她講有關錢方面的笑話，對她進行潛移默化的影響；三是薛姨媽成了她只贏不輸的理想牌伴，一刻也離不開。賈母的轉變之所以讓人不易覺察，是因為她的每一次表態都是只帶傾向性，而不點破，這是老祖宗的為人智慧，符合她的身份

地位和性格。老祖宗的轉變使寶黛失去最後的靠山。但老祖宗的轉變又是有限度的，她對外孫女還是如第三回所寫的那樣像「心肝兒寶貝」一樣愛，對外孫女未來非常擔憂（紫鵑說過，老祖宗百年之後，黛玉也只好任人欺負罷了），對外孫女的聲譽竭力維護（王熙鳳在眾人面前倡揚寶黛關係不一般，老祖宗馬上一反平時愛看才子佳人戲曲的常態，針對王熙鳳大批才子佳人，緊接著又說巧媳婦喝了猴兒尿的笑話影射王熙鳳，對王熙鳳抓住不放，窮追猛打。放炮仗時把黛玉摟在懷裏以防驚嚇等）。

《紅樓夢》正是以婚配對象選擇問題作爲切入點，反映貴族家庭溫情脈脈面紗掩蓋下的「一個個像烏眼雞一樣，恨不得你吃了我，我吃了你」（探春語）的微妙複雜的利害衝突。

（三十年前，王朝聞先生在《論鳳姐》一書中，以人物最具代表性的話語做爲每一節的小標題，極富創意。三十年後的今天，我寫這篇短文也模仿王朝聞先生的做法，不覺過時，反覺有趣。雖有東施效顰之嫌，也就顧不得了。）

2010 年 3 月 21 日《西安晚報‧文化縱橫》

《紅樓夢》中幾個難點問題之我見

「好了歌」《紅樓夢》中的「好了歌」是頭緒較多的第一回書的歸納，更是全書的點睛之筆。作者反覆強調和肯定的是神仙那種自由蕭灑的精神狀態和生存狀態，這正是每個人應該追求的生存日的。而功名、金錢、妻子、兒孫只是人生存的條件，和生存日的相比，屬身外之物。所謂「吃飯是爲了活著，活著不是爲了吃飯」，所謂「生命誠可貴，愛情價更高，若爲自由故，二者皆可拋」，與此有異曲同工之妙。「好了歌」注是說明名利妻兒不應作爲人生追求目的的原因，一是因爲可變性大，二是不由自己所能決定。

英　蓮　第一回出現的英蓮是林黛玉的影子。作者比喻林黛玉爲芙蓉，與英蓮的蓮相契合；英蓮因家境敗落，命運一落千丈，黛玉也是因爲家境敗落，命運逆轉；英蓮三歲時和尚要度她出家，父母不肯；黛玉也是三歲時和尚要度她出家，父母不肯。英蓮後來改爲香菱、秋菱，三次改名既是她命運越來越差的表現，也是黛玉命運每況愈下的寫照。黛玉沒有因爲寶玉以她爲至尊，命運越來越好，英蓮的今天就是她的明天。

寶黛矛盾　黛玉在寶釵十五歲生日時被人比爲戲子，當眾對她進行人格羞辱，欺她孤窮；但林黛玉沒有反唇相譏，也沒有拂袖而去。因有賈母在場，又不是由她挑起事端，她如果作出這兩種選擇的任一個，別人也拿她沒法。但爲了不使在場人尷尬，不使寶釵生日氣氛受影響，她選擇了沉默。而寶釵在寶玉比她爲楊妃時竟然大動肝火，如果比她爲戲子，她又將如何呢？兩者相比，黛玉心胸修養皆在寶釵之上。說黛玉心眼小，愛惱人，那是湘雲和襲人出於對寶玉親近黛玉心懷嫉妬而編造的，屬「莫須有」。

　　黛玉和寶玉鬧矛盾不是因爲黛玉心量狹窄所造成的。是因爲：1. 黛玉擔心寶玉對她的感情不眞，以她爲玩物，而這是許多富家子弟的通病；2. 擔心寶玉視她和其它姊妹一個樣。令她擔心的一是寶釵，二是湘雲，三是襲人；3. 「金玉姻緣」之說不絕於耳，寶釵整天戴著金鎖招搖過市，這些都使黛玉鬧心；4. 黛玉是個讀書知禮，對封建道德不敢越雷池一步的人，自由擇配的想法希望通過「父母之命」的途徑來實現，所謂「雖有刻骨銘心之言，無人爲我主張」，造成內心痛苦；5. 賈府的特殊環境不允許也不可能讓她向寶玉表露心事。只能以使氣、鬧彆扭相溝通。寶玉給黛玉送了兩塊舊帕，黛玉吃了定心丸，再也沒有和寶玉鬧矛盾。

　　金釧兒之死　　金釧兒是王夫人的心腹丫頭，和王夫人女兒差不多：金釧兒死後王夫人破例賞銀 50 兩，趙姨娘的弟弟趙國基死後，探春按規矩只給了賞銀 20 兩；王夫人還要用姑娘們的衣服妝裹金釧兒的屍首；又把金釧兒的月銀讓她妹妹玉釧兒拿了。金釧兒就因爲和寶玉說了幾句調笑話，被王夫人又打又撐又逼，直到金釧兒投井身亡。按照王夫人的說法：「好好的爺們，都教你教壞了」，此說與情理不通。金釧兒不是寶玉身邊的丫頭，要說「教壞」也還輪不上她。王熙鳳要用黛玉過生日的衣服妝裹金釧兒屍首，而按寶釵所說，金釧兒生前穿她的衣服剛合身，那麼肯定穿黛玉的衣服不合身，一個是胖楊妃，一個是瘦西施。王熙鳳的話說白了就是：金釧兒是你黛玉的替死鬼，你黛玉理應給金釧兒作出補償。而補償的辦法就是用你生日的衣服妝裹金釧兒屍首。因爲黛玉沒有聽從王夫人在她初進賈府時叮嚀的不要沾惹寶玉的預先警告；元妃利用端陽節賜禮之機表示撮合金玉姻緣，而賈母竟然在清虛觀打醮時說了許多有利於黛玉不利於寶釵的話，什麼和尚說寶玉命中不該早娶呀，將來要挑選模樣兒性格兒難得好的呀，不管其根基富貴呀等等。金玉姻緣因此而拖延下來。王夫人對此雖極不滿但又無法，只好借金釧兒之事發泄怒氣，反正金釧兒是丫頭，死了也無所謂。

　　釵正黛次　　王夫人讓寶釵理家，加快了實現「金玉姻緣」的步伐；寶玉在紫娟以語相試時表示要和黛玉同生同死；薛氏母女看望黛玉，寶釵試探性地要黛玉嫁給薛燔，遭到拒絕。薛姨媽提出讓黛玉嫁寶玉，紫娟催姨媽通過賈母促成寶黛之事，薛姨媽笑說紫鵑催黛玉出閣是爲了自己「早些尋一個小女婿」。古之女子出嫁作妻可帶丫頭陪嫁，作妾則不能帶丫頭陪嫁，嫁後丫頭由正妻房中丫頭調任。薛氏是用和紫鵑開玩笑的方法巧妙地表示要黛玉屈從

寶釵之後嫁給寶玉做二房，使「金玉」、「木石」和平相處。黛玉聽後只臉紅未反駁，後來又心安理得地喝下寶釵嗽口剩下的半杯茶，與薛氏母女相處「儼似同胞共出」，可見她默認了薛姨媽的「四角周全」的方案。賈母入朝隨祭時把黛玉託付給薛姨媽，對釵黛和睦相處十分滿意，表明老祖宗也贊成這個皆大歡喜的方案。尤二姐之死預示黛玉作次妻是死路一條，尤三姐之死則預示黛玉外嫁之路也走不通。

晴雯之死　寶玉聽到紫鵑說黛玉要回南方去後又呆又傻，賈母、薛姨媽都表態說不讓黛玉離開賈府，當時王夫人未表態。抄檢大觀園是王夫人的表態。王夫人抄檢大觀園的真正原因不是繡春囊事件，而是王善保家的誣衊晴雯「能說慣道」，「掐尖要強，妖妖趫趫，大不成個體統」，一下觸動了王夫人那根最敏感的神精，馬上把晴雯和黛玉聯繫了起來。黛玉像齡官，晴雯又像黛玉，晴雯肯定也像齡官。王夫人沒有把晴雯和齡官聯繫起來，卻把她和黛玉聯繫起來，說明她心裏一刻沒忘除掉黛玉。抄檢大觀園重點是驅逐晴雯，意在黛玉，殺雞給猴看。王夫人事後回稟賈母時說晴雯「一年之間病不離身」、「懶」、「害女兒癆」，沒有一件符合晴雯情況，倒是黛玉確實害的是癆病，一年間「藥弔子不離火」，「舊年好時一年做一個香袋」，「今年半年還沒見拿針線呢」。王夫人這裏明說晴雯，暗指黛玉，驅逐晴雯就是威逼黛玉，就是要賈母放棄對黛玉的保護。薛寶釵建議王夫人省去園中這筆開支，連黛玉同妙玉一起帶髮修行的路也堵死了，說明寶釵深知王夫人抄檢大觀園的內心隱秘。

黛玉結局，可想而知，無須添足。

2011 年 10 月 30 日《西安晚報 · 文化縱橫》

《紅樓夢》章回提要

第一回　甄士隱夢幻識通靈　賈雨村風塵懷閨秀

還淚之說。

甄士隱家庭由小康變潦倒，英蓮由掌上明珠淪為倒賣對象。

「好了歌」和「好了歌」注。

第二回　賈夫人仙逝揚州城　冷子興演說榮國府

賈府人關係。

賈府三大危機。

鳳姐和寶玉。

第三回　賈雨村夤緣復舊職　林黛玉拋父進京都

黛玉、賈母、鳳姐、王夫人、寶玉。

第四回　薄命女偏逢薄命郎　葫蘆僧亂判葫蘆案

薛蟠家遭人命官司。

李紈情況：李守中對其進行封建教育。

雨村補授應天府：薛蟠與馮淵爭買英蓮，馮淵被打死。雨村欲拿薛蟠，當日葫蘆廟小沙彌，如今雨村門子阻其發簽，說出薛家乃「護官符」上之「雪」，雨村聽門子之計，徇情枉法。原說要派人尋找英蓮，現在碰見英蓮（找上門

來），卻見死不救。

前番雨村送黛玉，今番雨村徇薛家。

薛家「百萬之富，現領著內帑錢糧，採辦雜料。」「皇商」。薛母，乃京營節度使王子騰之妹，與賈政夫人王氏一母所生。

薛蟠將人命官司視為兒戲，帶母妹上京長行。

王子騰由京營節度使升任九省統制。

薛蟠要自家另住，薛姨媽要投賈府，和王夫人「廝守幾日」。

黛玉投了賈母，薛氏投了王夫人。王夫人正愁沒有娘家人來住。

薛姨媽為拘緊兒子，欲與王氏長居，向王夫人提出「一應日費供給一概免卻，方是處常之法」。

薛家住梨香院。

第五回　遊幻境指迷十二釵　飲仙醪曲演紅樓夢

賈母憐愛黛玉如寶玉，迎探惜靠後；寶釵來後，人多傾嚮之，黛玉不忿；寶玉視其一意，略偏於黛玉；二人因親密反生口角。

賈母等去寧府賞梅。秦氏（賈母「乃重孫媳婦中第一個得意之人」）領寶叔去他房中安睡。寶玉隨秦氏入夢境，隨警幻仙姑遊太虛幻境。寶玉翻看「金陵十二釵」（謂之「金陵」，而不謂之「賈府」，說明作者用意。）「又副冊」，第一為晴雯；第二為襲人；「副冊」第一為香菱。正冊第一位判詞為「釵、黛」。第二位為元妃，第三為探春，第四為湘雲，第五為妙玉，第六為迎春，第七為惜春，第八為鳳姐。第九為巧姐，第十為李紈，第十一為秦可卿。

寧榮二公之靈囑仙姑以情慾聲色等事警其（寶玉）癡頑，使彼跳出迷人圈子，入於正路。警幻給寶玉以「千紅一窟」之茶，「萬豔同杯」之酒。寶玉看「紅樓夢十二支曲」：懷金悼玉的《紅樓夢》。前兩支曲寫釵黛。以下分別寫元春、探春、湘雲、妙玉、迎春、惜春、鳳姐、巧姐、李紈、秦氏。

飛鳥各投林。警幻謂寶玉「乃天下古今第一淫人也。」

第六回　賈寶玉初試雲雨情　劉姥姥一進榮國府

周瑞家的給劉姥姥介紹鳳姐：「年紀雖小，行事卻比世人都大，出挑的美人一樣的模樣兒，少說些有一萬個心眼子，再要鬥口齒，十個男人鬥不過她一個，就只待下人未免太嚴些個。」

劉姥姥先見平兒，誤以為鳳姐，被鍾唬的展眼；小丫頭子們亂跑；笑聲；婦人擺飯。鳳姐初會劉姥姥時熱不熱冷不冷的情形。

鳳姐和賈蓉說借玻璃炕屏的事。

鳳姐讓周瑞家的打問了王夫人的口氣，先告難，後給銀二十兩。

第七回　送宮花賈璉戲熙鳳　宴寧府寶玉會秦鍾

周瑞家的引見劉姥姥，又去找王夫人回話，薛王二人長篇大套的談家務人情。出劉姥姥引出周瑞家，由周瑞家引出寶釵（描花樣，談冷香丸）薛姨媽託她送宮花，故引出香菱（寶釵不愛花兒粉兒）、到王夫人處（賈母說孫女太多，擠著不便，只留寶黛解悶，餘者交於李紈住在王夫人處）給迎探惜送花；給鳳姐送花（鳳姐分兩枝給秦氏），她女兒求她為女婿冷子興說情（因賣古董和人打官司），給黛玉送宮製假花，黛玉用話刺周。

鳳姐言珍大嫂子叫她明日過去逛逛，王夫人說這是尤氏「誠心」，答應叫去。

秦氏向寶玉介紹她弟秦鍾來了，鳳姐要見，尤蓉不肯，鳳姐罵蓉，蓉帶來見鳳姐。

秦寶二人相互傾慕，寶玉自輕自賤。寶玉要秦鍾來賈府私塾讀書。

焦大情況。焦大當著鳳姐和寧府諸人面罵街。寶玉問所罵者何，鳳姐嚇寶玉。並說回了老太人叫秦鍾一起來上學。

第八回　比通靈金鶯微露意　探寶釵黛玉半含酸

鳳姐與寶玉說服了賈母叫秦鍾來家塾上學。

寶玉要去看寶釵，清客，總領，頭目熱情招呼。（於中途）到梨香院薛姨媽熱情接待，見寶釵衣著樸素，寶釵急於看通靈寶玉，鶯兒說八個字與寶釵鎖上八字成一對兒，寶玉因要了鎖看。發覺四句話果真一對。一個有心，一個無意。寶玉要吃冷香丸，寶釵不給。

黛玉來了，見寶玉在場，說他「來的不巧了」。薛姨媽用細茶果接待寶黛。李嬤嬤勸薛氏不要讓寶玉喝酒，寶玉要喝，薛氏亦助著寶玉；寶玉要喝冷酒，薛寶釵不讓喝。言冷酒傷脾胃。雪雁給黛玉送手爐，黛玉趁機奚落寶、釵。

李嬤嬤又來止酒，用賈政問書相嚇，寶玉不悅，黛玉慫恿寶玉再喝。黛玉給寶玉戴斗笠。賈母見從薛姨媽處來，更加歡喜，賈母問李嬤嬤，寶玉說

「沒有他只怕我還多活兩日。」寶玉攜晴雯手同看寶玉所書「降雲軒」之門斗。晴雯說李嬤嬤吃了寶玉給她帶的豆腐皮包子。茜雪又告早起泃好楓露茶李嬤嬤吃了。寶玉摔茶杯要回賈母攆李嬤嬤。裝睡的襲人起來解勸而罷。襲人怕玉冰脖子，用手帕包好塞在褥下。

賈母，眾人喜歡秦鍾人品（眾人因喜愛秦氏）。秦氏一家的情況。

第九回　戀風流情友入家塾　起嫌疑頑童鬧學堂

寶玉要上學，襲人勸他念書，不然就潦倒一輩子了，終久怎麼樣呢。寶玉叫她多和林妹妹一處去頑笑著才好。賈政冷笑使氣叫寶玉頑去是正理。賈政訓斥李貴，問寶玉念何書，說學了些精緻的淘氣。賈政叮嚀不要念詩經古文，講明背熟《四書》。李貴要寶玉聽他話；寶玉去別黛玉，黛玉以「蟾宮折桂」，「不去辭寶姐姐」相戲。

寶玉提出不和秦鍾論叔侄，而稱兄弟朋友。秦鍾香憐交友，金榮取笑，秦香二人向賈瑞告狀。賈瑞平時討好薛蟠圖其銀兩酒肉；賈薔因與賈蓉好，欲為秦鍾報不平，便計激茗煙。茗煙乃寶玉第一個得用的，與李貴不同。茗煙鬧事，李貴息事。賈瑞只好向秦寶賠不是，並要金榮給秦鍾「賠不是」、「磕頭」。

第十回　金寡婦貪利權受辱　張太醫論病細窮源

金榮對秦鍾「仗著寶玉和他好目中無人不滿。」金寡婦數說金榮，退了學占不了薛大哥的便宜。但又把此事告訴了小姑子璜大奶奶要告尤氏評理，金寡婦不讓，怕娃上不了學，不能請先生，反在金榮身上添許多嚼用。

璜大奶奶到了寧府，尤氏告她秦氏經期兩個月未來，下半天懶待動，話懶待說，眼神也發眩。秦氏見了人有說有笑，會行事兒，他可心細，心又重，不拘聽見個什麼話兒，都要度量三日五夜方罷。這病就是打這個秉性上頭思慮出來的。今兒聽人說欺負了他兄弟，又是惱，又是氣，連早飯也沒吃。

馮紫英給賈珍薦幼時從學的先生張友士醫生給秦氏看病。賈敬生日，藉口清靜慣了，不願往那是非場裏去鬧而不回。

張太醫要先看脈，後說病。果斷如神。「心性高強，聰明不過」「聰明忒過，則不如意事常有；不如意事常有，則思慮太過」。「憂慮傷脾，肝木忒旺」。張太醫言今冬無干，過了春分方可望痊癒。

尤氏贊「從來的大夫不像他說的這麼痛快」。賈珍說「人家原不是混飯吃

久慣行醫的人。」

第十一回　慶壽辰寧府排家宴　見熙鳳賈瑞起淫心

賈敬壽辰，賈母「不賞臉」未來，鳳姐爲之辯解。（此時爲秋天九月裏，菊花盛開）

鳳姐要瞧秦氏，尤氏說「媳婦聽你的話，你去開導開導他，我也放心。」秦氏說鳳姐「疼我」。寶玉想起在此睡覺夢太虛幻境事聽秦氏說熬不過冬而落淚。鳳姐勸解秦氏，說了許多衷腸話。鳳姐這番解勸給秦氏吃了定心丸。故未死。賈瑞給鳳姐請安。鳳姐在天香樓問爺們那裏去了。「背地裏幹什麼去了。」鳳姐冬至過後十二月初二看秦氏，叫尤氏給預備後事沖一沖，回賈母說其病無妨。賈母聽了，沉吟了半日。

平兒說三百銀子的利銀旺兒媳婦送來了；平兒罵賈瑞癩蛤蟆想天鵝肉吃，沒人倫的混賬東西。

第十二回　王熙鳳毒設相思局　賈天祥正照風月鑒

賈瑞來找鳳姐。按約定晚上鑽入穿堂。臘月大寒，白凍一晚而歸。代儒懲罰賈瑞跪在院內讀文章，打了三四十板，不許吃飯。第二次又在鳳姐房後小過道里那間空房子裏，被賈蓉賈薔捉弄。賈瑞「指頭兒告了消乏。」病倒了。要吃「獨參湯」，鳳姐湊了幾錢渣末泡須給了。此時已冬盡春回。

賈瑞不聽跛足道人之言，正照風月寶鑒，一命嗚呼。

冬底林如海病重，賈母定要賈璉送黛玉回揚州，仍叫帶回來。

第十三回　秦可卿死封龍禁尉　王熙鳳協理寧國府

秦氏給鳳姐託夢。鳳姐聽秦氏死嚇了一身冷汗；寶玉心中似戳了一刀。寶玉哭秦氏，尤氏「正犯了胃疼舊疾，睡在床上」。「賈珍哭的淚人一般」，把事態說得嚴重。恣意奢華辦喪事，恨不能代秦氏以死。秦氏丫環瑞珠觸柱而亡。小丫鬟寶珠甘爲義女，誓任摔喪駕靈之任。

賈珍向戴權出銀千二百兩，買一龍禁尉美缺於賈蓉。

寶玉向賈珍薦鳳姐理家。尤氏犯舊疾不出。賈珍柱個拐請鳳姐理家。誇鳳姐自小玩時殺伐決斷，現在歷練老成。王夫人不允，後活動了。鳳姐最喜攬事幹，好賣弄才幹，先答應了。邢王二夫人在一起，且較和睦。

鳳姐抓住寧府五件風俗,要治一治。

第十四回　林如海捐館揚州城　賈寶玉路謁北靜王

寧國府中都總管來升說鳳姐「是個有名的烈貨,臉酸心硬,一時腦了,不認人的。」鳳姐威重令行,十分得意。

寶玉秦鍾去鳳姐處坐。隨賈璉送黛玉的昭兒從蘇州回來,言林如海九月初三日已沒,鳳姐說寶玉「你林妹妹可在咱們家住長了。」寶玉說「不知他哭的怎樣。」鳳姐叮嚀昭兒勸賈璉少喝酒,別勾引他認得混賬女人。

鳳姐兩府忙碌,並不偷安,日夜不暇,籌畫整肅,合族稱歎。

寧府送殯,北靜王水溶會見寶玉。

第十五回　王鳳姐弄權鐵檻寺　秦鯨卿得趣饅頭庵

北靜王看「寶玉」,贊寶玉,贈以前日聖上親賜鶺鴒香念珠一串。

鳳姐、寶玉、秦鍾於中途莊農人家打尖。寶玉觀二丫頭紡績。

來至鐵檻寺,乃京中死人寄放之所。鳳姐到饅頭庵(水月庵)要兩間房作下處。寶玉、秦鍾與智慧玩笑;鳳姐弄權圖銀害命。自稱「從來不信陰司地府報應,憑是什麼事,我說行就行」。向老尼要三千銀子。

智慧向秦鍾提出「出了這牢坑,離了這些人」。鳳姐爲落人情圖三千銀,又住一宿。

第十六回　賈元春才選鳳藻宮　秦鯨卿夭逝黃泉路

金哥自縊,守備之子投河,前者知義多情,後者不負妻義,鳳姐坐享三千兩。

賈政生辰,元妃入宮。寶玉因秦鍾病對元妃晉封視有如無。黛玉將回,略有喜意。黛玉回,寶玉贈之以鶺鴒香串,黛玉罵臭男人拿過的他不要。

鳳姐二稱賈璉爲「國舅爺」。又謙中寓吹地說了一大通,以博得國舅老爺的賞識。賈璉偏偏把香菱稱讚了一番;鳳姐不忿,打問平兒對姨媽不滿。(平兒謊說姨媽打發香菱來家),其實是旺兒媳婦來送利錢銀子。平兒怕賈璉知道亂花故意說是香菱。

趙嬤嬤求鳳姐爲其子找事幹,鳳姐開賈璉「內人」「外人」的玩笑。

鳳姐自誇王家預備接駕,管外國進貢朝駕,洋船貨物。

賈薔要下姑蘇聘請教習，採買女孩子，置辦樂器行頭，賈璉有猶豫之意，賈蓉示意鳳姐爲之說好話，賈璉方允。鳳姐趁機叫趙嬤嬤兩個兒子一起去。

賈府忙著蓋造省親別墅。

寶玉看望將死之秦鍾，秦鍾勸他「以後還該立志功名，以榮耀顯達爲是」，並自悔「以前你我見識自爲高過世人，我今日才知自誤了。」

第十七回至十八回　大觀園試才題對額　榮國府歸省慶元宵

寶玉痛悼秦鍾。

賈政自謙自幼於花鳥山水題詠上就平平，如今於這怡情悅性文章上更生疏。政聞塾掌贊寶玉有對對聯的歪才情（雖不喜讀書），便帶他進園擬匾。

進門先見一翠嶂，微露羊腸小徑。曲徑通幽處。寶玉反對人工雕琢，反對憑空虛擬。小廝說寶玉展宏才，得老爺喜歡，解其身上所佩之物，襲人責之，黛玉亦使氣絞香袋兒。寶玉將珍藏裏邊紅襖襟上黛玉所贈荷包拿出，二人誤會賭氣。賈母說寶玉叫他父親拘了半天，和黛玉一處頑頑吧。

妙玉帶髮修行，不願來賈府，王夫人讓下個帖了請他。

正月十五上元之日元春歸省。在轎內看此園內外如此豪華，因默默歎息奢華過費。

元春自幼爲祖母教養；與弟寶玉情同母子。元妃命換「天仙寶鏡」爲「省親別墅。」

見賈母，「滿眼垂淚」，一手攙賈母，一手攙王夫人，三人有話說不出，「只管嗚咽對泣。」賈妃「忍悲強笑說當日送他到那見不得人的去處。」又哽咽起來。「又不免哭泣一番。」「隔簾含淚謂其父」今雖富貴，骨肉各方，倒不如田舍之家能聚天倫之樂。手攜寶玉，撫其頭頸，一語未終，淚如雨下。遊幸時勸「以後不可太奢，此皆過分之極。」

元妃讓眾姊妹題詩，元妃極贊薛林之作。寶釵改寶玉詩中「綠玉」爲「綠蠟，」以取悅元妃。又說「頭上穿黃袍的才是你姐姐」。黛玉替寶玉作詩一首，元妃贊之。齡官不聽賈薔之言演戲。賜物畢，駕回，叮嚀賈母王夫人下次歸省，「萬不可如此奢華靡費。」

第十九回　情切切良宵花解語　意綿綿靜日玉生香

第一個鳳姐事多任重；第一個寶玉無事閒暇。寶玉將元妃所賜之糖蒸酥

酪留於喜吃此物之襲人。寧府演戲，寶玉不堪熱鬧，去看襲人。先於書房欲看美人，不想卻遇茗煙。襲人接待寶玉。李嬤嬤賭氣吃酥酪。襲人推說愛吃栗子，使寶玉把酥酪丟開，寶玉給襲人剝栗子。襲人以贖身之說試探寶玉。對此「吃穿和主子一樣，又不朝打暮罵」的地方留戀。

襲人和寶玉約法三章。寶玉說襲人在這裡長遠了，「不怕沒八人轎你坐。」襲人反認為即使「有那福氣，沒那個道理。」

臉上帶著胭脂膏子去看黛玉（對襲人之勸口是心非），黛玉說自己有俗香，無羅漢真人給的香。又說奇香暖香冷香的話。寶玉胡謅耗子精盜香芋的故事給黛玉聽，使其不致睡出病來。寶釵來了，譏笑寶玉忘了芭蕉詩，急的滿頭汗。

第二十回　王熙鳳正言彈妒意　林黛玉俏語謔嬌音

寶釵諷刺寶玉元宵不知「綠蠟」之典。這是寶釵於元春入宮後的表現，主動來找寶黛。

李嬤嬤罵襲人「哄寶玉」，「妝狐媚」，「配小子」，襲人先辯後哭。鳳姐連說帶哄一陣風攝去了老婆子。晴雯頂襲人，襲人冷笑「天長地久」，「這可怎麼樣呢」。寶玉守襲人，勸襲人，給襲人餵藥。寶玉給麝月篦頭，晴雯諷刺，寶玉說她「磨牙」。

賈環輸給鶯兒幾錢賴賬，寶釵偏環責鶯，且怕寶玉責環；寶玉卻不讓人怕他，傳統的平等觀；鳳姐罵趙姨娘，又護又責怪賈環，另一種（不同於寶釵的封建等級）等級觀。

湘雲至，黛玉和寶玉因寶釵使氣回房。寶釵又推寶玉離黛適湘。寶玉對黛玉講「親不間疏，先不僭後」的道理。黛玉埋怨寶玉天氣冷脫了青肷披風。黛玉拿湘雲咬舌取笑，湘雲說黛玉不敢挑寶釵的短處。

第二十一回　賢襲人嬌嗔箴寶玉　俏平兒軟語救賈璉

寶玉次早天明披衣趿鞋來至黛玉房中看湘黛二人。寶玉用湘雲洗過臉的水洗臉，不用香皂。叫湘雲梳頭，湘雲發現少了一顆頭上珠子；寶玉欲吃胭脂，被湘雲打掉。

襲人對寶玉不滿訴諸寶釵，寶釵賞其識見志量。

襲、麝與寶玉鬧矛盾，嫌寶玉去黛玉那裏去梳洗了。寶玉叫「蕙香」為

「晦氣」，又說那一個配比這些花，沒的黏辱了好名好姓，影射襲人。寶玉續《南華經》。

襲人嬌嗔滿面，責怪寶玉不聽箴勸，聲言自己「一百年還記著」，比不得寶玉。黛玉又氣又笑地續寶玉《續<南華經>》。

賈璉趁巧姐出痘和多混蟲鬼混，被平兒抓住把柄，瞞過鳳姐，賈璉叫平兒不要怕鳳姐，說鳳姐只管他，不管自己，聲言以後不要鳳姐見人了。

第二十二回　聽曲文寶玉悟禪機　製燈謎賈政悲讖語

賈母要給寶釵作生日，鳳姐和賈璉商量要比林黛玉生日高出一等。賈母出二十兩（和給鳳姐做生日一樣），鳳姐說笑話嫌少，讓她墊上了，這是不打自招。並用送賈母上西天好話撮合賈薛兩家。

寶釵根據賈母所喜點食點戲。黛玉冷笑寶玉「跐著人借光兒」，問她愛看什麼戲。賈母說薛王二氏白聽白吃佔便宜。寶釵又點熱鬧戲《魯智深醉鬧五臺山》，寶玉不悅，寶釵念其中之《點絳唇》，寶玉稱讚，黛玉諷刺。

鳳姐說賈母喜愛的齡官像一個人，寶釵笑而不說，寶玉不敢說，湘雲說像黛玉。湘雲、黛玉和寶玉為此事鬧矛盾，寶玉心想目下兩人尚未應酬妥協，將來猶欲何為。襲人勸寶玉「大家隨和」，寶玉說自己是「赤條條來去無牽掛。」筆占一偈，又填一《寄生草》，心中自得。寶釵說她自己是引起寶玉說瘋話的罪魁。黛、湘、釵同去質問寶玉。寶玉說那是玩笑——認了輸。

元妃送出燈謎讓猜，寶釵一猜就著，卻故作難猜之狀。賈母見元春喜悅，也命製作燈謎大家猜。賈母說「荔枝」（離枝）讓賈政猜。

賈政看了眾姊妹不祥之謎，傷悲感慨。

第二十三回　西廂記妙詞通戲語　牡丹亭豔曲警芳心

玉皇廟並達摩庵兩處十二個小沙彌並十二個小道士，賈政想發到各廟分住，賈芹之母周氏求鳳姐為賈芹謀事，鳳姐回王夫人這些小和尚道士萬不可發到別處去，否則娘娘出來無以承應，建議送到家廟鐵檻寺住，王夫人商之於賈政，賈政便笑說倒是提醒了他，就是這樣。賈璉要把管和尚的事交給賈芸，鳳姐幾乎變臉，賈璉最後妥協。

元妃下諭叫寶釵等只管園中去住。賈政傳來寶玉，當著王夫人的面，把往日嫌惡之心減了八九；雖對所起「襲人」名字不滿，但又不讓改，有欣賞

之意。

黛玉盤算著住幾竿竹子隱著一道曲欄比別處更覺幽靜的瀟湘館，寶玉要住離瀟湘館近而又清幽的怡紅院。寶玉作四時即事詩。靜中生動，茗煙給買了一大堆古今小說等雜書看。

寶玉偷看《會眞記》，抖花瓣於水中，遇見葬花之黛玉。寶玉用《西廂》中詞相戲，黛玉豎眉瞪眼，帶怒含嗔，說寶玉「欺負」她。

黛玉在梨香院聽《牡丹亭》，感慨纏綿，點頭自歎，心動神搖，如醉如癡，心痛神癡、，眼中落淚。

第二十四回　醉金剛輕財尚義俠　癡女兒遺帕惹相思

香菱從情思縈逗、纏綿固結的黛玉後擊其一掌，使黛玉唬了一跳。

寶玉要吃鴛鴦嘴上胭脂，襲人說再這麼著此地可就難住了。

寶玉認賈芸爲乾兒子。

邢夫人摩挲寶玉，賈環賈蘭不岔而辭。邢夫人留寶玉吃飯，不留環蘭叔侄吃飯。

賈芸從賈璉處打聽得鳳姐把和尚的事給了賈芹，便向母舅卜世仁要冰片麝香，準備給鳳姐行賄，卜世仁拒絕了。

頗有義俠之名的醉金剛倪二不要文約不要利錢借銀十五兩三錢多銀子給賈芸。賈芸買冰麝奉承鳳姐。賈芸看寶玉未遇，遇見小紅。賈芸二次遇到鳳姐，鳳姐既嫌他「揀遠路兒走『不先求她求了賈璉』，又說不是賈璉說不管賈芸的事。」

寶玉叫俏麗乾淨的小紅遞茶。被秋紋、碧痕罵了一頓；小紅回家做夢，夢見賈芸拾到了她的手帕。

第二十五回　魘魔法姊弟逢五鬼　紅樓夢通靈遇雙眞

紅玉夢賈芸；寶玉欲近紅玉，因襲人等之故而不好近。紅玉欲近賈芸亦不得。

王子騰夫人壽誕，賈母不自在未去，王夫人見此亦未去。王夫人叫賈環抄《金剛咒》唪誦。寶和彩雲說鬧，賈環不岔，將蠟燈推到寶玉臉上，鳳姐來收拾說趙姨娘也該教導他，王夫人被提醒，叫來趙姨娘罵了一頓。鳳姐對趙姨娘的不滿是和其對一夫多妻不滿相一致的。寶玉說賈母若問「就說是我

自己燙的。」黛玉強搬脖子瞧了瞧燙的如何。寶玉向賈母承認是自己燙的，賈母罵跟的人。

寶玉乾娘馬道婆騙得賈母每日五斤油供奉菩薩，保寶玉無災。趙姨娘給馬道婆說一分家私非叫鳳姐搬送到娘家去「我也不是個人。」並叫馬道婆設法絕了寶鳳。「這家私不怕不是我環兒的。」給馬寫五百兩欠契一張，馬給了紙絞的十個鬼和兩個紙人。

鳳姐給黛玉等送暹羅國進貢的茶葉。取笑說黛玉給她家作媳婦，黛玉罵貧嘴賤舌討人嫌。鳳姐說此笑話還因「我明兒還有一件事求你。」鳳姐黛玉正眼不看周趙姨娘。

寶玉鳳姐持刀弄杖，一齊發瘋，糊塗發燒。賈赦為寶鳳尋僧覓道，賈政勸而不住。趙姨娘叫賈母給寶玉辦後事，被賈母連賈政一起罵了一頓。

和尚道士持誦寶玉。「天不拘兮地不羈，心頭無喜亦無悲；卻因鍛鍊通靈后，便向人間覓是非」，與孫悟空有相似之處。

寶玉病癒，黛玉念佛，寶釵說如來管林姑娘姻緣，黛玉罵釵與鳳一樣是貧嘴爛舌。

第二十六回　蜂腰橋設言傳心事　瀟湘館春困發幽情

紅玉、佳蕙有走心無留心，寶玉卻像幾百年的熬煎。寶玉傳賈芸說些沒要緊話。賈芸通過墜兒掉換了小紅羅帕。

寶玉來到鳳尾森森，龍吟細細的瀟湘館。寶玉二次用《西廂記》中詞曲戲黛玉，黛玉變了臉，說寶玉拿她取笑。

薛蟠以賈政名義騙寶玉出來吃他生日的藕、瓜、鱘魚、暹豬。寶玉說給薛蟠送字畫，因為銀錢吃穿都不是他的。薛蟠認「唐寅」為「庚黃」，馮紫英來，以有要事面回家父，飲了兩杯酒回去了。寶釵來說寶玉吃了她家的新鮮東西了。

黛玉來看寶玉，晴雯不給開門，又聽釵玉說笑，黛玉想到自己身份，不禁傷心落淚。

第二十七回　滴翠亭楊妃戲彩蝶　埋香冢飛燕泣殘紅

黛玉看到寶釵從寶玉房裏出來，心中不忿，回家倚欄悶坐，二更方睡。

四月二十六日芒種節，閨閣興祭餞花神，眾女孩在園內玩耍，寶釵欲尋

黛玉，看見寶玉進了瀟湘館，一怕寶玉不便，二怕黛玉猜忌，便要回來，路遇蝴蝶趕至滴翠亭，細聽小紅和墜兒正說謝賈芸拾帕之事，寶釵吃驚，心裏說姦淫狗盜之人心機不錯。認為小紅眼空心大，頭等刁鑽古怪東西。用金蟬脫殼之法偽裝找黛玉，惹得小紅褒釵貶黛。

鳳姐叫小紅辦事。晴雯奚落小紅「爬高枝了」。鳳姐在李紈面前誇小紅說話不像蚊子哼哼唧唧扭扭捏捏。要將紅玉作乾女兒，聽紅玉說名字重了寶玉才改名小紅，便說你也玉我也玉，討嫌。

黛玉不理寶玉。探春在寶玉前罵趙姨娘。要給寶玉作鞋被拒絕。黛玉葬花，寶玉癡倒。

第二十八回　蔣玉菡情贈茜香羅　薛寶釵羞籠紅麝串

寶玉與黛玉葬花詩發生共鳴，倒山坡。寶玉說黛玉把四路的寶姐姐鳳姐姐放在心坎上，倒把他不理。寶玉黛玉釋去誤會。

寶玉說王夫人叫金剛菩薩支使糊塗了。寶玉要三百六十兩銀子為黛玉配藥，王夫人不信有此昂貴之藥，寶玉叫寶釵作證，寶釵不證，鳳姐出來作了證。

寶玉在王夫人處吃了飯要到賈母那裏去，經過鳳姐院門前，「只見鳳姐瞪著門檻子拿耳挖子剔牙，看著十來個小廝們挪花盆呢。」鳳姐向寶玉要去小紅。賈母問寶玉「跟著你娘吃了什麼好的？」寶釵為自己剛才「為長者諱」掩飾，寶玉叫她去和賈母抹骨牌，寶釵不忿而去。——寶釵兩面討好。

寶玉到馮紫英家與薛蟠等飲酒行令。寶玉和蔣玉菡互贈禮物。襲人告訴寶玉端午節的禮元妃賜了，釵寶一樣，黛玉不一，黛玉心疑，寶釵心安，寶玉卻還想著寶釵的膀子長在黛玉身上。

第二十九回　享福人福深還禱福　癡情女情重愈斟情

黛玉用手帕打了看寶釵發呆的寶玉眼睛。

鳳姐叫寶釵到清虛觀打醮看戲去，寶釵嫌熱不去。賈母要同鳳姐去，叫寶釵去，寶釵只得答應。王夫人笑說賈母「還是這麼高興。」

鳳姐大罵小道士，賈母不叫唬著小道士。賈蓉乘涼賈珍叫小廝啐之質問之。張道士通過在寶玉身上做文章深得賈母歡心。說寶玉象當日國公爺。張道士提親，賈母婉言謝絕，提出不管根基富貴，只要求性格兒模樣兒難得好

的。這實際上等於給薛氏母女打招呼，不同意「金玉姻緣」，也是和元妃唱對臺戲。鳳姐和張道士開玩笑。張道士趁看「寶玉」之機奉承了許多寶貝，包括金麒麟（比金鎖還要名符其實是道士給的）。寶玉要散給窮人張道士阻攔即是敬賀奉承的明證。神前拈了《白蛇記》、《滿床笏》、《南柯夢》。寶玉揣了金麒麟。寶釵說史湘雲也有金麒麟，黛玉諷刺之。

賈母這次與其說是打醮不如說是給薛氏母女打招呼，所以等馮紫英等來送禮時，便後悔地說：「又不是什麼正經齋事，我們不過閒逛逛……」雖看了一天戲，下午便回來了，次日便懶怠去。

第二天賈母、寶黛再未去。寶黛為張道士提親事鬧彆扭。在寶玉眼中，「凡遠親近友之家所見的那些閨英閨秀，皆未有稍及林黛玉者。」寶玉砸玉。對黛玉怯弱的同情。寶黛襲人紫鵑四人對泣。黛玉「剪穗」。薛蟠生日，寶黛賈母等未去，寶玉對月長吁，黛玉臨風灑淚。賈母從中為難，說「老冤家遇見小冤家」、「不是冤家不聚頭」，自己埋怨著也哭了。

襲人勸寶玉於明日初五（端午節）給黛玉陪情道歉。

第三十回　寶釵借扇機帶雙敲　齡官劃薔癡及局外

寶玉給黛玉道歉，說就死了魂也要來一百遭。寶玉說黛玉死了他做和尚。黛玉用指戳寶玉額顱，又給寶玉絹帕叫擦淚，寶玉要拉黛玉去老太太跟前。鳳姐跳了進來拉黛玉去見賈母，說兩個都扣了環了。寶玉比寶釵為楊妃，寶釵借靛兒來找扇子教訓了寶黛一頓，發泄對二人之不滿。寶釵又借李逵負荊諷刺寶黛。鳳姐用吃生薑辣辣的諷刺寶黛。黛玉笑問寶玉，寶玉無精打采一直出來。

盛暑，寶玉和金釧兒戲笑，王夫人打金釧兒一個嘴巴子。王夫人叫金釧兒之母領之而去。寶玉看到薔薇架下齡官劃薔字，產生同情惻隱之心；片雲致雨，自己已濕，尚思女孩。寶玉淋雨回家踢了襲人一腳，襲人說那起小丫頭應該踢。襲人晚吐血。

第三十一回　撕扇子作千金一笑　因麒麟伏白首雙星

寶玉服侍襲人，向王太醫問藥。

端陽節王夫人治席請薛家母女賞午，未請賈母。眾人不歡而散。寶玉因此而回至房中長籲短歎，並因心情不好借晴雯跌摺扇子股子還頂嘴而要攆

他。襲人等跪求方免。晴雯諷刺襲人正經還沒混上個姑娘就算起「我們」了；黛玉卻稱襲人為「嫂子」。薛蟠請寶玉喝酒，寶玉讓晴雯撕扇子，麝月出來干涉。寶玉說「千金難買一笑。」

釵黛都說湘雲往日調皮作為。王夫人說湘雲有了婆家，湘雲給襲人等帶來戒指。翠縷和湘雲論陰陽，最後歸結到麒麟也有陰陽，人亦有陰陽。兩人在薔薇架下拾到寶玉遺掉的金麒麟。（張道士所送）

第三十二回　訴肺腑心迷活寶玉　含恥辱情烈死金釧

湘雲在襲人面前褒釵貶黛；襲人求湘雲為寶玉做鞋，說林姑娘身體不好不能作。寶玉不願會雨村，湘雲勸他談講仕途徑濟，寶玉對他下逐客令，說黛玉不說這些混賬話。黛玉怕寶玉因麒麟和湘雲生出風流佳事，聽到寶玉贊她，不禁喜驚悲歎。寶玉要黛玉放心，說黛玉皆因不放心才弄了一身病，但放心，病便會好。寶玉以襲人為黛玉傾訴肺腑，襲人正不知如何處治方免此醜禍。寶釵大日頭底下來看寶玉，還說要會寶玉的客不在家歇涼。寶釵叫襲人不要叫湘雲做鞋；她自己自告奮勇為寶玉做鞋。

金釧兒投井死，襲人同病相憐而流淚，寶釵卻去安慰王夫人，說金釧兒自己落井而死，王夫人說鳳姐要拿林姑娘的生日衣服給金釧裝裹，寶釵拿了自己兩套衣服來。

第三十三回　手足耽耽小動唇舌　不肖種種大承笞撻

寶玉為金釧兒死而五內摧傷，受了父親一頓教訓，因為金釧兒感傷竟不曾聽見，惹惱賈政。忠順府長史官來索琪官。賈環又進讒言；賈政面如金紙。賈政以流蕩優伶，表贈私物，在家淫辱母婢，荒疏學業而笞撻。

王夫人來勸，以老爺要保重，老太太身上也不好為名，賈政反而要勒死寶玉；後又用「有意絕我」相威脅，賈政方罷休。王夫人、李宮裁哭賈珠，賈政亦哭。賈母來，要和王夫人寶玉回南京去，並說賈政打寶玉，「分明使我無立足之地。」鳳姐叫用藤屜子春凳抬人。王夫人哭說你若死了，「叫我靠那一個。」

培茗告訴琪官兒的事多半是薛蟠調唆人說的；金釧兒之事是賈環說的，襲人一聽對景，便信了八九。

第三十四回　情中情因情感妹妹　錯裏錯以錯勸哥哥

襲人說但凡聽他的話也不至如此；若打出殘疾，叫人怎麼樣。寶釵手托丸藥來看，亦云早聽人一句話也不至今日；老太太，太太心疼，我們看著，心裏也疼。寶玉心中爲之大暢。襲人說出茗煙之言，寶玉相阻，寶釵心想何不在外頭大事上用工夫，老爺喜歡，也不能吃這虧。但口中批評寶玉素日不正，肯和那些人來往，老爺才生氣。黛玉無聲而泣，勸說「你從此可都改了吧！」寶玉說你放心，就便爲這些人死了，也是情願的。鳳姐來了，黛玉要走，說你瞧我的眼睛，又該他取笑開心呢！

王夫人叫寶玉身邊的人，襲人去了。襲人彙報寶玉情況，王夫人給了兩瓶進上的香露。王夫人問襲人賈環進讒之事，襲人推說不知。襲人認爲二爺也該老爺教訓。又說男女防嫌之事，王夫人三呼其「兒」，把寶玉交她，「保全了他，就是保全了我。」

寶玉打發襲人去寶釵處借書，叫晴雯送舊帕兩塊給黛玉，黛玉神魂馳蕩，可喜可悲可笑可懼可愧，題詩三首於其上。

薛蟠受屈，薛家人鬧，薛蟠說出「金鎖配寶玉」的話，寶釵氣哭了。黛玉獨立花蔭之下拿寶釵取笑。

第三十五回　白玉釧親嘗蓮葉羹　黃金鶯巧結梅花絡

黛玉正疑鳳姐爲什麼不來看寶玉，打個花胡哨，討老太太和太太的好，便見鳳姐讓賈母搭著她的手到怡紅院去了，薛氏母女亦進去了。紫鵑來催，黛玉方回。到院內，竹影參差，苔痕濃淡。感歎自己命薄尚不如崔鶯鶯。鸚哥學黛玉吟葬花詩。黛玉逗鸚哥釋悶。

薛姨媽對寶釵說「你要有個好歹我指望那一個來」。薛蟠給母妹道歉，寶釵說哥哥是多嫌她母女，要他們離了他。薛氏母女來看寶玉，賈母王夫人等已在座。

寶玉要吃小荷葉兒蓮蓬兒湯。鳳姐叫做十來碗大家吃，賈母說她拿官中錢做人情，她自告奮勇做東道，銀子在她賬上領。

寶釵當面奉承說鳳丫頭巧不過老太太。賈母說王夫人木頭似的，不大說話，在公婆面前不大顯好，不如鳳姐最乖叫人疼。又補充說不大說話有不說話的好處。安慰了王夫人。又「誇」寶釵勝過她家四個女孩兒。薛姨媽笑說老太太此話說偏，王夫人忙說老太太常背地裏誇寶釵。——薛氏母女於是安

心住在賈家。賈母對薛姨媽說她有本事叫鳳姐弄來東西吃，鳳姐說賈母若不嫌肉酸，連她也吃。寶玉說襲人站乏了，拉她坐下。襲人叫寶玉請鶯兒打絡子。寶釵答應了。王夫人讓賈母至上房喝茶。並吩咐賈母飯在此吃。迎春和黛玉未來。邢夫人亦不在。

鳳姐叫鶯兒和玉釧兒給寶玉送湯。玉釧兒叫一婆子端湯，自己空手走。寶玉叫玉釧兒嘗湯。傅秋芳家兩個婆子來看，玉釧兒失手丟了湯碗，寶玉去問玉釧兒燙了那裏。兩個婆子說寶玉沒剛性兒。

襲人摧寶玉叫鶯兒打絡子，寶玉無心亂說，無可無不可。寶玉又說將來不知那個有福氣的消受她兩個。寶釵提出給「寶玉」打絡子；襲人得了兩碗賞菜感到意外；寶玉不在乎；寶釵深明其意，早知其意。邢夫人叫人給寶玉送兩樣果子。

第三十六回　繡鴛鴦夢兆絳芸軒　識分定情悟梨香院

賈母吩咐賈政的親隨小廝頭兒，以後賈政若喚寶玉以她的名義加以拒絕。寶玉甘爲諸丫環充役，罵寶釵入了「國賊祿鬼」，除「四書」外，別書皆毀，深敬黛玉。

幾家僕人送錢奉承鳳姐，欲得金釧兒巧宗兒，鳳姐收足了她們的禮，方回王夫人。王夫人命把金釧兒月銀給其妹妹玉釧兒；打問鳳姐爲什麼周趙姨娘月銀短了一弔錢，鳳姐狡辯；王夫人當著薛姨媽的面提拔襲人如同周趙姨娘。鳳姐對薛氏說她素日說的話如何？說明三人早有預謀；薛姨媽贊襲人，王夫人說襲人比寶玉強十倍。瞞著賈母，「等再過二三年再說。」鳳姐挽袖，跐著角門的門檻子乘涼，冷笑罵周趙姨娘，聲言以後要幹幾件刻薄事。

寶釵像那花心里長的聞香就撲，從紗眼裏往進鑽的小蟲子一樣猛不防來到怡紅院。襲人正做鴛鴦戲蓮花樣的肚兜，襲人出去，寶釵坐在襲人的位子上代做鴛鴦戲蓮花樣肚兜。黛玉同湘雲給襲人道喜看見了。

寶玉於夢中喊罵「和尚道士的話如何信得？什麼是金玉姻緣，我偏說是木石姻緣」。寶釵聽後「怔」了。鳳姐叫襲人向王夫人叩頭。寶玉喜不自禁。襲人說從此後她便是王夫人的人了。襲人說難道做了「強盜賊」也要我跟著。寶玉批「文死諫，武死戰」。

寶玉叫齡官唱《嫋晴絲》，齡官拒絕。賈薔弄來雀兒做戲逗齡官，齡官罵「打趣他們」。賈薔將雀兒放了生。賈薔被齡官指揮得團團轉。寶玉始知劃「薔」

深意，不覺「癡」了。黛玉和襲人說話，寶玉回來說老爺批他「管窺蠡測」，「各人各得眼淚」，自此深悟人生情緣，各有分定。

黛玉問寶玉薛姨媽的生日去不去，寶玉以大老爺生日未去為藉口不去，襲人說不去不像話，黛玉說出寶釵於睡時陪坐的事，寶玉像對傅試家老家子一樣說明日必去。應付。

史湘雲要回，臨走叮嚀寶玉常提醒老太太不忘接她來。

第三十七回　秋爽齋偶結海棠社　蘅蕪苑夜擬菊花題

探春向寶玉倡議創建詩社。適值賈芸送來海棠花兩盆，遂起名「海棠社」。探春給黛玉起號「瀟湘妃子」，寶釵給寶玉起號「無事忙」、「富貴閒人」。

眾人作詩，都道黛詩為上，李紈說：「若論風流別致，自是這首；若論含蓄渾厚，終讓蘅稿。」寶玉不服，「蘅瀟二首還要斟酌。」李紈說「原是依我評論，不與你們相干，再有多說者必罰。」

秋紋誇寶玉孝心一動，給老太太太太多送了一瓶桂花，老太太給秋紋賞了幾百錢，太太給秋紋了幾件衣服，眾人都說那是給「西洋花點了哈巴兒」剩下的。晴雯諷刺襲人。襲人叫宋嬤嬤給史湘雲送糖果吃的東西，寶玉摧賈母派人接湘雲入社。

湘雲補作詩，自願當東道。寶釵邀湘雲安歇，給湘雲出主意請老太太吃螃蟹賞桂花，並教湘雲紡績針黹為本。夜擬菊花題十二個。

第三十八回　林瀟湘魁奪菊花詩　薛蘅蕪諷和螃蟹詠

賈母帶王夫人鳳姐兼薛姨媽等進園來，王夫人說賈母愛在那一處就在那一處。賈母誇寶釵細緻，凡事想的妥當。賈母說自己小時從娘家『枕霞閣』跌下之事，鳳姐趁機說跌的窩兒好盛福。賈母說他喜歡鳳姐這樣。鳳姐和鴛鴦開玩笑說賈璉和老太太說討鴛鴦作小老婆。平兒給鳳姐臉上摸螃蟹黃，賈母問怎麼回事。

眾人作菊花詩。李紈評瀟湘妃子為魁，寶玉喜的拍手叫「極是，極公道。」寶玉帶頭作詠螃蟹詩，寶釵小題寓大意，乃大才。「只是諷刺世人太毒了些。」

第三十九回　村姥姥是信口開闔　情哥哥偏尋根究底

李紈留平兒吃酒，誇其好體面模樣兒，命卻平常，只落得屋裏使喚。李

紈又說平兒是鳳姐的一把總鑰匙；又誇老太太若沒鴛鴦，不知叫人誆騙了多少。又說寶玉房裏沒有襲人不知要到什麼田地！平兒說先時陪了四個，死的死，去的去，只剩下他一個孤鬼。李紈又感歎自己沒了臂膀。

襲人問平兒這月月錢為什麼沒放，平兒告訴她鳳姐早支了在外放債。

劉姥姥說一頓螃蟹花了二十多兩銀子，夠莊稼人過一年了。鳳姐要留劉姥姥過夜，「難為他扛了那些沉東西來。」老太太要找積古的老人說話。劉姥姥見賈母。

劉姥姥講女孩兒雪地抽柴草，老太太因馬棚失火不讓說了，寶玉猶問女孩兒凍出病來怎辦。一關心財產、一關心女孩兒其人。劉姥姥又說神佛給人兒孫的事，吸引住了賈母王夫人。寶玉卻記著女孩抽柴之事。派茗煙四處找女孩（茗玉小姐）之廟。

第四十回　史太君兩宴大觀園　金鴛鴦三宣牙牌令

賈母王夫人商議給史湘雲還席。李紈準備遊園東西，劉姥姥上大觀樓綴錦閣參觀了一番。賈母揀大紅菊花簪於頭上，鳳姐給劉姥姥插了一頭菊花。

劉姥姥誇大觀園竟比畫兒還強十倍，賈母叫惜春畫大觀園。劉姥姥誇惜春能幹。

賈母領劉姥姥先來瀟湘館，劉姥姥被滑倒，劉姥姥誤認為書房，賈母問「寶玉怎麼不見。」薛姨媽也來了。賈母叫鳳姐把黛玉綠紗窗換上「霞影紗」（紅的「軟煙羅」），又叫送兩匹軟煙羅給劉姥姥。鳳姐問王夫人何處擺飯，王夫人說賈母說那擺就那擺，賈母叫擺到探春那裏。鴛鴦鳳姐商議拿劉姥姥當女篾片取笑。李紈不忍。賈母說三丫頭好，兩個玉兒可惡，吃醉了要往他們那裏鬧去。來到蘅蕪苑，賈母誇寶釵太老實，要為寶釵收拾房子，叫鴛鴦取東西來放。在藕香榭吃酒行令。劉姥姥欲退席回家而不得。黛玉說了《牡丹亭》、《西廂記》中兩句。「紗窗也沒有紅娘報」，賈母不是紅娘。

第四十一回　櫳翠庵茶品梅花雪　怡紅院劫遇母蝗蟲

劉姥姥用木杯喝酒，吃茄鯗。賈母聽戲吃酒，說「今日著實有趣。」劉姥姥手舞足蹈，黛玉向寶玉說「如今才一牛耳。」賈母攜劉姥姥散悶，劉姥姥認八哥為長出鳳頭會說話的黑老鴰。要牡丹花樣的小麵果拿回家去給姐兒們做花樣子。大姐與板兒互換佛手柚子玩。

　　賈母帶劉姥姥到櫳翠庵。妙玉用成窯五彩小蓋鍾招待賈母喝老君眉茶，劉姥姥喝了嫌淡。妙玉又私下招待寶、黛、釵喝茶。寶玉把妙玉不要的成窯茶杯要給劉姥姥。

　　賈母被小竹椅抬去歇息，王夫人在才剛賈母坐的榻上歪睡。鴛鴦帶劉姥姥遊玩供眾人取笑。姥姥醉臥怡紅院，襲人領他出來。

　　賈母覺的懶懶，回房歇息。

第四十二回　蘅蕪君蘭言解疑癖　瀟湘子雅謔補餘香

　　劉姥姥對賈府感恩戴德；鳳姐說賈母大姐都著涼了不舒服。鳳姐給賈母大姐二人送崇。劉姥姥叫鳳姐少疼些子小姐就好了，給大姐起名「巧姐」。平兒領劉姥姥看眾人送給她的半炕東西。

　　王太醫給賈母診脈看病。鴛鴦叫劉姥姥看賈母送的一包袱東西。寶玉送了妙玉不要的成窯鍾子，更受寵若驚。鴛鴦送衣服。

　　寶釵「教導」黛玉不要被雜書移了性情，「就不可救了」。說得黛玉「心下暗伏，只有答應『是』的一字。」惜春告假一年畫大觀園。黛玉叫劉姥姥「母蝗蟲」。寶釵誇黛玉取笑兒淡而有味。寶釵論畫。寶釵叫寶玉幫惜春的忙。寶釵說寶玉「無事忙」，「不中用」。寶釵主張在大觀園設計圖樣的基礎上添人物。寶釵讓寶玉記畫具單子。黛玉以玩笑諷刺寶釵不要她看雜書的話。寶釵雜書比她看的多。

第四十三回　閒取樂偶攢金慶壽　不了情暫撮土為香

　　賈母講吃了王夫人鳳姐送的野雞崽子湯吃了受用，若是還有生的，炸上兩塊，鹹浸浸的，吃粥有味，鳳姐聽了，連忙答應，命人去廚房傳話——和54回比。

　　賈母上兩年沒給鳳姐做生日，現在提出為鳳姐做生日。方法是湊份子。這一次邢夫人被叫來了。賈母帶頭二十兩。鳳姐對邢王二夫人出十六兩不服，叫分別替兩位姐兒出了。又要周趙姨娘也出份子。尤氏替周趙抱打不平。共150兩。鳳姐叫尤氏看老太太眼色行事。尤氏說鳳姐收著些兒好，太滿了就潑出來了。尤氏揭鳳姐不為李紈出份子之弊，當面還了平兒份子。又還了鴛鴦、彩雲、周趙銀子。

　　寶玉在鳳姐生日以給北靜王死妾探喪為名給金釧兒燒紙去。茗煙跟著。

借素日厭惡之水仙庵一用。賈母用「叫你老子打你」相威脅。

第四十四回　變生不測鳳姐潑醋　喜出望外平兒理妝

黛玉借議論「王十朋不通」暗諷寶玉祭金釧兒之事。尤氏借給鳳姐灌酒之機警告過了後日，知道還得象今兒這樣不得了。鴛鴦挾制鳳姐喝酒。

鳳姐揚手打小丫頭臉，小丫頭一栽，這邊臉上又一下，登時小丫頭兩腮紫脹起來。另一放哨丫頭被一揚手打了個趔趄。賈璉和鮑二家議論要扶正平兒，罵鳳姐是夜叉星。鳳姐打平兒，罵淫婦王八一條藤兒。賈母用賈赦威懾賈璉。並替饞嘴貓辯護。

寶釵勸平兒，襲人勸平兒。寶玉給平兒道歉，要平兒換衣，幫平兒理妝。寶玉思平兒供應俗璉威鳳，其命之薄比黛玉更甚，不禁為之落淚。

賈母坐陣，叫賈璉為鳳姐賠不是，又叫璉鳳給平兒賠不是。賈璉說鳳姐「太要足了強也不是好事。」鮑二媳婦上弔，鳳姐趁願，賈璉給銀子二百，又虧王子騰幫忙，方了此事。

第四十五回　金蘭契互剖金蘭語　風雨夕悶製風雨詞

探春等請鳳姐當「監社御史」。鳳姐說叫她作「進錢的銅商」。李紈說鳳姐是水晶心肝玻璃人。鳳姐說李紈一年四五百銀子，不拿出一二百讓姐妹頑。李紈說鳳姐說了兩車無賴泥腿市俗專會打細算盤分斤撥兩的話。又說鳳姐給平兒拾鞋也不要，兩個只該換一個過子才是。鳳姐只好向平兒認錯，「擔待我酒後無德罷。」鳳姐求李紈饒她，李紈不饒，鳳姐說不入社花錢，「不成了大觀園的反叛了，」保證明早到任先押五十兩銀子。又安排了畫具，李紈方去，鳳姐說這「都是寶玉生出來的。」

賴嬤嬤來向主子報喜，兒子作了州縣官。又指著寶玉說小孩子「全要管的嚴」。賴大家的來，嬤嬤說要請三天客，頭一日主子。賴嬤嬤為周瑞家兒子求情成功。

寶釵周到地應付各方面關係，黛玉則因病常接待不周。寶釵來看黛玉，叫她看病，黛玉說「死生有命，富貴在天」，非人力可強。寶釵勸黛玉每天早喝燕窩粥。黛玉感激寶釵，承認自己錯了，誤到如今。又說自己長了今年十五歲，竟沒一個人像寶釵前日那樣教導她（對賈母不滿），承認「我竟自誤了。」黛玉說自己無依無靠投奔來的，比不得寶釵有房有地有親人。寶釵自告奮勇

幫助黛玉，答應每早給黛玉送燕窩粥來。

　　秋霖脈脈，陰晴不定，黛玉擬《春江花月夜》之格而作《秋窗風雨夕》。寶玉披蓑戴笠來看，黛玉說寶「漁翁」，後又說自己「漁婆」。謝寶玉，一天來幾次看她，下雨還來。寶玉問黛玉想什麼吃，他代回老太太，比老婆們說的明白。黛玉送寶玉玻璃繡燈回去。寶釵又差婆子送來一大包上等燕窩，還有一包子潔粉梅片雪花洋糖。黛玉說誤了婆子會賭發財。黛玉感念寶釵，又心疑寶玉，終有嫌疑。

第四十六回　尷尬人難免尷尬事　鴛鴦女誓絕鴛鴦偶

　　邢夫人叫過鳳姐，求她爲賈赦求娶鴛鴦，鳳姐假賈母之口拒絕了。邢夫人只知承順賈赦以自保，一應大小事務，俱由賈赦擺佈。鳳姐見邢夫人又弄左性，連忙改換口氣。並約邢夫人一起去老太太那邊，以推卸責任。邢夫人先贊鴛鴦紮花的針線好，又渾身打量鴛鴦；拉鴛鴦手爲之道喜；說明原故，要拉鴛鴦回老太太；又到鳳姐處。鴛鴦則一直不說話，對平兒表示作大老婆也不幹。襲人說大老爺好色。平兒教說鴛鴦已給了璉二爺大老爺就不要了。襲人教說老太太說給了寶二爺了。鴛鴦說天下事未必都遂心如意，且別樂過了頭兒。決心不去，或做姑子或者死。鴛鴦罵嫂。寶玉來，同她三人同到怡紅院。

　　賈赦叫賈璉去南京找鴛鴦之父金彩，賈璉未去被罵了一頓。賈赦親喚鴛鴦之兄金文翔吩咐。金文翔領鴛鴦回家，鴛鴦咬定牙不願意。到賈母面前剪髮明誓，賈母連王夫人一齊責怪，探春替王夫人分辯，賈母方向王夫人認錯。賈母要把鴛鴦給賈璉，鳳姐不要。

第四十七回　呆霸王調情遭苦打　冷郎君懼禍走他鄉

　　賈母訓邢夫人「三從四德」、「賢惠太過」，說明鴛鴦對自己、王夫人、鳳姐的重要性。

　　賈母叫薛姨媽、王夫人、鳳姐、鴛鴦打牌鬥樂，鳳姐輸錢說笑逗賈母喜歡。賈璉替賈赦來請邢夫人被賈母教訓了一頓。邢夫人訓賈璉不孝。賈赦忍氣花銀收買了嫣紅。賈赦自此告病，不敢再見賈母。

　　賈母等到賴大花園去坐，賈赦未去。寶玉問柳湘蓮可曾上秦鍾之墳，感慨自己在家裏做不得主，說行不能行，雖有錢不由他使。

柳湘蓮誘薛蟠至郊外揍了一頓。賈珍派賈蓉至北門外橋下二里路葦塘處找到薛蟠。薛姨媽要告訴王夫人尋拿湘蓮，被寶釵勸阻了。

第四十八回　濫情人情誤思遊藝　慕雅女雅集苦吟詩

薛蟠要和老夥計張德輝南去販香籣紙扇。薛蟠說給母親，母親不允，薛賭氣睡。寶釵同意讓哥去，薛氏以用錢買乖而應允。香菱和寶釵搬來同住。香菱要寶釵教她作詩，寶釵卻叫香菱從老太太起各處拜望拜望。

平兒向寶釵要棒瘡藥，說賈赦為石呆子二十把古扇之事把賈璉打了一頓，臉上兩處傷。

黛玉自願給香菱作老師教其寫詩。黛玉講作詩第一立意要緊，「不以詞害意」。和香菱一塊講究討論，指導香菱作詩（寶釵說寶玉若有香菱苦心有什麼學不成的）。（第一首措詞不雅，第二首過於穿鑿，「寶釵說詩從胡說來」，黛玉說聖人言「誨人不倦」。第三首新巧有意趣。）

第四十九回　琉璃世界白雪紅梅　脂粉香娃割腥啖膻

李紈寡嬸之女李紋李綺來投、邢夫人之兄嫂帶了女兒刑岫煙投邢夫人，薛蟠從弟薛蝌及胞妹薛寶琴進京待嫁，一齊來到賈府。眾人皆誇寶釵不如寶琴。賈母逼著王夫人認了乾女兒，老太太要養活。賈母不讓住園中，晚上跟自己一處安寢。

邢夫人兄嫂家中原艱難，這一上京，原仗的是邢夫人與他們治房舍，幫盤纏。湘雲定要與寶釵同住。寶釵說「呆香菱之心苦，瘋湘雲之話多。」寶釵又說寶琴我不信我那兒不如你，嫌賈母愛寶琴。寶玉怕賈母疼寶琴黛玉心中不自在，卻不料黛玉以妹妹稱寶琴。黛玉向寶玉誇寶釵是個好人，並說自己心裏酸痛，眼淚卻不多。

眾姊妹商議在蘆雪庵賞雪作詩。寶玉第二天起來，如裝在瓶內一般，在櫳翠庵賞玩梅花。湘雲和寶玉向賈母要了一塊鹿肉。黛玉這一次不計較戴玉的戴麒麟的。眾人吃鹿肉，平兒丟了一個鐲子。

第五十回　蘆雪庵爭聯即景詩　暖香塢雅製春燈謎

鳳姐起頭聯句：「一夜北風緊」。眾人罰寶玉去櫳翠庵妙玉處乞梅。罰寶玉作乞梅詩。賈母也來了。吃糟鵪鶉，叫大家作燈謎正月裏玩。

賈母催探春快畫畫。鳳姐來找賈母，賈母說鳳姐是鬼靈精，孝敬也不在這上頭。鳳姐開玩笑說賈母來躲債來了。賈母贊寶琴勝過仇十洲畫的《雙豔圖》。寶玉從寶琴身後走出來，賈母誤以為女孩兒。

薛姨媽來說原要請賈母喝酒賞雪，聽寶釵說賈母心下不爽故未請，賈母說以後破費不遲。鳳姐乘機向薛氏要五十兩銀子，賈母開玩笑。鳳姐自己說置酒請賈母，再封五十兩銀。

賈母欲求寶琴於寶玉為配，薛姨媽說已許與梅翰林家了，鳳姐裝作要說媒。

李紈用四書作迷，黛玉猜著了。寶釵嫌這些老太太个喜歡，要求編寫雅俗共賞的淺近物兒。湘雲作《點絳唇》，寶玉猜是猴兒。寶釵黛玉也編了一個，寶琴作了十首《懷古詩》，各隱一物。

第五十一回　薛小妹新編懷古詩　胡庸醫亂用虎狼藥

寶釵說後兩首懷古詩（蒲東寺、梅花觀）史鑒無考，要求另作，黛玉、李紈反對，作罷。

襲人因母病要回家，鳳姐親自出馬收拾打扮，吩咐怡紅院的人「別出著寶玉胡鬧。」

麝月叫晴雯幹活，晴雯說要暖和暖和。晴雯要唬麝月玩，不想自己受了涼。胡庸醫藥中有枳實，麻黃等虎狼藥，寶玉說該死，叫茗煙去請王太醫，說的病也是外感內滯，但方上無枳實、麻黃，倒有當歸、陳皮、白芍等。藥之分量也減了些。寶玉說自己是那野墳圈子里長的幾十年的一顆老楊樹，女孩兒是秋天芸兒送來的白海棠。麝月說寶玉自比楊樹不比松柏「太下流」，寶玉說松柏乃高雅之樹只有不害臊的才比。晴雯不叫在屋裏熬藥，寶玉說屋里正缺藥香。

鳳姐建議天冷了姑娘們在園裏吃飯。王夫人賈母皆贊同。把黛玉和賈母徹底隔開了。

第五十二回　俏平兒情掩蝦鬚鐲　勇晴雯病補雀金裘

賈母誇鳳姐想的到，薛姨媽、李紈、尤氏等說鳳姐對老太太真孝順。鳳姐說賈母聰明伶俐過她，今日福壽雙全，賈母說眾人都死了，單剩下咱們兩個老妖精，有什麼意思。寶玉卻和鳳姐相反，記掛著晴雯襲人等事，便先到園中。

平兒對麝月悄說墜兒偷蝦鬚鐲的事，寶玉告訴了晴雯，給晴雯請來王太醫看病，給晴雯聞鼻煙。叫麝月從鳳姐那裏要來西洋膏藥「依弗哪」貼在太陽穴上。

麝月向寶玉說鳳姐說明日是舅老爺生日，太太說讓你去。寶玉發牢騷說一年生日鬧不清。黛玉說她一天用藥陪著，寶玉說自己屋裏有病人煎藥。寶琴反對寶釵《詠（太極圖）》寶琴唸眞眞國女兒詩。寶黛互似有許多話，但又不知要說什麼。

賈母給寶玉一件俄羅斯的「雀金呢」的氅衣。寶玉經過賈政書房門怕下馬繞角門走。

晴雯叫宋嬤嬤領走偷鐲的墜兒。和麝月把墜兒娘訓了一頓。晴雯帶病為寶玉補孔雀裘。

第五十三回　寧國府除夕祭宗祠　榮國府元宵開夜宴

晴雯雀裘補完，力盡神危，王太醫來看，認為汗後失於調養，非同小可。藥方將疏散驅邪諸藥減去，添了茯苓、地黃、當歸等益神養血之劑。謹慎服藥調治方好。

襲人回；詩社空了幾日。王夫人鳳姐治辦年事。王子騰升九省都檢點，賈雨村補授大司馬。

賈珍問尤氏皇上恩賞銀子關了來不曾。丫頭給尤氏押歲錁子二百二十個，碎金一百五十多。烏莊頭送東西來，說年成不好，打饑荒。賈蓉說元妃每年賞金一千兩銀子。省親一次花錢無數。賈蓉說榮府窮了。鳳姐和鴛鴦商議偷賈母東西賣，賈珍說鳳姐搗鬼，賈珍訓斥來領東西的賈芹。

臘月三十祭宗祠。賈母不在寧府吃飯。初一賈母不會親友，只和薛氏李嬸說話，和眾姐弟玩十五之夕，賈母擺家宴請諸子弟，賈赦回家自己取樂。「慧紋」瓔珞的來例。賈母說笑、看戲、歪著、命捶腿。賈母給演文豹的九歲孩子賞錢。

第五十四回　史太君破陳腐舊套　王熙鳳效戲彩斑衣

賈母誤認襲人拿大，王夫人鳳姐連忙解釋。寶玉回房，鴛鴦和襲人說閒話，鴛鴦說天下事難定。襲人感激主子在其母死時給銀四十。寶玉怕驚走鴛鴦未進屋去。寶玉看：老太太給金、花二姑娘賞的上等果品菜。點點頭，邁

步就走。

　　寶玉給眾人酌酒，黛玉未喝，寶玉飲乾，鳳姐諷刺寶玉喝冷酒，手顫，寫不得字，拉不得弓。賈母批才子佳人書《鳳求鸞》，鳳姐斟酒掰謊。鳳姐自詡效戲彩斑衣。賈母說這幾日他沒有痛痛地笑一場，倒是鳳姐這一說才笑的他心裏痛快了些。鳳姐不讓寶玉斟酒，接過賈母的剩酒喝了，美其名曰「討老祖宗的福。」

　　王夫人叫賈母坐進暖閣裏地炕上。賈母叫文官唱《尋夢》、叫葵官唱《慧明下書》，並說這些戲「竟不大合時」。賈母又說她像湘雲那麼大時，常聽《西廂記》中《聽琴》等。鳳姐建議擊鼓傳梅。賈母說小媳婦喝猴兒尿的笑話。鳳姐說了個冰冷無味惹人不笑的「笑話」。又說聾子放鞭炮——散了。眾人放炮，賈母摟黛玉，王夫人摟寶玉，薛氏摟湘雲，鳳姐說自己沒人疼。湊合吃了夜飯，鳳姐再也不像前番那樣叫另重做了。

第五十五回　辱親女愚妾爭閒氣　欺幼主刁奴蓄險心

　　鳳姐病倒（小月）。李紈理事，尚德不尚才；探春會同李紈裁處。王夫人又請了寶釵來。釵探每日至「儀事廳」處理事體。下人抱怨剛倒了一個「巡海夜叉」，又添了三個「鎮山太歲」。

　　趙國基死，探春照舊例給銀二十兩，趙姨娘來哭鬧，說她連襲人也不如了（襲人母喪給銀四十兩），探春主奴分明，未讓步。探春又對平兒說鳳姐拿太太的錢落人情。又免了環蘭家學裏的一項銀子。平兒給媳婦子們講探春的厲害。平兒告訴來問寶玉月銀丫頭月錢的秋紋，探春正要找事開例做法，叫別進去問。

　　鳳姐贊好個三姑娘，批挑正嫌庶的「輕狂人」，又說自己騎上老虎了，百事照老祖宗規矩辦，出的多，進的少。姊妹婚嫁之事，對寶玉、釵黛等人的看法。要和探春做臂膀，於太太事有益；從私心講，正好自己抽頭回步。叮嚀平兒不要駁探春「擒賊先擒王」。平兒揭鳳姐打他之「短」。陪鳳姐吃飯。

第五十六回　敏探春興利除宿弊　時寶釵小惠全大體

　　寶釵用朱子言論指導理家，探春卻不然。寶釵言小事用學問一提便高出一層，不拿學問提著，便流入市俗。寶釵誇平兒遠愁近慮，不卑不亢。探春因庶出而難過。探春興利除弊，要平兒請示鳳姐後方行，平兒薦鶯兒娘管怡

紅院前的花草，寶釵不同意，說讓茗煙娘老葉媽管合適，老葉媽又與鶯兒娘極好。

搜牙剔縫，每年省四百兩銀子。寶釵提出叫管的人剩些，貼補貼補自家。

寶釵對眾婆子講話，六稱姨娘。可見對王夫人之忠。眾人歡聲鼎沸。

甄家進京朝賀，派人送禮請安。甄家四個婆子給老太太講說他家寶玉之事，賈母叫出賈寶玉，四人為之吃驚，賈母說大家子孩子養的嬌嫩，除了臉上有殘疾十分黑醜的，大概看去都是一樣的齊整。又說大家子孩子不管如何刁鑽古怪，見了外人必還正經禮數，寶玉開始以為四人承悅賈母，湘雲說叫他放心鬧，打狠了到南方找那一個寶玉去。賈寶玉做夢夢見甄寶玉。後方知是鏡中影兒。

第五十七回　慧紫鵑情辭試忙玉　慈姨媽愛語慰癡顰

王夫人領寶玉會見甄寶玉。紫鵑「遠」寶玉，寶玉發呆。雪雁不借月白緞子襖兒給趙姨娘的丫頭小吉祥兒。紫鵑知道於心不忍。紫鵑找寶玉，寶玉說他給老太太漏了個風，老太太給鳳姐說，紫鵑這才明白老太太怎麼忽然想起每日送一兩燕窩來。紫鵑故意說黛玉明年春天要回蘇州。寶玉回怡紅院後發呆，李嬤嬤來瞧說不中用了。

襲人來尋紫鵑，說明情景，黛玉痛聲大咳，讓紫鵑去解釋。寶玉見紫鵑方哎呀出聲。賈母流淚說當什麼大事，原是這句頑話；薛姨媽說黛玉回去連冷心腸的大人也要傷心。寶玉見林之孝家的來看便說是接黛玉來的，賈母說林家人死絕了，沒人來接，你只放心。王太醫來看，說是急痛迷心。賈母叫紫鵑陪寶玉。寶玉說林家若有人接，老太太放去，我也不依。寶玉給紫鵑說活著一齊活著，死了一齊化灰化煙。寶玉給紫鵑要面菱花鏡留下了。紫鵑叫黛玉趁老太太健在快成大事，黛玉為之直泣了一夜。賈母親來看視。

薛姨媽生日演戲，寶黛未去。

薛姨媽通過鳳姐，鳳姐又通過賈母、賈母又通過邢夫人，把刑岫煙說與薛蝌。

寶釵從邢岫煙口中得知她每月二兩銀子給父母，剩一兩不夠用。寶釵教岫煙不要搞富麗閒妝，一色從實守分為主。岫煙把棉衣當到了薛家當鋪。

寶釵去瞧黛玉，其母已先至。薛氏講月下老人管姻緣。寶釵要黛玉嫁薛蟠。薛姨媽要把黛玉說給寶玉。

湘雲拾了岫煙當票來問大家。寶釵告訴眾人緣故。

第五十八回　杏子陰假鳳泣虛凰　茜紗窗眞情揆癡理

賈母等入朝隨祭，將黛玉託付於薛姨媽，薛挪至瀟湘館來住，釵黛琴相處無間。賈母十分喜悅放心。尤氏欲遣發演戲的十二個女孩子。王夫人欲給銀令各自去，尤氏叫根據各人自願自己決定。除去者外，留者各各分散。

清明寶玉拄杖飯後閒轉，湘雲指著夾泥船說「快把這船打出去，他們是接林妹妹。」寶玉仰望杏子想到「綠葉成蔭子滿枝」，邢岫煙再過幾年，也「綠葉成蔭子滿枝」了。見雀落枝亂啼，又發感歎。見藕官爲同伴燒紙，婆子要拉她見奶奶，寶玉爲之遮掩。

寶玉看黛玉，兩個想起往事，不覺流下淚來。芳官和其乾媽鬧仗，因其乾媽先給親女洗臉剩水給芳官，寶玉爲芳官辯護。襲人叫芳官給寶玉吹湯，其乾娘亦來吹，被丫頭們連說帶推地出去了。芳官又先嘗了一口湯。芳官說明藕官燒紙是原與藥官同演夫妻，藥官死後，又與蕊官演夫妻，溫柔體貼，但還懷念藥官，故燒紙。寶玉叫以心誠意潔爲主，不要燒紙。

第五十九回　柳葉渚邊嗔鶯吒燕　絳雲軒裏召將飛符

湘雲犯杏癡癖，寶釵命鶯兒去黛玉那裏要，蕊官隨之去看藕官。鶯兒於柳葉諸編一籃子，送與黛玉。黛玉要和薛姨媽一起去寶釵房裏吃飯，「大家熱鬧些。」性格比過去大變了。鶯兒又於柳堤坐下編藍，春燕來了，說寶玉說女兒未出嫁是無價之寶；出了嫁，變爲死珠；到老就是魚眼睛，舉例說她媽和姨媽就越老越愛錢。春燕叫鶯兒不要折柳條折花，她媽和姨媽分管這裏，比得了永遠的基業還謹愼。足見寶釵管家之妙。春燕姑娘來果然打春燕，鶯兒解釋不通，賭氣又編。春燕娘來了，本爲芳官之事上氣，又恨春燕不遂心，便打春燕。鶯兒將花柳擲河，婆子心疼念佛。

春燕跑到寶玉房裏，麝月叫小丫頭叫平兒來管春燕娘。平兒叫攆出去，叫林大娘在角門外打四十板，婆子流淚哀求方免。平兒來說『得饒人處且饒人』，又說，大小都作起反來了，大小出了八九件事了。

第六十回　茉莉粉替去薔薇硝　玫瑰露引來茯苓霜

李紈喚平兒；寶玉叫春燕和她娘給鶯兒道歉，背著寶釵。春燕給她娘說

寶玉說這屋裏人將來都要放出去叫各人父母自便，她娘喜的念佛。

蕊官託春燕給芳官帶去薔薇硝擦臉。芳官把茉莉粉給賈環以代薔薇硝。趙姨娘趁此進園大鬧，夏婆子從中加油添醋，趙姨娘用粉向芳官臉上撒去，又罵芳官娼婦粉頭，芳官反罵，趙打耳刮子，藕、蕊、葵、豆四官齊來撕擄趙姨娘，探春說丫頭是些「玩意兒」，「貓兒狗兒」。艾官向探春告夏婆子挑唆了趙姨娘。蟬姐兒又向其娘夏婆子告了艾官之事。芳官來廚房，為糕事和蟬姐賭氣拌嘴，柳家想叫女兒五兒去寶玉房中當差，因聽說寶玉將來要放他們，且差輕人多，託芳官給寶玉說。芳官要玫瑰露給柳五兒吃。並答應讓五兒在寶玉房裏當差。柳家的把玫瑰露半盞給五兒舅舅兒子，趙姨娘內侄欲娶柳五兒，柳家父母同意，五兒不願，父母未敢包辦，錢槐氣愧，偏要與柳家相與，柳家欲回，其哥嫂送給柳五兒茯苓霜。

第六十一回　投鼠忌器寶玉瞞贓　判冤決獄平兒行權

柳家的和看門小廝拌嘴，小廝要杏吃，柳家的說今年不比往年，東西分給眾奶奶管，不好摘了。迎春房裏的丫頭蓮花兒為司棋要燉的嫩雞蛋，柳家的不給，蓮兒從菜箱發現有雞蛋，柳家說要侍候頭層主子，蓮兒揭柳家的給晴雯做菜殷勤。柳家說他有本事象大廚房裏預備老太太的飯，把天下所有的菜蔬用水牌寫了天天轉著吃，又誇三姑娘寶姑娘要吃油鹽炒枸杞芽兒還拿五百錢。又說趙姨娘也不忿。便宜了柳家的。蓮花兒告訴給司棋，司棋領人搗亂廚房。柳五兒將茯苓霜分些贈芳官（通過小燕），回來被林之孝家的抓拿，說偷了太太房裏的玫瑰露。林之孝家的回李紈，李紈讓見探春，探春又叫找平兒回鳳姐，鳳姐叫把柳家的打四十板，永不許進二門，把五兒打四十板，交給莊子或賣或配人，平兒聽到五兒訴冤，將其軟禁，許多人向平兒行賄，要求處罰柳氏母女，平兒卻來怡紅院瞭解明白，寶玉瞞贓，平兒問偷太太玫瑰露給環兒的彩雲說明情況；鳳姐還要追究，處罰柳家的，平兒說得放手時須放手，鳳姐方罷。

第六十二回　憨湘雲醉眠芍藥裀　呆香菱情解石榴裙

平兒對林之孝的說大事化小，小事化了，方是興旺之家，讓柳家母女照舊當差，把司棋嬸娘秦顯家的退回。彩雲將寶玉瞞贓之事說了，賈環吃醋，拒於彩雲，趙姨娘安慰彩雲。

　　寶玉寶琴生日。平兒也是今日生日，邢岫煙亦然，探春讓丫頭備禮給邢岫煙。探春論生日，別的都記得，就記不得林黛玉，說明他視黛玉為岫煙，岫煙嫁薛蝌猶如黛玉之嫁薛蟠。薛寶釵和黛玉好的目的是欲娶黛玉給薛蟠作妻，猶如她和岫煙好是娶其為薛蝌作妻一樣。平兒說我們的生日沒福拜壽，可不悄悄過去，這實際上說的是黛玉。鳳姐叫姑娘們在園裏，賈母離開黛玉，讓黛玉投入薛氏懷抱，給蟠作妻，後不成，才欲為寶玉次妻。

　　探春提議湊份子給平兒過生日。寶釵給寶玉講，還有幾件大事叨登出來，帶累人不會少。就只給寶玉和平兒兩個說了，叫不要給別人講。平兒是寶釵的代理人，而非鳳姐代理人。眾人射覆、行令、劃拳。沒賈母王夫人約束，玩個熱鬧。

　　湘雲醉臥青板石凳上，芍藥滿身。探春下棋，林之孝家的回事要攆一婆子，探春推之李紈，又推之鳳姐，最後叫先攆，太太回來定奪。寶黛於花下說話，黛玉贊探春，寶玉亦贊探春，黛玉為賈府後手不接憂慮，寶玉卻說再後手不接也少不了咱們兩人的。黛去找釵，襲人送來一杯茶，寶釵先喝一口，剩下的黛玉接喝了，襲人要另倒，黛玉反不肯。

　　寶玉找芳官，芳官提出晚上吃酒，不許教人管著她，寶玉答應了。寶玉和小燕芳官同吃柳家送來之飯。寶玉叫小燕照看芳官，小燕問五兒之事，寶玉叫五兒明日就來。襲人晴雯芳官互開嫉妒玩笑。這是後日被逐原因。

　　香菱芳官等鬥草，香菱說了「夫妻蕙」，芳官說她想漢子了，兩人玩倒地上，香菱裙子弄髒了水濕；寶玉拿了並蒂菱來遇見香菱裙髒，其裙為寶琴所贈，寶玉為防薛氏嘴碎，去取襲人的給她換，一路想著她的處境，同情之心頓生；襲菱換裙寶玉將蒂蕙放在鋪花的坑裏，又用花埋了，用土平服。香菱倒說她肉麻。香菱臨走不叫把裙子事說與蟠。

第六十三回　壽怡紅群芳開夜宴　死金丹獨豔理親喪

　　寶玉把柳五兒之事未告訴襲人，準備告訴襲人。林之孝家的來查夜，叫快睡，寶玉答應了。林之孝家的說老太太、太太屋裏的貓兒狗兒，輕易也傷他不的。林之孝家走後，眾人搬果，寶玉說他最怕俗套子，在外人跟前不得已。寶玉和芳官眾人稱倒像雙生的兄弟兩個。丫頭們請來了姑娘們。寶釵抓骰子抓了一簽，畫著牡丹，「豔冠群芳」。芳官先唱「壽筵開處風光好」，眾人叫唱好的，改唱湯氏《邯鄲記·度世》。寶玉念著「任是無情也動人」看著芳

官不語。探春抓一「必得貴婿」之籤。李紈抓一「老梅」之籤，湘雲掣了一根「海棠」之籤。麝月掣根「荼蘼花」之籤。香菱掣出並蒂花。黛玉掣「芙蓉」籤，襲人掣「桃花」之籤。薛姨媽派人接黛玉。時已二更。姑娘們走後，寶玉與丫頭又玩到四更，大家黑甜一覺，不知所之。襲人向平兒誇昨晚「熱鬧非常。」妙玉恰寶玉下帖祝壽，署名檻外人，岫煙說寶玉應署「檻內人」。寶玉給芳官起名「耶律雄奴」，眾人叫「野驢子」；又改爲「溫都裏那」。

賈敬死，尤氏理喪；老尤母女三人到寧府看家，賈蓉戲二姨。

第六十四回　幽淑女悲題五美吟　浪蕩子情遺九龍珮

寶玉從寧府回來，正遇晴雯和芳官打鬧，襲人獨自一人爲寶玉打扇套。寶玉向碧痕說若有人叫到林姑娘那裏來找。因怕林妹妹過悲，先至鳳姐處來，鳳姐「正倚著門和平兒說話呢」。說了幾句要鳳姐保養身體的話，又至黛玉處，勸黛玉不要作踐了身子，轉急爲悲，滾下淚來。黛玉亦無言對泣。寶釵說女子以貞靜爲主，女工第二，詩詞乃閨中遊戲，咱們這樣人家的姑娘，倒不要這些才華的名譽。寶釵贊黛玉的《五美吟》命意新奇，別開生面。

賈璉向賈蓉誇二姐比鳳姐好。賈蓉要說二姐給賈璉做二房。尤老娘告訴賈璉：「不瞞二爺說，我們家裏自從先父去世，家裏也著實艱難了，全虧了這裏姑爺幫助。」賈蓉向尤老娘說二姨夫將如賈璉，二姐未語，三姐先罵。尤氏勸阻，賈珍同意。尤老娘因經濟上的依賴關係，也答應了。賈珍包辦與張華退了婚。

第六十五回　賈二舍偷娶尤二姨　尤三姐思嫁柳二郎

賈璉以奶奶呼二姐，將鳳姐一筆勾銷。將積年梯已與了二姐，只等鳳姐一死，便接進去。賈璉又對二姐說夜叉婆給二姐拾鞋也不要。三姐拿賈璉嘲笑取樂。

二姐「若論起溫柔和順，凡事必商議，不敢恃才自專，實較鳳姐高十倍；若論標致，言談行事，也勝五分。」德較鳳姐高十倍，貌比鳳姐勝五分。

興兒向二姐介紹鳳姐，又說賈府規矩，「凡爺大了，未娶親之先都先放兩個人服侍的。」興兒又介紹賈府寡婦奶奶和幾任奶奶都不管事，所以能容鳳姐胡爲。

紫鵑向黛玉說家裏無依無靠的人嫁出去受人欺負，尤氏姊妹即如此。

第六十六回　情小妹恥情歸地府　冷二郎一冷入空門

興兒說寶玉外清內濁。三姐贊寶玉不糊塗，在女孩子們前不管怎樣都過的去，只不大合外人的式。興兒說寶玉將來定娶黛玉。賈赦差賈璉去平安州出差，二姐唯恐賈璉因為自己誤了「正事」。

尤三姐向賈璉說「若有了姓柳的來，我便嫁他」。「他一百年不來，我自己修行去了」。說著將玉簪折斷，「一句不真，就如這簪子」。二姐持家勤慎。

賈璉去平安州半路遇見薛蟠和柳湘蓮。原來柳湘蓮於平安州界趕散強盜，救了薛蟠，二人結為生死兄弟。柳湘蓮以祖傳鴛鴦劍給賈璉以作定娶三姐之禮。

二姐操持家務十分謹肅，每日關門閉戶，一點外事不聞。賈璉深念二姐之德，喜之不盡。賈璉賈珍為三姐預備妝奩；薛家為湘蓮準備娶親。湘蓮懷疑三姐不乾淨，向賈璉索要寶劍，三姐用劍自刎。湘蓮見其如此剛烈，大哭一場，自悔不及。夢見三姐與己訣別，湘蓮削髮隨道士出家。

第六十七回　見土儀顰卿思故里　聞秘事鳳姐訊家童

薛姨媽向寶釵說明二姐自刎，湘蓮離去之事，寶釵不以為意，叫薛氏備席請隨薛蟠南去的夥計。薛姨媽說「怎麼柳相公那樣一個年輕的聰明人，一時糊塗，就跟著道士去了。」說明她對道士也不信。

寶釵將薛蟠從南帶來的土物分送各人，「只有黛玉的比別人不同，且又加厚一倍。」黛玉見了家鄉土物反自傷心，感歎無父母兄弟，客寄親戚家中，紫鵑勸說他珍惜身體，「況且姑娘這病，原是素日憂慮過度，傷了血氣。」再則寶釵聽見，反不好意思。寶玉來勸黛玉。黛玉約寶玉一起到寶釵那裏去。

薛蟠請夥計吃飯，提起道士度湘蓮，說「世上這些妖言惑眾的人，怎麼沒人治他一下子。」

寶釵勸黛玉多出來走走逛逛；趙姨娘誇寶釵好，會做人，很大方。說林丫頭連她們正眼也不瞧。把東西拿去在王夫人前賣好，碰了一鼻子灰。鶯兒向寶釵說鳳姐生氣，寶釵不要她管。寶玉為黛玉的孤苦而傷感。

襲人去看鳳姐，路遇老祝媽給果樹趕馬蜂，祝媽要給果嘗，襲人正色拒絕了。

鳳姐審問旺兒和興兒。

第六十八回　苦尤娘賺入大觀園　酸鳳姐大鬧寧國府

　　鳳姐到二姐處，說自己多麼賢慧，要求二姐同搬進去住。二姐竟認鳳姐爲知己，一同進了大觀園後門，先到李紈處，「眾人見他標致和悅，無不稱頌。」又爲鳳姐之「賢慧而納罕」。鳳姐讓自己丫頭服侍二姐，丫頭善姐不服使喚，二姐亦不好倡揚。

　　鳳姐花二十兩銀子叫張華告賈璉，張華往都察院告了旺兒賈蓉；鳳姐又花三百兩銀子叫察院只虛張聲勢驚唬而已；賈珍聽說告了賈蓉，便也封二百銀子打點察院。鳳姐拉著賈蓉來撕尤氏。尤氏母子答應補上五百兩打點之銀，求鳳姐在老太太跟前周全方便，賈蓉又出主意叫二姐再嫁張華，尤氏又拉鳳姐討主意如何撒謊才好，最後齊誇鳳姐寬宏大量，足智多謀，答應事妥後娘兒們過去拜謝，尤氏又命丫環服侍鳳姐梳妝洗臉，又擺酒飯，親自遞酒揀菜。

第六十九回　弄小巧用借劍殺人　覺大限吞生金自逝

　　賈母戴了眼鏡將鳳姐領來的二姐仔細瞧過之後，說「更是個齊全孩子，我看比你俊些。」王夫人正因鳳姐風聲不雅，深爲憂慮，見他今行此事，豈有不樂之理。

　　鳳姐使人挑唆張華告狀要原妻，張父人財兩進，要去賈府領人。鳳姐告了賈母，賈母叫把二姐送給張華，沒的強佔人家有夫之人，名聲也不好，那裏尋不出好人來。二姐爲之分辯，賈母叫鳳姐料理。鳳姐通過賈珍父子叫張華不要領人，張家父子得了約百金，回原籍去了。鳳姐怕張華將人領回，賈璉回來後又占住，不如自己相伴著妥當。又悔將刀靶給了張華，指使旺兒將張華害死。

　　賈璉出差回來，賈赦說他中用，賞銀百兩，賞丫頭秋桐爲妾。鳳姐心中一刺未除，又添一刺。秋桐向鳳姐告平兒給二姐另做飯吃，鳳姐說平兒：「人家養貓拿耗子，我的貓只倒咬雞。」園中姐妹皆以鳳姐好意，然寶黛一干人暗爲二姐擔心，憫恤她。賈母聽了秋桐話說二姐是「賤骨頭」。二姐受暗氣而生病。三姐託夢殺鳳姐，二姐不爲。胡君榮用藥墜胎，鳳姐挑唆秋桐氣二姐。平兒與二姐哭訴。二姐吞金而逝。平兒出銀二百理喪。賈母聽鳳姐話，說癆病死的一燒一撒。

第七十回　林黛玉重建桃花社　史湘雲偶塡柳絮詞

寶玉因冷遁了柳湘蓮、劍刎了尤小妹，金逝了尤二姐，氣病了柳五兒，閒愁胡恨，一重不了又添一重，情色若癡，語言常亂。

晴雯、麝月、芳官、寶玉四人對抓胳肢。李紈房中的碧月來了說：「倒是這裏熱鬧，大清早起就嘰嘰呱呱頑到一處。」

寶琴說《桃花詩》「現是我作的呢。」寶玉說寶釵斷不許寶琴有此傷悼之句，寶琴雖有此才，是斷不肯作的，比不得林妹妹幾經離喪，作此哀音，眾人改海棠社爲桃花社，推黛玉爲新主。探春生日。

賈政來信，不過是請安的話，說六月中準進京。襲人勸寶玉收心寫字。賈母聽說，十分歡喜，吩咐他「以後只管寫字念書，不用出來也使得。」賈母王夫人怕急出病，探春寶釵願爲寶玉寫字，賈母喜之不盡。黛玉替寶玉寫了一卷鍾王蠅頭小楷。字跡與寶玉相似。賈政又因沿途查看近海災民，至冬底方回，寶玉又將書字擱起。

湘雲塡柳絮詞，黛玉聘眾塡柳絮詞。探春寫半首，寶玉續了半首，眾人看黛玉的唐多令後說太作悲了。寶釵說寶琴的過於喪敗。寶釵寫「送我上青雲。」眾人放風箏。黛玉欲放去晦氣。

第七十一回　嫌隙人有心生嫌隙　鴛鴦女無意遇鴛鴦

賈政回家歇息，看書、下棋、吃酒，母子夫妻共敍天倫之樂。

八月初三日賈母八旬之慶，賈母只叫史、薛、林、探會見南安太妃。

尤氏肚餓，先到鳳姐房中，鳳姐不在，未吃飯，平兒給點心未吃，又到園裏，見園正門角門未關，傳管家婆子，兩個分菜果的婆子聽見是東府裏奶奶，便不大在心上，不去傳。尤氏正在怡紅院吃襲人給的暈素點心，丫頭來說了此事，尤氏告訴給周瑞家的，周瑞家的素日因與這幾個人不睦，告訴鳳姐後，傳人捆起兩個婆子，交馬圈看守。

趙姨娘與被捆婆子、林之孝家的又成一氣。兩婆子的女兒聽了林之孝家的話央邢夫人的陪房費婆子向邢夫人求情，邢夫人因諸事不得意，惡絕鳳姐、王夫人、賈母。

賈母喜歡生得好，說話行事與眾不同的喜鸞、四姐兒，叫鳳姐留下她兩個玩。

邢夫人當眾向鳳姐爲兩個被捆的婆子求情，尤氏說鳳姐多事，王夫人命

放了婆子，站在邢一邊，鳳姐灰心落淚。賈母叫鳳姐陪著吃飯揀佛豆兒積壽，肯定鳳姐，責怪邢夫人。賈母因寶琴從林黛玉處來而想起喜鸞四姐兒，吩咐大家對家裏窮的喜鸞四姐兒不得歧視。

鴛鴦在探春處傳賈母不要歧視家裏窮的喜鸞四姐兒的話，尤氏誇賈母「太想的到」，實在我們年輕力壯的人捆上十個也趕不上。李紈說鳳姐仗著鬼聰明還離腳蹤兒不遠。鴛鴦說鳳姐在老太太太太跟前沒有個錯縫，暗裏不知得罪了多少人。又說新出來的這些底下奴字號的奶奶們，背地咬舌根，挑三窩四。探春說大家不如小家好。寶玉說探春好多心，應安富尊榮。尤氏說寶玉一點後事也不慮，寶玉說能和姊妹們樂一日是一日，什麼後事不後事。李紈說姊妹們要出嫁；尤氏說寶玉又傻又呆。寶玉說人事莫定，知道誰死誰活，倘我死了，也算遂心一輩子了。喜鸞說她陪寶玉一輩子。

鴛鴦於湖山石後遇見司棋與其姑舅兄弟幽會。司棋求其超生，鴛鴦保證不外傳。

第七十二回　王熙鳳恃強羞說病　來旺婦倚勢霸成親

司棋因姑舅兄弟私逃而病倒。鴛鴦望候司棋，立身發誓，不告外人。司棋感謝不盡。

鴛鴦望候鳳姐，和平兒說鳳姐是「雪山崩」。賈璉問鴛鴦上年老太太生日有一和尚孝敬一個蠟油凍的佛手的事，說自己記性大不如先；接著說老太太千秋，所有的幾千兩銀子都使了，房租地稅九月才得，現在又要送南安府裏的禮，又要預備娘娘重陽節的禮，還有幾家紅白大禮，至少得三二千銀子，一時難去支借，請求鴛鴦暫把老太太查不著的金銀傢夥偷著運出一箱子，暫押千數兩銀子支騰過去。

賈璉又讓鳳姐給鴛鴦說，鳳姐怕老太太知道，丟了老臉，又怕賈璉錢到手不給自己，故作不說，賈璉要謝，平兒出主意事成要一二百銀子，賈璉說其太狠。鳳姐用錢壓賈璉，用王家壓賈家，後又說要給尤二姐燒紙，賈璉只好給錢。

鳳姐陪房旺兒媳婦求賈璉給小子說彩霞，鳳姐叫旺兒媳婦把放賭金收回，大發了一通牢騷。又說自己昨晚做夢，元妃打發人要一百匹錦。夏太監派小內監來借銀二百兩，鳳姐叫賈璉躲入內套間，鳳姐叫平兒把金項圈拿去押四百銀子，一半給小太監，一半叫旺兒媳婦辦中秋節的禮。賈璉說昨日周

太監來張口一千兩,略應遲了就不高興,這會子再發個三二百萬的財就好了。

　　林之孝來說雨村降了,賈璉說遠著他好。說起家道艱難,林之孝建議「人口太重」,把老家人放幾家出去,裏頭女孩子也應該配人的配人。賈璉也說這樣想著。林之孝又說旺兒的小子吃酒賭錢,無所不止;鳳姐已給彩霞母親說準了;賈璉不同意。鳳姐說賈璉「我們王家的人連我還不中你們的意,何況奴才呢!」

　　彩霞怕旺兒媳婦依仗鳳姐之勢一時作成,去求趙姨娘,趙又去求賈政,賈政說他已瞅準了兩個丫頭,一給寶玉,一給環兒,趙說寶玉已有了兩年,賈政不知……

第七十三回　癡丫頭誤拾繡春囊　懦小姐不問累金鳳

　　趙姨娘房內丫環小鵲來告訴寶玉趙姨娘這般如此在老爺前說了,你仔細明兒老爺問你話。寶玉如孫大聖見了緊箍咒,忙起來讀書,小丫頭打盹,晴雯便罵。寶玉猶關心丫頭冷暖,丫頭勸他好好看書。金星玻璃說有人從牆上跳下,晴雯便讓寶玉趁機裝病,就說嚇著了。眾婆子打燈籠到處搜尋。王夫人知道後小叫查尋——此事襲人未參與。

　　賈母批評探春有事不去回他,鳳姐說「偏生我又病了。」賈母讓查賭。查出林之孝兩姨親家、柳家媳婦之妹、迎春乳母。林之孝家的遭到申飭,且沒趣。黛、釵、探為迎春乳母討情,賈母正要拿一個做法,故未允。

　　邢夫人見傻大姐拾到繡春囊,塞在袖內,十分罕異,揣摩此物從何而至,且不形於色。

　　邢夫人訓斥迎春不說其乳母,現賭博被捉,外人共知。邢夫人又罵璉鳳赫赫揚揚,不在意他的妹妹迎春;鳳姐要來侍候,邢夫人拒絕了。

　　繡桔批評迎春不問累金鳳被乳母偷去賭博之事。

　　迎春乳母子媳王住兒媳婦求迎春討情被拒絕,探春責備住兒媳婦,叫來平兒責備鳳姐。迎春看「太上感應篇」。

第七十四回　惑奸讒抄檢大觀園　矢孤介杜絕寧國府

　　柳家的被人告發與其妹平分賭錢,鳳姐要治其罪,求了晴雯等,寶玉便約迎春一起討情。

　　鳳姐給平兒說柳家的事她不放在心上,她要做個好好先生,得樂且樂。

　　賈璉來說和鴛鴦借當的事邢夫人知道了，要二百銀子做八月十五節間使用。平兒喚丫頭問，鳳姐不讓，叫把金項圈拿去押二百銀子給邢夫人送去。

　　平兒說鴛鴦借當的事老太太知道。

　　王夫人認為繡春囊是鳳姐所遺，鳳姐跪著哭辯，五個理由，王夫人只好說自己氣急了，拿話激鳳姐。鳳姐建議派周瑞媳婦旺兒媳婦等以查賭為名，把年紀大的，咬牙難纏的拿個錯兒攆出去配人，並暗察私訪此事。王善保家的告晴雯黑狀，王夫人猛然觸動往事，說晴雯就是那個眉眼有些像林妹妹的。說寶玉房裏常見他的只有襲人麝月，這兩個笨笨的倒好。喚來晴雯，晴雯知道有人暗算了自己，王善保家的建議晚上來個猛不防的抄撿。①怡紅院，晴雯。②瀟湘館③探春房中侍書④李紈房⑤惜春房，入畫⑥迎春房，司棋。鳳姐夜裏下面淋血不止。醫生說皆係憂勞所傷。惜春和尤氏對嘴。

第七十五回　開夜宴異兆發悲音　賞中秋新詞得佳讖

　　尤氏來到李紈房中洗臉，丫頭素雲取出自己的胭粉給她使，小丫鬟妙豆兒只彎腰不下跪捧溫水。尤氏說，闔家大小只講假禮假體面，作出來的事都夠使的了。寶釵要回去家裏住；探春說一家子像烏眼雞，又說大太太嗔著王善保家的多事是掩飾。

　　賈母聽說甄家被抄不自在。賈母吃飯，聽了鴛鴦話把賈赦所送兩碗菜送了回去。賈母讓給鳳姐、黛玉、蘭小子送湯菜。吃罷和王夫人說閒話行食。說看著多多的人吃飯有趣。負手看著尤氏等吃飯取樂。賈母責怪添飯的人給尤氏添下人米飯，王夫人說旱澇不定，細米艱難，賈母說巧婦做不出無米炊，鴛鴦叫把三姑娘飯拿來給尤氏添。

　　尤氏聽賭，賈珍、邢夫人胞弟邢德全、薛蟠亦在內，邢大舅論錢勢。發泄對邢夫人之不滿。

　　賈珍於會芳園叢綠堂賞月作樂，三更時牆那邊祠堂附近有長歎之聲。賈珍疑畏。

　　賈母誇賈珍送的月餅好，西瓜不怎樣。賈母扶著寶玉進園賞月（十五日）；眾人簇擁賈母上山。（凸碧山莊）賈母感歎人少。擊鼓傳花：賈政說怕老婆的笑話；寶玉不說笑話，作詩受賞；賈赦說父母偏心的笑話，賈赦讚賞賈環，論及後事前程。人聚心散。

第七十六回　凸碧堂品笛感淒清　凹晶館聯詩悲寂寞

寶釵姊妹家去賞月，李紈鳳姐病著，賈母感歎人少冷清。賈赦歪腳，賈母叫邢夫人回去，尤氏因公公孝服未滿未回，蓉妻相送邢夫人回家。吃酒聞笛，煩心頓解；看賈赦的婆子來回說賈赦不要緊，賈母對賈赦父母偏心的笑話耿耿於懷，王夫人從中解釋，笛音又起，比先淒涼，笛音悲怨，賈母墜淚。尤氏欲說笑話排解，賈母朦朧欲睡，王夫人說已四更，眾姊妹皆散了，賈母一看，只剩探春一人相陪。

眾媳婦收拾杯盤碗盞時少一茶杯，碰到紫鵑、翠縷方知茶杯下落。紫鵑翠縷各找自己的姑娘，從而引出黛玉、湘雲。黛玉因賈母歎人少而對景感懷，湘雲勸她，並責怪寶釵自食其言。凸碧堂、凹晶館，一上一下，一明一暗，一高一矮，一山一水。原來這凹凸二字係黛玉當日所擬。湘雲說坐船吃酒賞月好，黛玉反勸她「事若求全何所樂」，又說老太太等人亦有不能遂心之事，況客寄旅居之人。二人借老太太太太的笛韻而作五言排律。黛玉作「冷月葬花魂」，湘雲說她「詩固新奇，只太頹喪，不該作此過於清奇詭譎之語。」妙玉亦說「太悲涼了。」妙玉續詩。湘黛二人均睡不著。

第七十七回　俏丫鬟抱屈夭風流　美優伶斬情歸水月

王夫人給鳳姐配藥用上等人參，賈母給了二兩指頭粗細的，但年代既久，已成朽糟爛木。寶釵答應叫哥哥託個夥計過去和參行商議，把原枝好參兌二兩來。

寶釵去後，王夫人問周瑞家抄撿之事，周瑞家和鳳姐已商議妥了，如實相回，王夫人叫周瑞家的逐司棋，迎春似有不捨之意，周瑞家的怕十分說情留下，「豈不連我也完了」。寶玉欲攔不住，罵嫁漢女人「比男子更可殺」、「混賬」。

王夫人親自清查怡紅院及別處，晴雯四兒芳官被攆。寶玉見王夫人所揭皆平日之語，倒床痛哭，襲人相勸，說晴雯生的太好了，必不安靜，故王夫人嫌她。照此推理，黛玉亦應如此，黛玉也同尤三姐一樣有理也說不清了。襲人用話激寶玉留自己，寶玉不但和前不同，無留戀之意，反懷疑她告密。襲人嫌寶玉把晴雯比得太高。寶玉又哄襲人給晴雯送出往日之衣物等。

寶玉穩住眾人，去看晴雯。晴雯係賴大家用銀子買的，隨賴嬤嬤進來，賈母看其伶俐標致，十分喜愛，賴嬤嬤孝敬了賈母。寶玉回來告訴襲人到薛

姨媽家去了。睡至五更夢見晴雯死了。王夫人差人替賈政傳寶玉，有人請賈政尋秋賞菊作詩。賈政十分喜悅，贊寶玉。芳藕蕊官要出家，王夫人先不答應，聽智通圓心一番騙詞，又批准了。

第七十八回　老學士閒徵姽嫿詞　癡公子杜撰芙蓉誄

王夫人等芳官去後，去賈母處省晨，見賈母喜歡，回明晴雯之事，賈母說諸丫頭模樣言談針線爽利不及晴雯，王夫人說不大沉重，美妾也要性情和順舉止沉重，故選中襲人。賈母說寶玉將來也是個不聽妻妾勸的，與丫頭好使人不好理解。王夫人又說賈政誇獎寶玉。

王夫人給鳳姐說蘭小子房裏的奶子十分妖喬，說與李紈叫自己去。又問薛氏母女爲什麼搬出去住，是不是寶兄弟得罪了她。鳳姐說寶玉不會得罪她，只怕因抄家避嫌疑，也是應該避嫌疑的。王夫人叫來寶釵，解釋抄撿之事，叫她再搬回來住。寶釵固執的要搬回去（實際上是威脅和催促），說母親離不開她（暗示王夫人娶媳標準）。

寶玉回來，說不但未丟醜，還得了許多東西。寶玉從小丫頭口中得知晴雯已死，並司芙蓉。

寶玉見園中去了司棋等五個，又去了寶釵一處……大觀園不久要散，悲痛不已，只想與黛玉襲人可能同死同歸，正在不知所以之際，賈政又叫作詩以志林四娘之忠。泣涕念《芙蓉女兒誄》，黛玉從芙蓉花中出。

第七十九回　薛文龍悔娶河東獅　賈迎春誤嫁中山狼

黛玉贊祭文可與曹娥碑並傳，寶玉請黛玉改削改削。寶玉改「紅綃帳裏，公子多情，黃土壟中，女兒薄命」爲「茜紗窗下，我本無緣，黃土壟中，卿何薄命」，黛玉聽了，忡然變色，心中雖有無限的孤疑亂擬，外面卻不肯露出。又聽說寶玉不願明早過邢夫人那邊去，便說：「又來了，我勸你把脾氣改改吧。一年大二年小。」

賈赦把迎春許與孫紹祖，賈政相勸不聽，賈母亦不多管。寶玉因世界上又少了五個清靜女兒（陪嫁丫頭四個）而感慨作詩。香菱告訴寶玉薛蟠要娶桂花夏家的夏金桂，寶玉卻冷笑，爲香菱耽心慮後，香菱反不高興而別。寶玉因抄撿大觀園以來種種羞辱驚恐悲悽所致，兼以風寒外感，遂釀成一疾，臥床不起。愈後只是玩耍，只不曾拆了怡紅院。

香菱盼金桂過門，夏女外具花柳之姿，內秉風雷之性。

夏金桂見婆婆良善，制服了薛蟠。

第八十回　美香菱屈受貪夫棒　王道士胡謅妒婦方

夏金桂改「香菱」爲「秋菱」。

金桂利用寶蟾和薛蟠攆走香菱，香菱隨寶釵，並釀成乾血之症。金桂又作踐寶蟾。樂了聚眾啃骨頭，薛蟠悔不該娶這攪家星。

寶玉奉賈母命往天齊廟還願燒香。寶玉問王一貼王道士治病之膏藥，把李貴等打發出去了，只留茗煙。問王道士有貼女人的妒病的方子沒有。王道士胡謅療妒湯。王道士說連膏藥也是假的，有眞的我吃了作神仙呢。

迎春向王夫人訴孫紹祖之不堪。王夫人說這是她的命，迎春哭道：「我不信我的命就這麼不好！從小兒沒了娘，幸而過嬸子這邊過了幾年心淨日子，如今偏又是這麼個結果。」晚歇舊館紫菱洲，後懼孫詔祖之惡而被接去。

第八十一回　占旺相四美釣遊魚　奉嚴詞兩番入家塾

賈政不叫寶玉做詩聯對，叫念文章，——與前不符。又親自送寶玉到私塾。給代儒叮嚀。

第八十二回　老學究講義警頑心　病瀟湘癡魂驚惡夢

賈母說寶玉「野馬上了籠頭」；賈政叫寶玉學些人功道理。

黛玉鼓勵寶玉在功名上下工夫，寶玉對此詫異，讀者亦爲之詫異。

代儒叫寶玉講「後生可畏」和「好色過於好德」。

襲人爲晴雯「兔死狐悲」？襲人懷疑寶玉要娶黛玉？

黛玉做夢，父親來接；黛玉痰中帶血，探春湘雲來看？？

第八十三回　省宮闈賈元妃染恙　鬧閨閫薛寶釵吞聲

黛玉聽一老婆罵外孫女，驚叫「這裏住不得了。」探春湘雲看黛玉，勸黛玉。

黛玉做夢寶玉爲她掏心，襲人來說寶玉昨夜嚷心痛。

鳳姐說「人怕出名豬怕壯」；鳳姐把自己銀子送黛玉使。

賈赦爲元妃健康操心。

賈母等進宮向元春問病。

金桂和寶蟾鬧事，薛氏母女勸而不住。

第八十四回　試文字寶玉始提親　探驚風賈環重結怨

賈赦賈政和賈母關係融洽。

賈母給寶玉提親，還說不管貧富只求性格兒模樣兒，還說賈政過去不如寶玉，賈母形象與前八十回接不上茬。邢王二人沒什麼矛盾。

賈政又和王夫人說及寶玉功課之事。

賈政檢查寶玉作文，雖仿「大觀園題額」，但賈政兩番差距何其遠矣。

賈母勸薛姨媽不要把家事放在心上，又誇寶釵溫厚和平。與中秋節之賈母不同。精神似大了些。寶玉急著看書連忙告辭。賈母褒釵仰黛。

俗務不理的賈政竟問巧姐兒的病，關心寶玉的婚配對象。

賈母主動拒絕張家親事。與前八十回不符。

後四十回把棄黛娶釵的責任推給賈母，減輕王夫人責任。

賈政託人問巧姐的病，賈母邢夫人王夫人看巧姐兒的病。後四十回在竭力抹殺賈府內部矛盾。

鳳姐撮合寶玉與寶釵；事實上金玉已成定局，現在何又費此周折？

賈環代表找姨媽看「巧姐」，要看牛黃鬧倒了藥弔子。趙姨娘責罵賈環。

第八十五回　賈存周報升郎中任　薛文起復惹放流刑

鳳姐趙姨娘結怨又加一層。作者在激化鳳姐與趙姨娘矛盾。

賈政連辦北靜王生日的事都讓林之孝回賈赦知道，賈赦也主動找賈政與北靜王拜壽——兄弟倆比先更好。赦政一起給北靜王拜壽。北靜王贈寶玉一「假玉」。

寶玉說他眞玉晚上放光。邢王夫人抿著嘴兒笑。賈母又主動打問向薛家求親之事，王夫人說薛氏「十分願意」，因蟠不在家，無人商量。這和前八十回薛氏爲寶玉挨打事和薛蟠鬧矛盾不符。

襲人找黛玉問寶玉娶親的事，黛玉竟然看書，襲人又辭出。賈芸又找寶玉，襲人不理。寶玉撕貼兒罵芸，說要早睡，「明日我還起早念書呢」。

賈政升郎中，寶玉放假在家樂，鳳姐拿黛玉開玩笑，仿前八十回，不倫

不類。賈母竟要給黛玉做生日。

給黛玉作生日，演蕊珠記中的冥升，嫦娥因墜落人寰，幾乎給人為妃，幸虧觀音點化，他就未嫁而逝，升引月宮，唱道「人間只道風情好，那知道秋月春花容易拋，幾乎不把廣寒宮忘卻了」。作者在寶玉定親時於黛玉生日之際演此戲在影射黛玉結局。又演趙五娘吃糠影射寶釵。達摩渡江影射寶玉出家。這是作者對寶黛釵結局的預示。和前八十回大異其趣。

薛姨媽中途告還，賈母叫人打聽「到底是什麼事？」

薛蟠打死人，薛家忙亂。

第八十六回　受私賄老官翻案牘　寄閒情淑女解琴書

薛蟠因不滿拿眼瞟蔣玉涵的跑堂的，用碗砸死跑堂的。薛姨媽託王夫人轉求賈政幫忙。薛家使錢，死罪開活。

寶玉看黛玉，黛玉靠在桌上看書。看琴譜。過去黛玉未有彈琴之好。

黛玉給寶玉講撫琴要遇知音；王夫人給寶黛各送一盆蘭花來，莫名其妙；黛玉想到「草木當春，花鮮葉茂，想我年紀尚小，便像三秋蒲柳。若是果能隨願，或者漸漸的好來，不然，只恐似那花柳殘春，怎禁得風催雨送。」看來高鶚給黛玉安排的結局和雪芹大不一樣。

寶玉愛黛玉又愛釵是高的意思，不是曹的意思。讓黛玉病逝亦然。黛玉擔心的是自己的身體；這和前八十回之黛玉大異。

第八十七回　感秋深撫琴悲往事　坐禪寂走火入邪魔

寶釵給黛玉的來書以黛玉為知心，以冷節遺芳自喻，是釵黛合一的明顯用意。黛玉看了寶釵書信竟認為是「惺惺惜惺惺」。

湘雲說「大凡地和人總是各自有緣分的。」總有一個定數。

黛玉歸房，「看看已是林鳥歸西，夕陽夕墜」，感歎寄人籬下，與凹晶宮聯句時給湘雲說的話不符。黛玉的性格又倒回到寶玉挨打以前了。

紫鵑說黛玉是老太太心肝兒，別人要討好還不能呢？和她勸黛玉早嫁不同。奇怪的是黛玉竟然點頭贊同。詳寫紫鵑給黛玉做飯經過，與前不同。

黛玉當著雪雁的面看寶玉舊帕及自己題詩，奇怪！竟然賦詩送釵。

惜春同妙玉下棋，寶玉竟聽不出是妙玉的聲音！

妙玉與寶玉聽黛玉撫琴，琴弦斷，妙玉說黛玉「恐不能持久」。妙玉認為

琴弦太高、太過。妙玉走火入魔。

第八十八回　博庭歡寶玉贊孤兒　正家法賈珍鞭悍僕

賈母八十一大壽時鴛鴦叫惜春寫經。李紈竟與賈母打起雙陸來了。寶玉給賈母送蟈蟈解悶，賈母批評他賈政不在就淘氣。蟈蟈是賈環買來孝敬寶玉的。

師傅讓對對子，賈環對不了，寶玉幫他對，他買蟈蟈謝寶玉，賈蘭對好了，寶玉誇賈蘭。賈環賈蘭竟來給賈母請安來了。

賈珍賈璉打鬧仗的周瑞、何三和鮑二。賈芸和小紅在鳳姐處相見戲笑。賈芸給鳳姐送東西鳳姐竟然不收！賈芸竟然直接搞交換。賈芸把鳳姐不要的東西給小紅兩件。

平兒因鳳姐不在，不敢給水月庵師父兩瓶南小菜。

鳳姐籠絡起秋桐來了。

第八十九回　人亡物在公子塡詞　蛇影杯弓顰卿絕粒

又是黃河決口，淹了州縣，賈政不回，寶玉功課鬆了。

寶玉爲晴雯燒香寫祝詞。到瀟湘館看黛玉掛的嫦娥《鬥寒圖》。有意比黛玉爲嫦娥。

黛玉聽紫鵑、雪雁說寶玉定了親，便糟踏自己，絕泣待斃。寶玉「親極反疏」？？賈母王夫人只疑她有病，不知其親事？？

第九十回　失綿衣貧女耐嗷嘈　送果品小郎驚叵測

侍書到瀟湘館與雪雁說寶玉親事未定，老太太要「親上作親」，黛玉聽了非自己而誰？陰極陽生，病情轉好。奇怪的是王夫人也和賈母來看黛玉了。

邢王二夫人鳳姐竟在賈母房中說閒話；賈母主張釵娶黛嫁，瞞著黛玉讓寶娶。王夫人倒怕林黛玉知道「倒不成了事了。」

寶蟾金桂調戲薛蝌。

第九十一回　縱淫心寶蟾工設計　布疑陣寶玉妄談禪

薛家犯事，賈政和王夫人商量早娶寶釵的事。賈政過去俗事不問。

黛玉問寶玉他與寶釵關係問題。寶玉說「任憑弱水三千，我只取一瓢飲。」

第九十二回　評女傳巧姐慕賢良　玩母珠賈政參聚散

秋紋叫寶玉怕他不來，故意說老爺叫的。

老太太要辦消寒會，寶玉竟高興地想著寶姐姐也過來。有點「兩個冤家都難放下」。

寶玉給巧姐講起了《列女傳》，和藕官燒紙時寶玉言行相反。

寶玉見柳五兒越發嬌娜嫵媚，所以才要，見鬼！

鳳姐竟要吩咐旺兒給司棋母親撕擄官司。

馮紫英推銷兩萬銀子的母珠，賈政不敢買，鳳姐以秦氏自居，為賈府後事著想，賈赦竟然來賈政處敘起寒溫，還說「我們家裏也比不得從前了，這回兒也不過是個空門面」。奇事！

77 回王夫人說柳五兒短命死了，不然進來了又連夥聚黨遭害這園子。

第九十三回　甄家僕投靠賈家門　水月庵掀翻風月案

南安王府裏到了一班小戲子，叫賈政去吃酒，賈赦過來問·「明兒二老爺去不去？」

臨安伯來人請看戲，賈政叫賈赦去帶上寶玉。

賈政問包勇甄寶玉的情況；包勇說甄寶玉「改邪歸正」，能幫老爺料理家務。

不問俗事的賈政竟然親自過問水月庵風月案。

賈璉替賈芹瞞醜。

第九十四回　宴海棠賈母賞花妖　失寶玉通靈知奇禍

王夫人讓把水月庵女尼女道打發出去。

紫鵑反而啐自己替寶玉擔心，因黛玉嫁了寶玉，也難服侍！與前勸嫁不符。

怡紅院枯了一年的海棠突然於十一月開了（應在三月開），賈母邢王二夫人均來看，議論。皆以好兆，惟探春疑非好兆。黛玉說二哥之讀書，舅舅喜歡，樹才開花，賈母王夫人誇黛玉比的有理，有意思。賈赦要砍，賈政不管，賈母不叫混說。還叫寶、環、蘭做詩，叫辦酒席賞花。平兒代鳳姐來賀喜，私下叮嚀襲人別混說，以防不測。

寶玉丟玉，全家忙亂。出去陪賈母賞花換衣服未戴玉，回來後不見了。

第九十五回　因訛成實元妃薨逝　以假混眞寶玉瘋癲

岫煙叫妙玉扶乩，眾人不懂仙語。

賈璉告王夫人王子騰升內閣大學士。

賈政哭告元妃痰氣雍塞，四肢厥冷。賈母等進宮，元妃逝，四十三歲。

黛玉爲寶玉失玉而喜，以爲寶玉配偶必然是自己。

薛姨媽徵求寶釵對婚事的意見，和她散佈「金玉之說」矛盾！

賈母指示懸賞尋玉。

有人送假玉來被認出退回。

第九十六回　瞞消息鳳姐設奇謀　泄機關顰兒迷本性

王子騰進京途中而死。王夫人悲女哭弟，爲子擔憂。賈政被放了江西糧道。

賈政竟說自己年老無嗣，那麼賈環呢？

老太太要給賈寶玉娶親沖喜。賈政擔憂沒了寶玉，年老無嗣。賈母說寶玉和寶丫頭合的來。

鳳姐獻了「掉包兒計」。

黛玉從傻大姐那裏得知寶玉娶親消息，心裏迷忽，去問寶玉，兩個傻笑，獨自回屋。

第九十七回　林黛玉焚稿斷癡情　薛寶釵出閨成大禮

黛玉吐血，賈母王夫人去看，黛玉說老太太白疼她了，老太太說黛玉若有心病，她也沒心腸了，白疼了黛玉了。作者一方面完全讓賈母出面辦事不符合曹氏意圖。二把結婚看作治寶玉病，完了金玉之說的前緣。三是黛玉乃嫦娥下凡，爲情而迷。四與王夫人無關，都不符合前八十回。五賈政要外任，看著結了婚就放心。把賈母寫得無一點情義，不合人情。

薛蝌向薛蟠徵求寶釵出嫁的意見，薛蟠很知禮地同意按母親的辦，作者對薛蟠也是同情的。黛玉焚書稿。紫鵑找賈母未見。李紈說黛玉只有青女素娥可比。

寶玉成親，賈政遠行。

第九十八回　苦絳珠魂歸離恨天　病神瑛淚灑相思地

寶玉婚事完全由賈母鳳姐包辦，賈政王夫人只是尊命，不近情理！

寶玉欲死，寶釵說明黛玉已死，寶玉死去。活來覺得金石姻緣有寶，自己也解了好些。寶玉漸將愛黛玉之心移至愛寶釵身上。——作者把愛寶釵或愛黛看作與思想，經濟無關之事了。黛玉勸寶玉念書如寶釵湘雲。寶釵家道衰落和黛玉相同，即是證明。

黛玉臨死前叫紫鵑叫他們送她回去，她的身子是淨的，口怨寶玉。

賈母說她弄壞了黛玉，又說不送黛玉是囚寶玉為親黛玉為疏之故。

賈母把黛死告寶釵，寶釵竟落了淚！（冷美人不冷）賈母哭黛玉，王夫人竟然也哭了一場！寶釵也痛哭！寶玉還恐寶釵多心。高鶚續書是接前（八十回開始）不接後（八十回後半部分）。賈母說黛脾氣不如釵。

第九十九回　守官箴惡奴同破例　閱邸報老舅自擔驚

賈母薛姨媽正想黛玉，鳳姐卻來說寶玉寶釵的笑話，笑話不笑，勉強做作。

賈政在江西糧道衙門一心要做清官，李十兒勸他做貪官。他不肯，但信任李十兒。

作者把李十兒寫得如第四回中的門子一樣。

第一○○回　破好事香菱結深恨　悲遠嫁寶玉感離情

寶釵說薛蟠自作自受，「香菱那件事就了不得，……白打死了一個公子。」作者在此為寶釵補「過」。

作者寫薛家於薛蟠事後破敗，把金玉姻緣的實際意義抹煞了。

探春遠嫁，寶玉哭倒，襲、釵規勸。

第一○一回　大觀園月夜感幽魂　散花寺神籤驚異兆

鳳姐去秋爽齋路上遇見惡狗相隨，秦氏相問。

寶玉與寶釵夫妻恩愛纏綿，惹得夫妻不和的鳳姐傷心。

鳳姐因為遇鬼而信神，由不信陰陽地府報應到信陰陽地府報應。

鳳姐求籤，得「王熙鳳衣錦還鄉」之句，照應「鳳求鸞」中王熙鳳。眾人皆認為好籤，寶釵說是「還有原故」。

第一〇二回　寧國府骨肉病災襖　大觀園符水驅妖孽

探春將綱常大體的話說得寶玉有了醒悟之意。

尤氏在園中遇鬼，賈珍叫賈蓉向毛半仙求卦，毛半仙說先憂後喜。賈珍等相繼病倒。園中不敢住人，爲禽獸所棲。

賈赦請法師驅邪逐妖。

賈政被參革職，回京當員外郎。著降三級。

第一〇三回　施毒計金桂自焚身　昧眞禪雨村空遇舊

王夫人說賈政在外作官，家裏陪錢；下人在外辦事，家中沾光。故爲賈政回京而喜。

金桂想藥死香菱反藥死自己。

雨村遇甄士隱。

第一〇四回　醉金剛小鰍生大浪　癡公子餘痛觸前情

賈政問黛玉，王夫人反掌不住哭了。教訓珍璉。

寶玉說寶釵不是她願意的人，「都是老太太他們捉弄的。」

第一〇五回　錦衣軍查抄寧國府　聰馬使彈劾平安州

寧府被抄，賈赦賈珍被捆走，兩府大亂。

世職被革。

第一〇六回　王熙鳳致禍抱羞慚　賈太君禱天消禍患

賈母照應邢、尤等太太奶奶。

賈母禱神寬免兒孫，願以死承罪。

賈政查人，喝罵奴才沒良心。

第一〇七回　散餘資賈母明大義　復世職政老沐天恩

賈家被抄爲賈政兄侄所致，政只是公事纏身，管教不嚴。

皇上宣旨，皆從寬處理。革去兩個世職，賈赦往臺站效力，賈珍往海疆。

賈母散餘資。賈政感歎老太太實在眞眞是理家的人，都是我們這些不長

進的鬧壞了。鳳姐感激賈母親自看視。

賈政襲了賈赦丟掉的世職。雨村投井下石，包勇醉罵雨村。

第一○八回　強歡笑蘅蕪慶生辰　死纏綿瀟湘聞鬼哭

賈政將包勇罰看荒園。

王夫人竟將家事（內事）仍交鳳姐辦理，那麼她娶寶釵為何？

高鶚竭力把賈母寫成個受得富貴耐得淒涼的人。耐得貧賤。賈母對湘雲說寶釵有福氣，黛玉小性兒又多心，所以个長命。

賈母受湘雲慫惠拿一百銀子給寶釵做生日。作者把史湘雲寫得如寶玉所說，和先前一樣的，讚揚寶釵陪老太太給她做生日，與凹晶館聯句對寶釵埋怨矛盾。

賈母叫請邢夫人，為顧及鳳姐說的「齊全」。

寶玉中途退席去看尤氏，經瀟湘館聞鬼哭。此回仿寶玉祭金釧兒。

第一○九回　候万魂五兒承錯愛　還孽債迎女返眞元

寶玉欲夢黛玉而不得。又作者寫晴雯哄麝月玩著涼後死的，為王夫人開脫。

賈母精食受涼胸門納悶、頭暈日眩。

迎春死，賈母病篤。史湘雲丈夫得了暴病。

第一一○回　史大君壽終歸地府　王鳳姐力拙失人心

鴛鴦求鳳姐把老太太喪事辦得風光些。

鳳姐給賈母辦喪事，錢少力拙，上下結怨。

第一一一回　鴛鴦女殉主登太虛　狗彘奴欺天招夥盜

鴛鴦在秦氏啟發下死。寶玉先哭後笑，襲人以為又要瘋了，寶釵卻說他有他的意思，寶玉喜寶釵知他之心，「別人那裏知道」。寶釵哭祭鴛鴦，邢夫人不要賈璉為之行禮。

周瑞乾兒子何三和賭友商量行竊。妙玉和惜春正下棋，賊盜來家，包勇打死周瑞乾兒子何三。

第一一二回　活冤孽妙尼遭大劫　死讎仇趙妾赴冥曹

妙玉爲賊所搶。世家之女惜春下定出家決心。

趙姨娘中邪病倒。

第一一三回　懺宿冤鳳姐託村嫗　釋舊憾情婢感癡郎

劉姥姥來哭老太太，鳳姐視其爲救命之人，託之以己命和女命。

寶玉要找紫鵑表白自己的心，紫鵑未開門，寶玉被麝月找回。

第一一四回　王熙鳳歷幻返金陵　甄應嘉蒙恩還玉闕

鳳姐死，王仁混鬧，要給鳳姐大辦喪事，嫌起巧姐；平兒幫賈璉錢。

甄應嘉到府託家眷，賈政託應嘉看探春。

第一一五回　惑偏私惜春矢素志　證同類寶玉失相知

賈政叫寶玉念書寫文章，他要檢查，——和雪芹筆下之賈政大異。

地藏庵姑子來賈府受到寶釵冷遇，激惜春出家。

賈寶玉與甄寶玉貌像而心異，寶玉呆病發作。

和尚送來「寶玉」，寶玉死而復生。和尚要一萬銀子。

第一一六回　得通靈幻境悟仙緣　送慈柩故鄉全孝道

寶玉二歷幻境。

寶玉厭棄功名，看淡兒女情緣。

第一一七回　阻超凡佳人雙護玉　欣聚黨惡子獨承家

寶玉要還和尚「寶玉」，紫鵑、襲人拉住不放；寶釵接過「寶玉」，要寶玉見和尚，寶玉說他們重玉不重人。

賈赦感冒轉癆病，賈璉要去看父，將女託於王夫人。

榮府諸人各顧自己，不管別個，芸、薔、環等胡作非爲。邢大舅說笑話罵賈薔是看不住家的「假牆」。

惜春堅決要出家。

第一一八回　記微嫌舅兄欺弱女　驚謎語妻妾諫癡人

惜春出家修行得到邢王二夫人批准，紫鵑要陪，寶玉念惜春「判詞」。

賈環出主意給賈芸、王仁、邢大舅，叫賣巧姐。

賈政捎回家書叫寶玉、賈蘭準備功課應考。寶玉正看《秋水》，想著出世離群。寶釵以古聖賢以忠孝為赤子之心打動寶玉。寶玉點頭欲考。寶玉與賈蘭談文，寶釵為其許可因「從此而止」而擔憂。寶玉到靜室準備應考。寶釵襲人既為其不信和尚高興，又怕其恢復與女孩兒打起交道的舊病。

第一一九回　中鄉魁寶玉卻塵緣　沐皇恩賈家延世澤

寶玉對王夫人說以中舉報答母恩。寶玉似有瘋傻之狀離去。

邢夫人作主要賣巧姐，平兒和巧姐同去劉姥姥莊上避難。（王夫人同意）

賈蘭回來報信，丟了寶玉。

探春回家。報信的說寶玉中了第七名舉人，賈蘭中了一百三十名。

賈府復官賞還了家產。闔家團圓。邢王二夫人「彼此心下相安」。

第一二○回　甄士隱詳說太虛情　賈雨村歸結紅樓夢

賈政去金陵安葬賈母，聞喜訊回京，於船中寫家書時遇寶玉，僧道與之同去，政追不上。只見白茫茫一片曠野，並無一人。

薛蟠回，誓改前非，香菱被扶正。薛姨媽以李紈比寶釵。

襲人欲死，嫁蔣玉涵後「不得已」而活下來了。

士隱對雨村說，賈府將來要「蘭桂齊芳，家道復初。」

《三國演義》研究

《三國演義》人物競爭論（內容提示）

　　《三國演義》表現的是曹操、諸葛亮和司馬懿這三個出身低微、沒有政治背景、和平時期難露頭角的人物，在三國這個相對自由的競爭時代，如何憑藉自身政治、軍事、外交等方面的智慧、才能及心理承受能力，成爲削平群雄、推進歷史進程的強者（英雄中的英雄）。他們功高蓋世，稱帝易如反掌，但都沒有稱帝。而諸如皇帝、皇親國戚、朝廷命官及其子孫一類有政治背景的人，大多無所作爲。所謂「卑賤者最聰明，高貴者最愚蠢」。這是《三國演義》小說比各種三國史書高明的地方。

　　本書 1989 年 11 月由陝西人民出版社以《競爭中的強者——三國演義人物競爭論》書名出版。後收入《小説三論》，由陝西人民教育出版社印行三次。2010 年 5 月由東方出版社出版，書名《中國人的競爭戰略》。

《三國演義》——強者的頌歌

　　《三國演義》沒有貫穿始終的中心人物，作者從社會競爭的角度寫了400多個人物，但重點寫了三個人物：曹操、諸葛亮和司馬懿。他們是三國這段歷史進程中不同階段的強者。

　　《三國演義》中39回「荊州城公子三求計，博望坡軍師初用兵」之前，是曹操的全盛期。他在除洛陽北部尉時，不避豪貴，威名頗震，因黃巾起，拜騎都尉，引兵征剿，從此開始了剿黃巾、討董卓、除袁術、破呂布、滅袁紹、定劉表、平天下的人生歷程。56回大宴銅雀臺時他表白說：「如國家無孤一人，止不知幾人稱帝，幾人稱王」，「孤敗則國家傾危」，曹操這些話不是自我吹噓，他在削平群雄中不愧強者的稱號。

　　漢末皇帝，是朝庭庸官的靠山，是腐朽無能的代表，是歷史前進的絆腳石；也是許多人心目中的偶像，誰要想推翻他，難免成為眾矢之的，像黃巾起義一樣；誰要眞心維護他，就可能變成歷史前進的罪人。曹操對東漢王朝的態度，大體經歷了尊天子、保天子、挾天子、清君側這樣幾個階段，並非一開始就對漢天子大不敬。像獻帝這種只有小聰明而無大才能的人，曹操沒有廢掉他，但也不對他唯唯諾諾，不失爲一種高明之舉。試想，如果曹操像諸葛亮姜維對待阿斗那樣對待獻帝，他就不可能統一北方。

　　曹操具有主動進攻性格和卓爾不群的強者風範。他在與群雄周旋中主動出擊，雖吃了不少敗仗，但因他敗而不餒，終於削平群雄。他殺呂伯奢，編造夢中殺人的神話，惜王垕頭以安軍心，削髮代首等作爲，也是他身處亂世，爲防不測，不應該如此，但又不能不如此的舉動，我們不好用道德觀譴責他，也沒必要爲他辯解，而只能說他的這些做法是他的以攻爲守的主動進攻型性

格使然。他不但喜愛武將，也珍惜文才；不但喜愛本營壘的人才，也喜愛敵對營壘的人才；不但喜愛可以為我所用的人才，也喜愛不能為我所用的人才；他討厭徒有虛名並想以虛名而不是以實績撈取官職的禰衡，反感只有小聰明而無大聰明的楊脩，不容有才無德的呂布等等。他敢作非常之事以建非常之功，也能審時度勢，不為不可為之事，該放棄的就放棄，赤壁之敗後他不再主動奪取江南，漢中失利後不再進攻劉備，做皇帝時機不成熟決不當皇帝等等，所有這些都不是三國時的那些稱雄一時的軍閥人人都能做到的，正是這些作為才確立了他這個競爭中的強者的地位。

正當曹操平定北方，所向無敵，欲圖劉備時，他的競爭對手諸葛亮出場了。火燒博望，火燒新野，對諸葛亮來說只是小試鋒芒，而對曹操來說，也沒有造成大的損傷，但孫吳聯合共拒曹操的赤壁之戰，卻大大地挫傷了曹操的銳氣。赤壁之戰雖然是周瑜指揮的，但卻是諸葛亮促成的。後來曹操在與孔明爭奪漢中時，被諸葛亮折騰得晝夜不寧，不是中埋伏，就是被圍追，連吃敗仗，狼狽而歸，這才徹底領教了「諸葛匹夫」的厲害。諸葛亮是《三國演義》中繼曹操之後的又一位競爭中的強者。諸葛亮在與曹操交戰時，有兩個特點，一是心理戰，抓住曹操多疑心理設謀定計，「以疑兵勝之」。二是根據自己的實力，決不對曹主動進攻，以打防禦戰為主，進攻也只是防禦中的進攻。這使以打主動進攻戰見長的曹操大吃其苦。

劉備集團幾次危機關頭，都是諸葛亮轉危為安。第一次是赤壁之戰前夕，曹操緊追不捨，劉備棄新野，走樊城，敗當陽，奔夏口，處境垂危；第二次是曹操平定漢中（東川）之後，西川百姓為之震驚，以為曹操必來取西川，「一日之間，數遍驚恐」；第三次是劉備死後，劉禪即位，魏調五路大軍來取西川，其勢甚危；第四次是五路兵退後，南蠻騷擾；第五次是南征之後，表面上看蜀漢政權暫時沒有什麼危機了，但當時的形勢不是漢亡，就是魏滅，不可能長期並存，蜀漢在劉備彝陵之敗後元氣大傷，加之戰將頻亡，「此誠危機存亡之秋也」；第六次是孔明早逝，使蜀漢又一次處於危機之時。這六次危機都是諸葛亮憑藉自己的謹慎和智謀轉危為安。可以說沒有諸葛亮，就沒有蜀漢政權，就沒有三國，諸葛亮是三國鼎立中的強者。

六出祁山是諸葛亮一生的轉折點，他遇到了另一位比他更強的強者─司馬懿。

諸葛亮初次北伐，因為司馬懿被曹叡罷歸田里，奪三郡，敗曹真，折羌

兵，投祁山，加之孟達暗中通蜀，欲獻金城、新城、上庸三城反魏，形勢一派大好。一旦司馬懿重新被起用，形勢逆轉，孔明棄三城，失街亭，退漢中，由勝轉敗，由攻轉守。後來幾次北伐雙方均有勝負，但諸葛亮以最終無功而告終。司馬懿勝過諸葛亮的秘密只是「堅守不出，不戰而勝」八個字而已。

司馬懿是個能屈能伸，伸中有屈，屈中求伸的人，是個能根據不同人採取不同對策的人。在曹操手下任主薄時，出謀劃策，主動巧妙地製造和利用吳蜀矛盾，使吳蜀兩敗俱傷，達到後發制人的目的。相形之下，曹操那種動輒訴諸武力的先發制人的辦法，不如司馬懿巧妙。但司馬懿深知曹操是個多謀善斷的人，不因自己的意見一次未被採納就斤斤計較，而是一有機會便積極獻計獻策，贏得了曹操的信任，臨死以後事相託。

曹丕時期的司馬懿充分顯示了自己的機變才能。曹丕急於稱帝；稱帝之後不顧主客觀條件，又急於當大中國皇帝。司馬懿知道此人急於事功，反對不如迎合，他為曹丕出了一些主意，均無實效，但因迎合了曹丕的心思而受到重用。曹丕死時也亦如其父，以輔子曹叡重託司馬懿。

司馬懿在曹叡手中經過了被封、遭貶、復用、擢拔幾部曲。曹叡多疑；大都督曹真喜歡爭功，又是曹家枝葉，兩人都不好應付。重新被用後，司馬懿注意兩頭討好，對曹叡儘量不離其左右，既去其疑，又防人讒。對在抗蜀一線的曹真，只出主意不出兵，給了曹真面子，也保存了自己的實力，還贏得曹叡對其智謀的讚賞。在曹真病危時司馬懿終於拿到了總兵將印，曹叡也只有靠他抗蜀平遼。曹叡死前希望司馬懿像孔明輔佐劉禪一樣輔佐其子曹芳，但又封曹真之子曹爽為大將軍，總攬朝政，這就為懿、爽爭權埋下禍根。但爽畢竟不是懿的對手，司馬懿趁曹芳年幼，用欲擒故縱之法除掉曹爽，被曹芳封為丞相，加九錫，父子三人同領國事。為子孫代魏稱帝掃清了道路。

《三國演義》中，曹操、諸葛亮、司馬懿像三個接力隊員一樣跑完了三國時期的大部分路程，此後的天下歸一已是水到渠成的事了。

原載《光明日報・文學遺產》2003 年 12 月 31 日

《三國演義》的人物結構和主題

　　《三國演義》描寫了東漢末年黃巾起義至西晉統一約 97 年的歷史（公元184～280），這是一段相對自由的競爭歷史。黃巾起義的發生，打亂了舊的封建秩序，起義雖然失敗了，但東漢王朝也名存實亡，封建道德觀念對人們的思想束縛較之專制時期相對鬆馳，各路諸侯憑惜自己的實力爭相稱霸，靠世襲裙帶關係撈取地位的局面很難維持，那些出身比較低微、和平時期難有出頭之日的人物憑藉自己的才智武勇紛紛顯露頭角。戰亂給人民造成災難，戰亂也給智慧之士提供了大展宏才的機會。三國時期的人物除了黃巾起義領袖之外，都是統治集團營壘的人物，他們身處同一歷史文化背景，在一些具體事件上有仁與暴、善與惡之分，但在總體上卻無根本區別，他們都是為了一家一姓的利益而爭強鬥勝的封建軍閥，因此很難公正準確地對他們從道德上進行優劣評價，或從政治上作進步與反動的評價。但從社會競爭的角度分析他們各自的生活歷程以及他們為何成為競爭中的強者，則是符合作品客觀描寫的，也是符合作品主題的。

　　《三國演義》從社會競爭的角度寫了 400 多個人物，但重點寫了三個人物：曹操、諸葛亮和司馬懿。這三個人物，基本貫穿了從漢末致亂到西晉統一，成為這段歷史進程中不同階段的強者。

（一）

　　曹操從第一回「宴桃園豪傑三結義，斬黃巾英雄首立功」，到 78 回「治風疾神醫身死，傳遺命奸雄數終」，佔了 120 回《三國演義》的多數篇幅。其中 39 回「荊州城公子三求計，博望坡軍師初用兵」之前，是他的全盛期。第

一回作者引用何顒的話說:「安天下者必此人也。」有知人之明的汝南人許劭也說曹操是「治世之能臣,亂世之奸雄」。這裏所謂「亂世」就是指打亂腐朽不堪的劉漢封建舊秩序。在當時「人心思亂」的情況下打亂這種舊秩序是順乎民心的大好事,就像後來「人心思治」時統一天下是大得人心的大好事一樣。作者寫曹操除洛陽北部尉時,不避豪貴,威名頗震,因黃巾起,拜騎都尉,引兵征剿,從此開始了他剿黃巾、討董卓、除袁術、破呂布、滅袁紹、定劉表、平天下的人生歷程。他在 21 回「青梅煮酒論英雄」時說:「兵糧足備」的袁術是「冢中枯骨,吾早晚必擒之」;認為「四世三公,門多故吏」,虎踞冀州,「部下能事者極多」的袁紹「色厲膽薄,好謀無斷;幹大事而惜身,見小利而亡命,非英雄也」;認為「名稱八俊,威震九州」的劉景升「虛名無實」;認為「血氣方剛」的江東領袖孫策「藉父之名」;劉璋乃「守戶之犬」;張繡、張魯、韓遂乃「碌碌小人,何足掛齒」。他認為英雄應該是「胸懷大志,腹有良謀,有包藏宇宙之機,吞吐天地之志者」,他以龍的「大」「小」「升」「隱」諸般變化比喻英雄得志時縱橫四海的作為。自稱和劉備同為當世英雄。56 回曹操大宴銅雀臺時表白說:「如國家無孤一人,正不知幾人稱帝,幾人稱王」,「孤敗則國家傾危」。作者的實際描寫驗證了曹操這段話的無比正確。曹操在削平群雄中不愧強者的稱號。

　　如何對待東漢王朝,這是曹操無法迴避的難題,也是顯示曹操政治才幹的機會。曹操對東漢王朝的態度,大體經歷了尊天子、保天子、挾天子、清君側這樣幾個階段,並非一開始就對漢天子大不敬。尊天子表現在他受詔鎮壓黃巾;後來又從山東前往征剿追趕獻帝的董卓舊將李傕郭汜,保天子而立大功;他接受獻帝差官正儀郎董昭的建議移駕幸許都,開始了挾天子以令諸侯的歷程。接著他逐楊彪,殺趙彥,害死吉太醫,處決董承,勒死董妃,尊魏公,稱魏王,棒殺企圖與孫權劉備裏應外合以圖自己的伏后,酖殺其二子,把伏完等二百人處死,冊立女兒曹貴人為正宮皇后。朝庭大權掌握在一人之手,使獻帝成了名符其實的孤家寡人。漢末皇帝,是朝庭庸官的靠山,是腐朽無能的代表,是歷史前進的絆腳石。誰要真心維護他,就可能變成歷史前進的罪人,他又是許多人心目中的偶像,誰要想推翻他,難免成為眾矢之的,像黃巾起義一樣。像獻帝這種只有小聰明而無大才能的人,曹操沒有廢掉他,但也不對他唯唯諾諾,只是把他作為自己削平群雄統一天下的傀儡,不失為一種高明之舉,也是他之所以能統一北方的重要條件。試想,如果曹操像諸

葛亮姜維對待阿斗那樣對待獻帝，他能統一北方嗎？《三國演義》把曹操作
爲劉備的「忠」的對立面「奸」來寫：認爲曹操對獻帝及其爪牙和追隨者大
不敬；詩文中引用了前人許多貶斥曹操爲「奸」的詩詞；借書中一些人物（如
禰衡孔融等）之口罵其爲奸賊；借曹操敵對營壘中人聲討曹操時斥其爲「奸」；
貶操爲「奸」的回目標題等。但這些內容只占《三國演義》整部小說的小部
分；而且與作品客觀的現實主義描寫不一致，作品的客觀意義大於這些對曹
操的主觀貶損，所謂要寫「曹操的奸，而結果倒像是豪爽多智」。鮮活的藝術
形象曹操給讀者的整體感受超過了作者企圖強加於讀者的主觀貶斥。

　　《三國演義》這種貶斥曹操爲「奸」傾向的形成，一是受民間傳說的影
響，民間出於民族情緒，而擁戴劉備（漢），貶斥曹操（因據北方而被作爲少
數民族入侵者的代表）；二是源於受了尊劉漢爲正統的南宋袁樞編著的《通鑒
紀事本末》的影響，《三國演義》的情節順序、事件排列、人物穿插基本上與
《通鑒紀事本末》一致；三是源於古人擁劉反曹的詩詞的影響；四是作者和
評點改削者程度雖不同但卻同樣具有的擁劉反操傾向。

　　曹操在削平群雄統一北方中充分顯示了他的主動進攻性格和卓爾不群的
強者風範。董卓弄權，眾官都像小女子一樣啼哭，唯有曹操隻身刺卓。刺卓
不成，發起討卓聯盟。當他發現袁紹優柔寡斷，無所作爲，便與之決裂，白
樹旗幟；又破青州黃巾，組織起精銳之師「青州兵」；並在兗州招賢納士。與
群雄周旋中主動出擊，雖吃了不少敗仗，「濮陽攻呂布之敗，宛城戰張繡之失，
赤壁遇周郎，華容逢關羽，割鬚棄袍於潼關，奪船避箭於渭水」，但因他敗而
不餒，終於取得了統一北方的勝利。他殺呂伯奢，編造夢中殺人的神話，借
王垕頭以安軍心，削髮代首等作爲，是他身處亂世，爲防不測，不應該如此，
但又不能不如此的舉動，我們不好用道德觀譴責他，也沒必要爲他辯解，而
只能說他的這些做法是他的以攻爲守的主動進攻型性格使然。就連因羞於與
古人「暗合」而下令扯碎並燒毀《孟德兵書》也表現了他的這一性格特點。
他不但喜愛武將，也珍惜文才；不但喜愛本營壘的人才，也喜愛敵對營壘的
人才；不但喜愛可以爲我所用的人才，也喜愛不能爲我所用的人才；他討厭
徒有虛名並想以虛名而不是以實蹟撈取官職的禰衡，反感只有小聰明而無大
聰明的楊脩，不容有才無德的呂布等等。他敢作非常之事以建非常之功，也
能審時度勢，不爲不可爲之事，該放棄的就放棄。赤壁之敗後他不再主動奪
取江南，漢中失利後不再進攻劉備，做皇帝時機不成熟決不當皇帝等等，所

有這些都不是三國時的那些稱雄一時的軍閥人人都能做到的，正是這些作爲才確立了他這個竟爭中的強者的地位。曹操處於東漢末年這種混亂局面中，如果恪守既定的陳腐的封建道德觀念，他將寸步難行。我們不能抽象的超越時代和具體環境對曹操作所謂「奸」、『狡』之類毫無意義和實際內容的評價。

正當曹操平定北方，所向無敵，欲圖劉備時，他的競爭對手諸葛亮出場了。火燒博望，火燒新野，對諸葛亮來說只是小試鋒芒，而對曹操來說，也沒有造成大的損傷，但孫吳聯合共拒曹操的赤壁之戰，卻大大地挫傷了曹操的銳氣。赤壁之戰雖然是周瑜指揮的，但卻是諸葛亮促成的。不僅如此，曹操在敗逃中，三次大笑諸葛亮無謀少智，結果是在烏林之西宜都之北中了趙子龍的埋伏；接著又在葫蘆口中了張飛埋伏；華容道被關羽堵截，幾乎喪命。後來曹操在與孔明爭奪漢中時，被諸葛亮用疑兵折騰得畫夜不寧，不是中埋伏，就是被圍追，連吃敗仗，狼狽而歸，這才徹底領教了「諸葛匹夫」的屬害。

（二）

諸葛亮是《三國演義》中繼曹操之後的又一位競爭中的強者。諸葛亮在與曹操交戰時，有兩個特點，一是心理戰，抓住曹操多疑心理設謀定計。「以疑兵勝之」。諸葛亮戰勝曹操的第二個特點是根據自己的實力，決不對曹主動進攻，不以硬碰硬，以打防禦戰爲主，進攻也只是防禦中的進攻。這使以打主動進攻戰見長的曹操大吃其苦。漢中之戰後，曹操再沒有和諸葛亮對戰過。

劉備集團幾次危機關頭，都是諸葛亮轉危爲安。第一次危機是赤壁之戰前夕，劉備有點像敗投遼東公孫康的袁熙袁尚，不同的是曹操沒有坐收漁人之利，而是對劉備緊追不捨，劉備棄新野，走樊城，敗當陽，奔夏口，處境垂危。孔明分析認爲：曹操勢大，急難抵敵，不如往投東吳，使南北相併，南軍勝則誅曹操以取荊州，北軍勝則乘勢取江南。孔明隻身出使從未打過交道的東吳，舌戰群儒，批駁了東吳主降派悲觀降操論調，堅定了周瑜、孫權抗操決心。又於周瑜三江水戰赤壁鏖兵之際，調兵遣將，攔截曹操，不費吹灰之力取了荊州、樊城和襄陽，周瑜明知「吾等用計策，損兵馬，費錢糧，他去圖現成，豈不可恨？」但一怕孫劉吞併曹操得利；二怕逼之過急，曹劉聯合，共圖東吳，只好暫時作罷。但周瑜畢竟咽不下這口氣，又使出美人計，

結果弄巧成拙，反而被孔明三氣而死。周瑜的氣胸狹窄隨時都可能破壞孫劉聯盟，爲了維護孫劉聯盟，孔明不得不給周瑜點厲害。孔明於周瑜死後前往弔唁，一方面痛惜其才，一方面通過痛悼死者告誡生者，使孫劉聯盟得以維持，使劉備趁機向南中進軍。

曹操平定漢中（東川）之後，西川百姓爲之震驚，以爲曹操必來取西川，「一日之間，數遍驚恐」，這對劉備來說可謂又一危機之時。孔明這時分江夏、長沙、桂陽三郡「歸還」東吳，又派伊籍向孫權陳說利害，使孫權起兵奪了皖城，威脅合肥。曹操領兵東顧，從而爲劉備在西川站穩腳根贏得了時間。益州和荊州相比，益州對劉備更重要。荊州地理條件雖好，但正如馬良所說；「荊襄四面受敵之地，恐不可久守」。再加之孔明原已答應取西川後歸還這三郡給東吳，如不兌現，孫劉聯盟難以保障，那對劉備就更加不利了。

劉備死後，劉禪即位，魏調五路大軍來取西川，其勢甚猛，後主群臣如熱鍋上的螞蟻。孔明不出府門，運籌帷幄，有效處置，使蜀漢政權不戰而安。孔明又派鄧芝出使東吳，修復由於劉備東征造成的吳蜀裂痕，使助魏攻蜀的孫吳變爲助蜀伐魏的孫吳，從此兩國再也沒有互傷和氣，這對孔明南征北戰造成了極有利的條件。

五路兵退後，蜀漢仍存在著潛在危機，這就是南蠻的騷擾。孔明明察秋毫，親自南征，剛柔並濟，軟硬兼施，既平其亂，又安其心，爲後來的北伐解除了後顧之憂。七擒孟獲中，孔明的軍事才能得以充分施展。

南征之後，表面上看蜀漢政權暫時沒有什麼危機了，但孔明卻居安思危，他在《出師表》中提醒後主：「先主創業未半，而中道崩殂；今天下三分，益州疲敝，此誠危機存亡之秋也。」他在《後出師表》中說；「漢賊不兩立，王業不偏安」，當時敵強我弱，「然不伐賊，王業亦亡。唯坐而待亡，孰與伐之？」這是從整個天下大勢講，統一是大勢所趨，問題是由誰來統一。與其坐以待斃，不如主動進攻，即使不能致敵死亡，也可達到以攻爲守的目的。蜀漢在劉備彝陵之敗後元氣大傷，加之戰將頻亡，尚能存在 40 年之久，與孔明六出祁山起到了以攻爲守的作用分不開。

孔明駐兵五丈原時因積勞成疾而不幸早逝，使蜀漢又一次處於危機之時，一是魏延常懷不滿，必然作亂，這一點連吳主孫權也已有覺察；二是司馬懿必然進追；三是後主難以應付局面。孔明生前對後事作了周密安排：委任姜維，安排退兵，致書後主，木像退敵，叮囑後事，計除魏延。這些料事

如神的處置，使蜀漢未遭傾覆之禍。《三國演義》作者把歷史上未必是反將的魏延寫成反將，有違背歷史真實的地方，但也自有其一番道理。

可以說沒有諸葛亮，就沒有蜀漢政權，就沒有三國，諸葛亮是三國鼎立中的強者。赤壁之戰從表面上看，拖延了統一時間，實際上為統一鋪路搭橋。

諸葛亮六出祁山之所以未敗司馬懿，有他自身的原因，一是受挫後感情波動，表現在二出祁山時欲渡陳倉而不得，便有點急躁，與一出祁山受挫情緒波動有關，和曹操、司馬懿敗而不餒的軍事家風度相比，略輸一籌；二是不能容忍敗將，斬馬謖，殺陳式，無異於自己對自己釜底抽薪；三是不善於化敵為友，為我所用，如對張任、張郃；四是疑心太重，事無鉅細，大包大攬，「汗流終日」，「形疲神困」，影響壽命；五是不如劉備知人善任，後期多用「親」中之賢；六是功名之心太切；七是忠君思想太重；八是勇氣不足，六出祁山時大勝魏兵，上方谷雖然沒有把司馬懿父子燒死，卻大挫魏兵銳氣，但他沒有像司馬懿所說的：兵出武功，依山而東；而是兵出渭南，西止五大原，這就使魏兵處於安然無危狀態，難怪司馬懿令人探知此情後以手加額曰：「大魏皇帝之洪福也」。如果說一出祁山沒有聽取魏延的建議不能算作失誤，那麼這次兵屯五大原就是明顯的失誤了。類似的例子還有二出祁山時，哨探報說陳倉把守嚴密，建議放棄進攻陳倉，從太白嶺鳥道出祁山，孔明沒有接受，後來幾次攻陳倉不下，損兵折將，只好聽從姜維之計，出斜谷至祁山，但軍士銳氣已挫。這些主觀原因中最主要的是諸葛亮心理承受能力不如司馬懿。六出祁山越到後來越變成了心理戰。主帥的心理狀態在很大程度上影響了戰爭的勝負。

軍事競爭是綜合實力的競爭。諸葛亮難勝司馬懿的主要原因還是因蜀漢綜合實力不如曹魏；又是勞師襲遠，兵力糧草不濟；武將後繼乏人；後主昏庸；前後方不能協力；孔明早逝，姜維難望其項背。諸葛亮個人的失誤和以上這些相比只是次要的。

諸葛亮和司馬懿好像兩個摔跤運動員比賽，諸葛亮跑完馬拉松，就要和站在家門口以逸待勞的司馬懿對決，本來就不佔優勢。正在決勝的關鍵時刻，諸葛亮突然發病倒地，司馬懿就成了當然的冠軍。

需要說明的是，孔明對劉漢正統的忠不完全是封建的愚忠，首先是忠於劉備三顧之恩和託孤之重，所謂受人之託，忠人之事，如他在《出師表》中所說，「先帝不以臣卑鄙，猥自枉屈，三顧臣於草廬之中，諮臣以當世之事，

由是感激，遂許先帝以馳驅」；「先帝知臣謹慎，故臨崩寄臣以大事也。受命以來，夙夜憂慮，恐付託不效，以傷先帝之明」。二是忠於統一大業，他慫恿劉備奪取同宗基業荊州、益州，擁戴劉備稱孤道寡，雖有不忠於劉漢正統之嫌，卻有為統一大業樹立旗幟之志。他那些恢復漢室的口號也只是口號罷了，如同曹操也打著恢復漢室的旗號以便名正言順地討伐諸侯一樣。

（三）

六出祁山是諸葛亮一生的轉折點，他遇到了另一位比他更強的強者——司馬懿。

諸葛亮初次北伐，因為司馬懿被曹叡罷歸田里，所向披靡，奪三郡，敗曹真，折羌兵，投祁山，加之孟達暗中通蜀，欲獻金城、新城、上庸三城反魏，形勢一派大好。一旦司馬懿重新被起用，形勢逆轉，孔明棄三城，失街亭，退漢中，由勝轉敗，由攻轉守。司馬懿在諸葛亮二出祁山時，沒有在前線直接指揮，但他抓住了蜀兵致命弱點，教人轉告抵擋蜀軍的魏都督曹真：蜀兵運糧艱難，利在急戰；魏兵則宜謹守，不予出戰，待蜀兵退，擊之可勝；追趕之時，大要仔細。並準確預料「吾兵勝。蜀兵必不便去；若吾軍敗，蜀兵必即去矣」。他的預言被後來事實所證實。諸葛亮三出祁山時，司馬懿親自指揮，主動進攻，接連被諸葛亮打敗，他趁孔明因聞張苞死而吐血，回漢中養病之機，與曹真、劉曄主動伐蜀，但天雨連綿未獲微功。孔明四出祁山，司馬懿與孔明鬥陣而敗，後用反間計使後主召孔明回成都，孔明用增竈減兵法，懿未予追趕。孔明五出祁山，雙方圍繞糧食問題鬥智鬥勇，各有勝負。孔明六出祁山，司馬懿薦夏侯淵四個兒子為先鋒、行軍司馬，堅守渭濱，下寨北原，深溝高壘，不予出戰。中間他忍耐不住主動出擊兩次，均被打敗；只有一次識破孔明虛取北原暗取渭濱之計而取勝。可是上方谷一戰，幾乎喪命，多虧天降大雨，僥倖不死，從此堅守不出，哪怕孔明以巾幗女衣相辱也將怒氣按捺，只不出戰，終於在孔明病逝後凱旋。總之，司馬懿在對孔明作戰中無進攻之力，甚至在孔明撤退時派人追趕也往往吃虧：一出祁山蜀兵撤退，魏將追趕，姜維馬岱斬了曹真先鋒將陳造，趙雲斬了郭淮先鋒蘇顒，箭射部將萬政；二出祁山蜀兵撤退時斬了追將王雙；三出祁山孔明假做步步為營退卻，打敗追將張郃戴陵；四出祁山孔明撤軍時司馬懿未追；五出祁山蜀將撤退時於劍閣水門道射死追將張郃。儘管如此，司馬懿最後還是戰勝了諸

葛亮，其秘密就是「堅守不出，不戰而勝」。

司馬懿是個能屈能伸，伸中有屈，屈中求伸的人，是個能根據不同人採取不同對策的人。曹操時代他就顯露了過人之處。他開始在曹操手下任主薄（主任秘書），67 回曹操佔領漢中後，司馬懿建議曹操一鼓作氣奪取益州，曹操以「得隴望蜀」、「苦不知足」而未採納。不久孫權派兵威脅合淝，張遼向操求援，證明曹操沒有接受司馬懿建議是正確的。但事後曹操重新提起此事時司馬懿以沉默承認了曹操的高明，顯示了他和另一位同時建議曹操奪取益州事後卻給自己亂找臺階下的劉曄不同。69 回曹操派長史王必總督御林軍馬，以防許都失火，當時仍然身爲主薄的司馬懿提醒曹操，王必「嗜酒性寬，恐不堪任此職」，曹操卻認爲王必「忠而且勤，心如鐵石，最足相當」，結果王必於正月 15 日元宵夜醉酒闖禍，中箭而死，說明在知人善任方面曹操有不如司馬懿的地方。也可能曹操從王必事件中吸取了教訓，從此對司馬懿變得言聽計從了。73 回曹操在鄴郡得知劉備自立漢中王，發誓起傾國之兵討伐。司馬懿這時卻建議趁孫權劉備不和（孫權騙孫夫人回吳，劉備借荊州不還）派人說東吳取荊州，曹操則趁劉備救荊州時興兵取漢川，使劉備首尾不能相顧。曹操接受了司馬懿的建議，再加之關羽的失誤，此舉確實造成了不利於劉備的形勢。但關羽擒于禁斬龐德，華夏震驚，樊城危在旦夕，卻使曹操驚慌失措，準備遷都以避其鋒。這時司馬懿又建議曹操不要因爲這點無損國家大計的失敗而遷都，可以利用孫劉失和，派人說孫權暗攝關公之後，許孫權以事成之後割江南之地給他作條件，以解樊城之圍。曹操又按司馬懿的意見辦了，使劉備連遭失荊州、死關張之禍。77 回孫權送來關公首級，曹操自謂關公已死，可以高枕無憂，並未領悟其中奧秘。司馬懿及時揭穿東吳移禍之計，建議曹操以厚禮葬關公，使劉備不恨曹而恨孫，蜀吳交兵，魏從中取利。曹操又按司馬懿的意見辦了，劉備果然改變孔明制定的先滅魏後滅吳的方針，要先滅吳後滅魏，曹魏於孫劉相爭中安然處之。78 回曹操接到孫權要他稱帝的書信，曹操不願圖虛名而招實禍，以笑置之。司馬懿這時建議曹操趁孫權稱臣歸附之機給他封官賜爵，令他抗拒劉備。曹操又聽從了司馬懿的建議，表封孫權爲驃騎將軍，南昌侯，領荊州牧。果然孫劉爭端擴大，釀成彝陵之戰。從這些事實中可以看出，司馬懿往往能夠主動巧妙地製造和利用吳蜀矛盾，使吳蜀兩敗俱傷，而自己不損失一根毫毛，達到後發制人的目的。相形之下，曹操那種動輒訴諸武力的做法雖不失爲一種先發制人的辦法，但

不如司馬懿巧妙。可見曹操時代的司馬懿雖然主要是出謀劃策，但已經顯露出他是個有戰略眼光的政治家，是個胸懷大略腹有良謀的政治家。他深知曹操是個多謀善斷的人，不因一次意見未被採納斤斤計較，而是積極出謀劃策，贏得了曹操的高度信任，臨死以後事相託。

司馬懿在曹丕時期充分顯示了自己的機變才能。第80回，曹丕設計強迫獻帝禪讓，獻帝不得已而答應了。曹丕急於稱帝；司馬懿制止說「不可」，理由是「雖然詔璽已至，殿下宜且上表謙辭，以絕天下之謗」。在這裏，司馬懿並不像荀攸荀或崔琰等反對曹操稱公稱王那樣反對曹丕稱帝，也不像華歆那樣逼迫獻帝禪讓，急於讓曹丕稱帝，他的主張比荀或華歆等更有遠見。

劉備死後，曹丕想趁機派兵討伐，賈詡認為劉備雖死，孔明尚在，不可倉促出兵。司馬懿此時卻「奮然」而出，說：「不乘此時進兵，更待何時？」並建議調動五路大兵，四面夾攻，令諸葛亮首尾不能救應，兩川可圖。司馬懿的這個建議，非常投合曹丕急於要做大中國皇帝的心思。賈詡的建議雖然符合實際，但不符合曹丕的心思。後來的事實證明，司馬懿建議調動的五路兵沒有一路頂用，只是一種花架子，經不住孔明略施小計，便告瓦解，但卻投合了曹丕的心思。雖沒有實際效果，也沒有造成多大損失。證明司馬懿不是賈詡之輩可比，很有權變之術。

第86回寫吳蜀通好之後，曹丕又急不可耐地準備先發制人，討伐束吳。侍中辛毗建議養兵10年之後，再破吳蜀。此話也是中肯之論，被後來的事實證明是正確的。但曹丕非常惱怒，不客氣地說辛毗之語乃「迂腐之論」，不願再等10年，立即傳旨起兵伐吳。司馬懿在曹丕與辛毗爭論時雖然沒有參與意見，但他卻看出魏主急於統一中國的心思，便順水推舟地建議「造大小船從蔡穎入淮，取壽春，至廣陵，渡江口，取南徐」。他選擇的這種迂迴曲折的路線，不是取勝之道。曹丕卻接受了他的意見。司馬懿的主意沒有幫曹丕什麼忙。曹丕到了江南，發現吳已有準備，歎說：「魏雖有武士千群，無所用之。江南人物如此，未可圖也。」這次曹丕出兵幾乎被火燒死，折了大將張遼，被徐盛打得大敗而歸。但司馬懿卻因投合了曹丕的心思升了官，被封為尚書僕射，留在許昌，贏得一個獨立決斷國政大事的機會，為後來的政變打下基礎。曹丕死時也亦如其父，以輔子曹叡重託司馬懿。

曹叡15歲登位，封司馬懿為驃騎大將軍。司馬懿發現叡性疑忌，離遠點好，一為避嫌，二為防蜀，上表乞守西涼等處，曹叡同意了，封司馬懿提督

雍涼等處兵馬。當時，平南凱旋而歸準備北征的孔明不慮別人，只慮司馬懿深有謀略，他接受馬謖散佈司馬懿欲反的流言，曹叡果然生疑。司馬懿得知叡疑其反，「大驚失色，汗流遍體」，表示願提一旅之師先伐蜀後伐吳以表忠心。曹叡還是聽從華歆建議把他罷歸田里，這是對司馬懿的一次沉重打擊。

孔明第一次北上旗開得勝，曹叡親征。太傅鍾繇以全家良賤保舉司馬懿。曹叡此時也有些後悔，便復司馬懿原職，加爲平西都督，命起南陽諸路軍馬，奔赴長安與自己會合；司馬懿這時已得知孟達欲通蜀反魏的機密消息，急速進兵，給孟達以措手不及的致命打擊，再至長安與叡相會。叡檢討自己「一時不明，誤中反間之計」，表示「悔之無及」。對司馬懿「先斬後奏」以迅雷不及掩耳的速度平定孟達之舉給以極高評價，賜司馬懿金鉞斧一對，以後遇到機密事變，不必奏聞，便宜行事。司馬懿又保舉張郃爲先鋒，同曹眞一同征進。孔明於是失街亭，退漢中，一出無功而回。曹叡誇讚司馬懿說：「今日復得隴西諸郡，皆卿之功也。」司馬懿提議親領大兵取川，以報曹叡。曹叡大喜，令司馬懿馬上起兵。尚書孫資諫勸，認爲蜀道艱難。加之孫吳隨時可能入侵，不宜用兵，應「據守險要，養精蓄銳，待吳蜀相殘，那時可圖」。曹叡徵求司馬懿意見，司馬懿認爲「孫尚書言極當」。在這裏司馬懿並非自相矛盾，而是投合曹叡心理。如果他自己提出不領兵取川，曹叡容易生疑，不如自己主動提出領兵取川，一則去其疑，二則討其喜。如果別人不反對，去了以後再說；恰好有孫尚書反對，自己便順水推舟，曹叡不生疑，自己不出兵。

從此以後，曹叡對司馬懿已非常信任。當初聽信謠言力主除掉司馬懿的王朗已被諸葛亮罵死，華歆也不再重彈司馬懿不可付以兵權的調子；但因爲司馬懿沒有掌握抗蜀總兵將印，所以不輕易離開曹叡左右，吸取遠離曹叡的教訓，一方面防止再有人說壞話，另一方面也籠絡魏帝周圍人以擴大影響。他注意保存軍事實力，既不輕易與孫吳交戰，也不直接與蜀漢交兵，那裏取勝可能性大就奔向那裏，那裏取勝可能性小就不去或慢些去那裏。他還注意兩邊討好，既討在後方坐陣的魏帝曹叡的好，又討在前方與蜀兵對陣的掌握總兵將印的曹眞之好。曹眞喜歡爭功，又是曹家枝葉，司馬懿雖在一出祁山後感到此人不稱職，但又拿他沒法，於是他對曹眞只出主意不出兵，如曹眞勝，主意出自他，有人可以作證，曹眞也心服；如曹眞敗，他出師，可接替曹眞爲大都督。否則，現在出兵協助曹眞，勝了功勞是曹眞的，自己還要損兵折將，如果和曹眞發生意見分歧也不好處理。他的這一著棋奏了效，曹眞

在與孔明交戰中深服司馬懿先見之明，曹叡也誇讚司馬懿重點防蜀的高見，封司馬懿為大都督，總攝隴西諸路兵馬，並令近臣取曹真總兵將印交與司馬懿。司馬懿的目的達到了，但他並不急不可耐，而是親自到曹真府下，很有禮貌地問候病情，並不提受印之事。直到曹真在他的啟發下要主動交出總兵將印，他才說出天子已有讓他接受總兵將印的聖旨，他只是不敢接受罷了。他越是這樣謙讓，曹真越睡不安穩，最後在曹真再三讓印的情況下，他才接受了將印，辭別曹叡去與孔明交戰。這就是司馬懿，曹叡曹真都不是他的對手。

司馬懿在曹叡手中經過了被封、遭貶、復用、提拔幾部曲。曹真死後，曹叡只有依靠司馬懿抵敵蜀兵。孔明死後，三國各不興兵。曹叡封司馬懿為太尉，總督軍馬，安鎮諸邊。這時遼東公孫淵反叛稱帝，曹叡大驚，司馬懿親自領兵斬公孫淵父子，屠了襄平，再建大功。

曹叡死前封曹真之子曹爽為大將軍，總攝朝政。又拉著司馬懿的手希望他能像孔明忠於劉備至死方休一樣竭力輔佐 8 歲太子芳。曹叡死後，司馬懿和曹爽共同扶立曹芳繼位，接著兩人便拉開了爭權奪利的序幕。曹爽開始「事懿甚謹」，後聽門客挑撥之言，奏明曹芳，加懿為太傅，使兵權皆歸於己，並重用親屬親信。司馬懿在此情況下，欲擒故縱，推病不出，裝聾作傻，輕慢其心，趁曹爽與魏主曹芳去謁高平陵祭祀明帝時，發動兵變。先賺曹爽進城，奪了兵權。接著，抓住曹爽三月欲反的供詞，將其兄弟親信一律斬之，滅其三族。魏主曹芳封懿為丞相，加九錫，令父子三人同領國事。從司馬懿死前叮嚀兒子的話中可以看出他還不像曹操那樣明確表示自己要做周文王，叫兒子做周武王。曹操當時有一幫人抬轎子，包括孫權這樣的對頭也是如此。而司馬懿則不具備這些條件，當時夏侯霸造反歸蜀，自己又剛從曹爽手中奪取大權不久，司馬昭還未立功，因此他希望兒子謹慎事魏。但他生前已為孫子司馬炎代曹魏稱帝掃清了道路。

（四）

孫權是曹操和諸葛亮之間爭鬥的砝碼，曹操利用他抄了關羽的後路，既解樊城之圍，又使孫劉相爭，從中取利。諸葛亮利用他抵禦曹操，得以向南中和兩川進軍；後來在北伐中，也經常和孫權取得聯繫，牽制曹魏。孫權更多地還是陪襯諸葛亮。六出祁山時孫權不但多次給以配合，而且關心孔明對

魏延的使用，這與其說是表現孫權的聰明，不如說表現諸葛亮明察秋毫的眼光。

至於劉備那就更是諸葛亮的陪襯了，在諸葛亮未出山前，他雖有統一天下的志氣，有結義兄弟關羽張飛，但始終沒有進展，依附他人為生，先依附公孫瓚，後依附呂布、曹操、袁紹、劉表，直至赤壁之戰前夕。當他請出諸葛亮後，平南中，得兩川，先稱王，後稱帝，一路順風。當他不按諸葛亮方針辦事時，丟荊州，失關張，敗彝陵，死白帝。他死前託孤，請孔明坐於臥榻之側而說：「朕自得丞相，幸成帝業；何期智識淺陋，不納丞相之言，自取其敗，悔恨成疾，死在旦夕，嗣子孱弱，不得不以大事相託」，「君才十倍曹丕，必能安邦定國，終定大事。若嗣子可輔，則輔之；如其不才，君可自為成都之主」。又令三個兒子「皆以父事丞相，不可怠慢」。請看，連劉備最終也認識到他們父子是諸葛亮的陪襯。

姜維是孔明事業繼承人。他的八伐中原以及與後主關係，實際都在重複孔明，沒有更多創造。作者寫他證明了司馬昭的一句話：「雖使諸葛孔明在，亦不能輔之（阿斗）久全，何況姜維乎？」

魏帝曹丕的急於事功、曹叡的猜忌多疑、曹芳年幼懦弱，都起著陪襯司馬懿的作用。鄧艾、鍾會、羊祜、杜預都是司馬懿事業的繼續。司馬師、司馬昭、司馬炎則是司馬懿終生努力之精神寄託。

《三國演義》共 120 回，曹操從第 1 回到 78 回，諸葛亮從 38 回到 104 回，司馬懿從 67 回到 108 回，三人像三個接力隊員跑完了三國的大部分路程，此後的「天下歸一」已是水到渠成的事了。

《三國演義》就是這樣頌揚了三國這個競爭時代的三個強者。《三國演義》是強者的頌歌。

載於《西北農林科技大學學報》（社會科學版）2004 年 3 期

《三國演義》中的曹操如何對待人才

　　提起《三國演義》，人們都會說劉備愛才，因為他有三顧茅廬的佳話流傳；人們也都會說孫權善於用人，因為他在關鍵時刻起用了魯肅、陸遜等。但很少聽到有人說曹操愛才。李希凡在「《三國演義》和為曹操翻案」（原載《文藝報》）1959 年第 9 期，1998 年收入陳其欣編的山東人民出版社出版的《名家解讀《三國演義》一書中，說曹操「非常善於巧妙地用偽善的兩面派手法，用假仁假義籠絡人心」，「他稍不如意，就藉故殺掉他平日妒嫉的人（像孔融和楊脩），而當禰衡當面罵他，他卻為了避免害賢之名，把禰衡送給劉表，想借劉表之手殺禰衡。」李希凡認為曹操對陳琳、對劉備、對關羽的寬容和對典韋的思念，是為了「籠絡人心」「籠絡將心」。這裏的「籠絡」顯然不是褒義詞，也不是中性詞，而是貶義詞。這樣評價《三國演義》作者對曹操的描寫是不符合作品實際的。本文就是想通過分析曹操形象的一個主要方面如何對待人才，駁斥那種認為曹操對待人才「奸」的莫名其妙的傳統看法。

　　曹操攻佔冀州後，親自到袁紹墓下設祭，很恭敬地拜了兩拜，痛哭流涕，非常悲哀，看著眾官說：「當初我和本初（袁紹）一起討董卓時，本初問我說：『如果大事不成，什麼地方可以據守？』我說：『你的意思如何？』本初說：『我南靠黃河，北靠燕、代，收容外族兵力，南下奪取政權，豈不是可以成功？』我說：『我不在乎土地，而只集結天下英才，正確領導，在什麼地方都行。』這些話就像昨天說過的一樣，今天本初卻已經死了，我不能不為他難過啊！」曹操的這段話，所顯示的政治胸懷暫且不說，重要的是正確總結了他和袁紹競爭取勝的經驗：袁紹輕人重地，不識才也不會用才，結果失人失地，最後連命也保不住；曹操愛惜和正確使用人才，無往而不勝。

　　曹操的人才來源是多方面的。無論是主動投靠來的（如荀彧）或者是被推薦來的（如郭嘉），也無論是從對方俘虜或招安來的（如張遼），抑或是無意中得來的（如許褚），他都能加以信任和重用。滿寵在說服韓暹部將徐晃降操時，稱頌操「好賢禮士，天下所知」，決不是溢美之詞。

　　二十三回曹操曾對禰衡說過：「荀彧、荀攸、郭嘉、程昱，機深智遠，雖蕭何、陳平不及也。張遼、許褚、李典、樂進，勇不可當，雖岑彭、馬武不及也。呂虔、滿寵爲從事，于禁、徐晃爲先鋒，夏侯惇天下奇才，曹子孝世間福將。」從說話口氣中可以看出曹操是很以自己有這麼多人才而感到驕傲的。他對這些人才是非常喜愛的。

（一）

　　曹操在聚攏人才方面最突出的一個特點是善於化敵爲友。

　　張遼是呂布手下將領，曾在濮陽大敗曹操，後來爲曹操所俘，對曹操說：「可惜當日火不大，不曾燒死你這國賊。」曹操聽了怒不可遏，說：「敗將安敢辱吾。」拔劍要親自斬殺張遼。張遼全無懼色，伸長脖子讓曹操殺。劉備和關羽爲張遼求情，稱頌張遼是忠義之士，曹操馬上擲劍笑說：「我也知道文遠忠義，故意和他開個玩笑。」他爲張遼親自解去捆綁繩索，拿衣服給張遼穿上，請張遼坐於上位。張遼見曹操如此厚意，也就投降了他。曹操封張遼爲中郎將，賜爵關內侯。還讓他招安臧霸。曹操開始要殺張遼是可以理解的。許多有權勢的人連部下反對的意見都聽不進去，何況一個讓他嘗過苦頭的俘虜的罵語。可貴的是曹操在劉備關羽提醒他後能馬上轉變態度，這卻是一般權勢者作不到的，正是曹操的過人之處。

　　曹操移駕許都途中，李傕舊將楊奉、白波帥韓暹領兵攔路，楊、韓部將徐晃當先出馬。曹操見徐晃「威風凜凜，暗暗稱奇」。許褚與徐晃交戰五十餘合不分勝負，曹令鳴金收兵，與謀士們商量說：「楊奉、韓暹誠不足道，徐晃乃眞良將也，吾不忍以力並之，當以計招之。」滿寵自告奮勇，以故人身份前往說徐晃來降。徐晃降操後，不負操望，七十六回關羽攻打樊城時，徐晃大敗關平、廖化。關羽想以過去與徐晃「交契深厚」的歷史軟化徐晃，徐晃不「以私廢公」，直取關公。樊城圍解之後，曹親自到四冢寨周圍閱視，顧謂眾將說：「荊州兵圍塹鹿角數重，徐公明深入其中，竟獲全功。孤用兵三十餘年，未敢長驅徑入敵圍，公明眞膽識兼優者也。」曹班師回摩陂駐紮，徐晃

兵至，曹親自出寨迎接，見晃軍皆按隊伍而行，並無差亂，曹大喜說：「徐將軍眞有周亞夫之風矣！」遂封徐晃爲平南將軍。

第十二回曹東略陳地時，許褚將黃巾軍數百騎盡擒在葛陂塢內，典韋要他交出，許褚不交，二人激戰一天兩晌，不分勝負。操見許褚威風凜凜，便設計令典韋詐敗，誘許褚落入陷坑而擒之。曹拜許褚爲都尉，賞勞甚厚。第十四回李催郭汜兵犯洛陽，曹操奉詔興兵護駕，第一仗打敗李郭，第二仗許褚連斬李催侄李暹、李別兩將，雙挽人頭回陣面曹，曹操撫許褚之背說：「子眞吾之樊噲也。」後來許褚赤膊上陣，與馬超惡戰，被馬超戲稱爲「虎癡」。

龐德本是西涼馬超賬前心腹校尉，曾隨馬超東徵，大敗曹操，殺死曹將多人，後來因兵敗和馬超入羌。不久馬超被楊阜借兵打敗，龐德便和馬超馬岱去投漢中張魯。葭萌關之戰時，龐德因病沒有參加，馬超和馬岱被孔明用計收降，從此龐德與馬超馬岱便各奔前程了。曹操攻打漢中時，張魯連折數將，聽從閻圃之計派龐德出戰。曹操在渭橋已領教過龐德的厲害，便叮嚀眾將說：「龐德是西涼勇將，原屬馬超；現在雖然歸張魯，但並不稱心如意，我想得此人，你們都要與他緩鬥，使他精力疲乏，然後活捉。」張郃、夏侯淵、徐晃、許褚四員大將輪番與龐德交戰，龐德毫不懼怯，四員大將向曹操誇獎龐德武藝如何如何好，曹操聽了「大喜」，便聽從賈詡離間計和埋伏計，將龐德逼上絕路而活捉了。曹操下馬叱退軍士，親解其縛，詢問龐德願意不願意投降，龐德感到張魯不仁，表示願降。曹操親自扶龐德上馬，一塊回大寨。後來關公攻打樊城，曹操命令于禁去解樊城之危，龐德願爲先鋒。領軍將校董衡認爲龐德故土在西蜀爲五虎將，他的哥哥龐柔也在西川，不宜作先鋒。曹操當時猛然省悟，教龐德納下先鋒印。龐德免冠頓首，流血滿面，說明與親兄故主舊義已絕，表示爲報曹操厚恩，不惜肝腦塗地。曹操立即信任了龐德，把他扶起，撫著背說；我一向知道你是個忠義之人，前面的話是安眾人之心罷了。你去努力立功，你不辜負我，我肯定不會辜負你（卿不負孤，孤亦不負卿）。關公水淹七軍，于禁投降，龐德雖被周倉撞翻小船而俘獲，但寧死不屈。曹操事後感歎說：「于禁跟我 30 年，怎麼處於危難之中反而不如龐德堅強？」表示對于禁投降的不滿和對龐德不屈的嘉獎。

第三十回袁紹謀士郭圖挑撥張郃、高覽與袁紹關係，張郃、高覽投降曹操。夏侯惇對兩人投降表示懷疑，曹操說：「吾以恩遇之，雖有異心，亦可變矣！」對倒戈卸甲、拜伏於地的高張二人說：「若使袁紹肯從二將軍之言，不

至有敗。今二將軍肯來相投，如微子去殷，韓信歸漢也。」遂封張郃爲偏將軍、都亭侯，高覽爲偏將軍、東萊侯。

孔明在六出祁山過程中，就不能化敵爲友，如殺降將張任，追殺敗將張郃等，使得蜀中無大將，廖化作先鋒，比曹操略遜一籌。

（二）

也可能是吸取了強逼徐庶輔佐自己後果不佳的教訓吧，曹操雖善於化敵爲友，但決不強人所難。

第四十一回，曹操得襄陽，殺劉琮母子，後打算選派一員襄陽舊將，引軍開道，追趕攜民去江陵的劉備。諸將中獨不見文聘，曹使人尋問，方才來見。曹操問他爲何來遲，文聘說：「爲人臣而不能使其主保全境土，心實悲慚，無顏早見耳。」說畢，欷歔流涕，曹不但沒有計較，反稱文聘「眞忠臣也」，封文聘爲江夏太守，賜爵關內侯，命其引軍開路。

張繡的謀士賈詡，多次設計打敗曹操，當賈詡第一次代表張繡見曹操時，曹操見賈詡「對答如流，甚愛之」，想讓他做自己的謀士，賈詡不忍心離開對自己言聽計從的張繡，曹操沒有勉強他，更沒有殺他。後來賈詡第二次和張繡一起投降了曹操。

三十二回袁譚袁尚相鬥，袁譚打不贏袁尚，派平原令辛毗向曹操求救。辛毗建議曹操不要打劉表，先助譚滅尚，再滅譚，曹操聽了心花怒放，說：「恨與辛左治相見之晚也。」三十三回袁譚困守南皮，派辛毗兄辛評向圍城的曹操約降，曹操對辛評說：「袁譚這個小子反覆無常，不能輕信。你弟弟辛毗在我這裏受到重用，你也留在我這裏吧。」辛評以「主貴臣榮，主憂臣辱」爲由，不肯背離袁譚，曹操沒有勉強他，讓他回見袁譚。

周瑜在赤壁之戰中大敗曹操，才幹非凡。可是他在派諸葛瑾說服其弟諸葛亮離開劉備輔佐孫權未能如願時，千方百計地加害諸葛亮，胸懷遠不如曹操寬闊。

（三）

曹操對于歸降自己的人才以禮相待，對那些雖不願歸降自己但素懷忠義的人才也不是簡單的一殺了之。

曹操殺袁譚後，將首級號令，宣佈有敢哭者斬。青州別駕王修布冠衰衣

哭於袁譚頭下，被拿來見操，王修說自己為袁譚所任命，袁譚死了不哭是為不義，「畏死忘義，何以立世乎！」並提出如果能收葬譚屍，即使被殺也不怨恨。曹操說：「河北義士，何其如此之多也！可惜袁氏不能用！若能用，則吾安敢正眼覷此地哉？」於是命令收葬袁譚之屍，待王修為上賓，以為司金中郎將，並詢問王修何以攻取已經投袁熙的袁尚的計策，王修不答，曹操不但不惱，且誇讚說：「忠臣也。」

被袁紹囚禁的沮授拒不降曹，曹對沮授說：「本初無謀，不用君言，君何尚執違耶？吾若早得足下，天下不足慮也。」厚待沮授，留於軍中。沮授盜馬欲歸袁氏，曹怒而殺之。事後曹歎說：「吾誤殺忠義之士也。」命厚禮殯殮，安葬於黃河渡口，題其墓曰「忠烈沮君之墓」。

曹操攻下冀州後，徐晃生擒袁氏謀士審配，曹對審配先天在城上以亂箭亂射自己的做法很諒解，說：「卿忠於袁氏，不容不如此，今肯降吾否？」辛毗因一家八十餘口人被審配所殺，請求曹操殺審配以雪此恨。審配表示生為袁氏臣，死作袁氏鬼，面北向主，跪而就刃。曹憐其忠義，葬於冀州城北。

陳宮曾輔佐呂布多次打敗曹操，但此人不如賈詡有眼光，很難說有忠有義。被俘後不說軟話、只求一死。因他對操有活命之恩，操對他有「留戀之意」。陳宮剛烈就死，操「起身泣而送之」，命令從者「即送公臺老母、妻子回許都養老，怠慢者斬」，並「以棺槨盛其屍，葬於許部」。毛宗崗批語認為曹操不應殺對自己有恩的陳宮。如果陳宮一開始就輔佐呂布，現在當了俘虜，曹操未必殺他，賈詡等人就是例證。問題是陳宮在此前捉曹放曹，順曹又離曹，現在又被曹操所俘，連他自己恐怕也認識到縱然不死，也難立世為人。曹操沒有把他像呂布一樣對待，就是對他的報答了。

曹操對那些不忠不義的人，即使願意歸順自己，也不寬容。

呂布武藝超群，威震諸侯，混世魔王董卓就是憑藉呂布這個乾兒子才穩坐丞相交椅，滿朝文武拿他沒法。但呂布其人見利忘義、人品低下，有奶便是娘。被操俘虜後可憐巴巴，乞求活命，像只癩皮狗，一點男人大丈夫的氣概也沒有。曹操因其武藝高強有所動搖，但一經劉備提醒便毫不猶豫地命令「牽下樓縊死，然後梟首」。

曹操門下侍郎黃奎與馬騰相約欲圖曹操，黃奎妻弟苗澤素與奎妾李春香私通。為娶春香，苗澤將黃奎與馬騰謀殺的秘語暗告曹操，曹因此得俘馬騰、黃奎而殺之。苗澤向曹操提出「不願加賞，只求李春香為妻」的請求，曹操

笑說：「你爲了一婦人，害了你姐夫一家，留此不義之人何用！」將苗澤、李春香並黃奎一家皆斬於市。曹操得漢中後，念張魯封倉庫之心，優禮相待，封魯爲鎮南將軍，和派于禁追殺劉琮及蔡夫人形成鮮明對比；但卻把與自己裏應外合、賣主求榮的楊松斬於市曹示眾。可見曹操對人不但重才，尤其重德。

曹操臨終前對曹洪、陳群、賈詡、司馬懿等說：「孤平生所愛第三子植，爲人虛華少誠實，嗜酒放縱，因此不立。次子曹彰，勇而無謀；四子曹熊，多病難保。惟長子曹丕，篤厚恭謹，可繼我業，卿等宜輔佐之。」從操立世子和對幾個兒子的評價這件事可看出，曹操重才但決不忽視道德。

（四）

曹操從來不殺敗軍之將。

曹仁、李典被劉備連敗五次，失掉樊城，回許都見曹操，泣拜於地請罪，具言損兵折將之事，曹只說了一句「勝負乃兵家常事」，接著詢問爲劉備出謀劃策的人是誰，商議如何使彼來歸，而不去追究曹仁、李典應負的失敗責任。

夏侯惇被諸葛亮在博望燒得焦頭爛額，回許昌自縛見曹，伏地請死，曹釋之，只是輕描淡寫地說了一句「汝自幼用兵，豈不知狹處須防火攻」，遂起兵 50 萬，分五隊征討劉備。

曹仁被諸葛亮誘入新野火燒後，派曹洪去見曹操，具言失利之事，曹操未責曹仁，大罵「諸葛匹夫，安敢如此」，遂追劉備。七十六回曹仁又在和關公交戰時吃了敗仗，引眾將見曹操，泣拜請罪，曹說「此乃天意，非汝等之罪也」，沒有和曹仁過不去，更沒有新老賬一齊算。

馬超奪潼關後，曹操要斬失關的曹洪，眾將告免。後來曹洪又在渭水之敗中救了曹操，曹操事後說：「吾若殺了曹洪，今日必死於馬超之手也。」慶幸自己未斬敗軍之將。

曹操西征張魯，前部先鋒夏侯淵、張郃在陽平被楊昂楊任劫寨擊敗，曹怒說：「汝二人行軍許多年，豈不知『兵若遠行疲困，可防劫寨』？爲何不作準備？」欲斬二人，眾將告免。曹第二天去察看，見山勢險惡，林木叢雜，不知路徑，恐有埋伏，引軍回寨向許褚徐晃表示；「吾若知此處如此險惡，必不起兵來。」實際上是對夏侯淵、張郃失陽平關的諒解。

諸葛亮在六出祁山時斬馬謖，殺陳式，不容敗將，不如曹操寬厚。其實這些人還是忠於蜀漢的，如果像曹操那樣不殺他們，還不知為蜀漢能做多少好事呢。

（五）

曹操經常懷念有功人才，並以此激勵、教育身邊的人。

陳留人典韋是曹操鎮壓青州黃巾軍後在兗州招賢納士時，夏侯惇推薦的。典韋對曹操非常忠誠，曹操與呂佈在兗州、濮陽作戰時，兩次大敗，情勢危急，被典韋兩次救出。一次曹操弟曹仁要見曹操，因曹休息，典韋不讓進，曹仁沒法。曹操與呂布戰於濮陽，兩戰吃敗，曹操被呂布手下四將攔住去路，無計脫身，典韋殺散敵軍，救出曹操。曹操欲與濮陽城中富戶田氏裏應外合，結果中計被圍，走北門北門被攔，奔南門南門被阻，再轉北門，撞見呂布，幾乎被俘。典韋因不見曹操，兩次衝進殺出，到處尋覓，第三次在東門碰見曹操，殺條血路，飛馬突火冒煙救曹出城。

第十六回張繡因叔父之妻被曹拉去同居，欲圖曹操，殺至轅門，曹操正與張繡叔妻鄒氏飲酒。典韋身無片甲，死拒寨門，背上被刺一槍，血流滿地而死。曹操因有典韋擋住寨門，才得以從寨後上馬逃奔。事後曹操設祭祭典韋，親自哭而奠之，看著眾將說：「吾折長子（曹昂）愛侄曹安民，俱無深痛；獨號泣典韋也。」眾皆感歎。到了許都，思慕典韋，立祀祭之；封典韋兒子典滿為中郎，收養在府。後來曹操與張繡交戰南陽、襄城一帶，領軍至淯水，下馬放聲大哭，眾驚問其故，曹操說：「吾思去年於此地折了吾大將典韋，不由不哭耳。」隨即下令屯住軍馬，大設祭筵，弔奠典韋之魂。曹親自拈香哭拜，三軍無不感歎。祭畢典韋，方祭侄子曹安民及長子曹昂，並祭陣亡軍士，連那匹被射死的大宛馬也都設祭。眾軍因此受到鼓舞，士氣大振，結果在安眾縣大敗張繡劉表兩家之兵。

郭嘉是程昱推薦給曹操的謀士，他在曹操平定并州、準備西擊烏桓、遭到曹洪等人反對時，力主曹操西征，曹操聽了他的意見，領兵遠征。但因征途艱難，曹操有回師之心，徵求郭嘉意見，郭嘉鼓勵曹操輕兵兼道以出，掩其不備，出奇制勝。曹操按照他的意見取得遠征勝利。難怪郭嘉死後，曹操如喪考妣地大哭道：「奉孝死，乃天喪吾也。」並對眾官說：「你們的年齡都

和我差不多，只有奉孝最年輕，我打算給他託付後事，沒料到中年夭折，使我心腸崩裂。」郭嘉因不服水土而病留在易州，臨死前給曹操寫了一封信，建議曹操不要向袁尚袁熙投奔的遼東加兵，遼東太守公孫康必然獻二袁首級來降，如加兵，三人並力向敵，則難取勝。曹操按他的意見在易州按兵不動，果然公孫康派人送二袁首級到，曹操喜不自勝地說：「不出奉孝之料。」領眾官再次在郭嘉靈前設祭，使人扶郭嘉靈柩到許都安葬。赤壁鏖兵，曹操大敗，逃至南郡，曹仁置酒爲操解悶，當時眾謀士都在座。曹操一路不斷遭到孫劉兩家追擊和堵截，華容道幾乎喪身，但他還不斷地「仰天大笑」，看不出氣餒的樣子。現在人得食馬得料，沒有什麼危險了，曹操卻出人意料地悲悼郭嘉，「仰天大慟」，這又是爲什麼？因爲赤壁之戰前夕的劉備，很像敗投遼東公孫康的袁熙袁尚。如果有郭嘉那樣的謀士提醒曹操不要提兵南下，劉備縱然不被蔡瑁蔡夫人殺死，也會被孫權或其它人懷疑其「鳩奪鵲巢」而殺死，至少要趕跑他，曹操可以坐收漁人之利。可是因爲沒有郭嘉那樣的謀士提醒曹操，曹操本來是以 83 萬大軍追趕劉備，卻不想同時給孫權也造成威脅，結果不但沒有達到孫曹聯合消滅劉備的目的，反而促成素無來往的劉備孫權聯合起來對抗曹操。曹操用大慟郭嘉的方式一方面表示赤壁之戰沒有必要打，打了反倒使自己成了孫劉兩家的對立面，另一方面也是對赤壁之戰中幸免於死的眾謀士的嘲弄和批評。但嘲弄雖然辛辣，批評雖然尖銳，卻採取了痛悼死人而不傷害活人的方式。也是曹操寬厚待人的表現。

（六）

曹操對自己有用的人才喜愛，對自己沒有直接用處的人才也很喜愛。

蔡邕女蔡琰，先爲衛仲道之妻，後被北方擄去。她作的《胡笳十八拍》流入中原後，曹操對她的文才非常喜愛和賞識，便派人拿了一千金到北方把蔡琰贖了回來，許給董祀爲妻。建安二十三年秋七月，劉備領兵取漢中，曹洪告急，曹操大驚，親自領兵 40 萬前往征討。兵出潼關，經過藍田老朋友蔡邕村莊，曹操命令軍馬先行，自己引近侍百餘騎，到莊門下馬，看望蔡琰。曹操在戰事急若燃眉的情況下，屈身看望一女子，說明他不僅重視對自己直接有用的武才、謀才，而且重視和自己統一天下沒有直接關係的文才。後來董祀犯了錯誤，曹操要殺，蔡文姬爲丈夫求情，曹操看在蔡文姬面子上，免

董祀一死。

陳琳曾經為袁紹起草討曹檄文，言詞激烈，又富文采，是一顆射向曹操的重型炮彈。曹操當時正患頭風，看後「毛骨悚然，出了一身冷汗，不覺頭風頓愈，從床上一躍而起」，可見檄文正中曹操要害。當曹操得知檄文出自陳琳之手，不但不氣，反而帶點幸災樂禍的口吻說：有文事者，必須以武事濟之。你陳琳文事雖好，怎奈袁紹武略搭配不上，也是枉然。後來陳琳為曹操所俘，左右人都勸曹操殺掉陳琳，曹操因為喜愛陳琳文才，不但赦了他的死罪，還留在身邊作為從事，可能他這一次感到陳琳的文事和他曹操的武略可以搭配在一起，相得益彰了吧。

（七）

曹操與人開玩笑不傷害對方；而謀士與他開玩笑，縱有不恭，他也不計較。

曹操打敗袁紹將入冀州城時，許攸縱馬近前，當著許多人的面以鞭指城門而呼操說：「阿瞞，汝不得我，安得入此門。」眾將聞言俱懷不平，曹操卻自大笑，毫不計較。許攸又對許褚說：「汝等無我，安能入此門乎？」許褚畢竟是一介武夫，心胸不如曹操開闊，和許攸對罵起來，一怒之下，殺了許攸，去見曹操，曹操說：「子遠與吾舊交，故相戲耳，何故殺之！」深責許褚，下令厚葬許攸。曹操在這一點上勝過劉備一籌，龐統助劉備得涪關後，飲宴中間與劉備開了一句玩笑，劉備便很不高興，帶醉叱退龐統，其心量之不如曹操開闊，可見一斑。

（八）

曹操愛才，有時到了出神入化的地步，就是上了當也似乎沒有覺察。

四十七回龐統受周瑜吩咐隨蔣幹到江北營獻連環計。曹操一聽說是鳳雛先生來了，喜出望外。人謂臥龍鳳雛得一可安天下，臥龍已被劉備三請而去，今天鳳雛未請自來，愛才的曹操哪裏還有心思去想其中的蹊蹺，高興還高興不過來呢，連忙親自出帳迎入。曹操先指責周瑜恃才欺眾不用良謀，表示自己久聞鳳雛大名，今得惠顧不勝榮幸的心情，接著便迫不及待地向龐統請教破敵良策。龐統提出要看軍容，曹操此時更不去想他新來乍到，便提出這個

要求的用心何在，馬上命令備馬，同龐統先觀旱寨，又看水寨。看完之後，回寨置酒共飲，同說兵機。龐統高談雄辯，應答如流，曹操深爲敬服，殷勤相待。曹當時正愁北軍不習水戰，聽了龐統連環妙計，下席而謝，並立即傳令，教鐵匠打造連環釘，鎖住船隻。龐統完成獻計使命，爲脫身回江南，謊稱說東吳豪傑降曹，又爲自己居住江邊的家屬求一紙免遭殺戮的榜文，曹操都非常痛快地答應了。孔明向劉備說過「操平生爲人多疑」，此話不假，黃蓋的苦肉計詐降書他懷疑過，蔡中蔡和的內應密書他也懷疑過，但就是對龐統的連環計和來去匆匆的行跡深信不疑！不但不疑，還自鳴得意地認爲如果不是天命幫助自己，怎麼能有鳳雛自天而降，進獻連環妙計！即使在高參程昱提醒他要防火攻時，他還是不以爲意。人皆謂劉備思賢若渴，孫權禮賢下士，可是把他們和曹操對龐統的態度對比一下，誰更喜愛人才，不是一目了然了嗎？！有人可能會說曹操當時急於戰勝孫權醫治北軍不習水戰之病才饑不擇食地接受龐統的連環計，這種說法之沒有道理原因有二，一是曹操雖然久聞龐統大名，卻未見其人；和他在官渡之戰時熱情接待故友許攸不一樣。當時兩軍相持，互派奸細，引進龐統的又是已經讓他中周瑜之計而殺蔡瑁張允的蔣幹，龐統又是來自江南，他如果完全是取勝心切，而主要不是出於愛才，越應該懷疑龐統才是，而平生好疑的曹操竟然一點懷疑也沒有，這不能單純以他取勝心切饑不擇食來解釋。二是龐統獻過計後馬上又要回江南，藉口是說服對周郎多有怨言的那些東吳豪傑來降。官渡之戰時曹操不疑許攸之計是因爲許攸獻計後留在曹營。現在龐統卻是來去匆匆，如果不是愛才而僅看作取勝心切才饑不擇食顯然是解釋不通的。在這一點上孫權不如他，劉備也不如他。

徐庶也是個才幹出眾的人，程昱在曹操面前稱讚他比自己才高十倍。徐庶輔佐劉備，在新野連敗曹仁大軍，又佔領了樊城，使曹仁只得奔回許昌。當曹操得知是徐庶爲劉備出謀定計後，非常擔憂地說：「惜乎賢士歸於劉備！羽翼成矣！奈何？」他爲了讓徐庶離開劉備輔佐自己，聽從了程昱的建議，把徐庶老母接到許昌，作爲人質。徐庶後來中了程昱之計離開劉備來到許昌，徐母惱怒之餘自縊身亡，曹操使人齎禮弔問，還親自去祭奠。後來徐庶雖在曹營，心向劉備，發誓終身不爲曹操設謀。赤壁之戰前夕，徐庶爲脫身遠避，聽從龐統建議，散佈流言說西涼韓遂馬騰謀反，要殺奔許昌來。曹操與眾謀士商討對策，徐庶自動請求去散關把住隘口，曹操非常放心地給他撥三千軍，

命臧霸為先鋒，星夜前往散關，把散關原有軍兵也讓徐庶統領。這是曹操愛惜人才而至於不知上當的又一例證。

（九）

曹操喜愛人才，不限於本營壘。

十六回劉備因抵敵不過呂布的攻擊，往許昌投靠曹操，曹操對劉備以兄弟相稱，並答應和劉備一起討伐「無義之輩」的呂布。荀彧、荀攸一致認為劉備不是久居人下之人，建議曹操殺掉，否則，必致後患。曹操沒有答應，而非常高興地接受了郭嘉不殺劉備的建議，並表薦劉備為豫州牧，撥給劉備兵三千，糧萬斛，讓他去豫州赴任。他之所以這樣待劉備，理由是「方今正用英雄之時，不可殺一人而失天下之心」。而且他認為天下英雄只有他和劉備，對劉備的評價不可謂不高。

孫權是曹操的另一個對手。第六十一回曹操與孫權在濡須口對陣，曹操在山坡上遠遠看見東吳戰船各分隊伍，依次排列，旗分五色，兵器鮮明，當中大船上青羅傘下，坐著孫權，左右文武，侍立兩邊，曹操用鞭子指著說：「生子當如孫仲謀！若劉景升兒子，豚犬耳！」他的話似乎有點擺老資格，倚老賣老，但對孫權的讚美之情溢於言表。

四十一回寫曹操率兵 83 萬追殺劉備，一天，曹操在當陽縣景山頂上觀戰，「望見一將，所到之處，威不可當」，急忙問左右是誰。曹洪經過瞭解，原來是常山趙子龍。曹操聽了讚歎說：「真虎將也！吾當生致之。」立即命令飛馬傳報各處說：「如趙雲到，不許放冷箭，只要捉活的。」人們只知道趙雲在長阪坡多麼英勇，其不知趙雲之所以隻身陷於重圍之中而沒有被射殺，主要是曹操喜愛人才的思想起作用，否則，十個趙雲也被箭射身亡了。曹操與劉備爭奪漢中，趙雲隻身殺入曹軍重圍，救出老黃忠，「所到之處，無人敢阻」。曹操在高處看見，驚問眾將：「此將何人也？」有認識趙雲的人告訴他說：「這是常山趙子龍。」曹操讚歎說：「昔日當陽長阪英雄尚在！」這一次他不再打算生擒趙雲，只是叮嚀「所到之處，不許輕敵」。

五十九回寫曹操與馬超對陣，一天。馬超挺槍縱馬，立於陣前，高叫：「虎癡（許褚）快出！」曹操在門旗下回顧眾將說：「馬超不減呂布之勇！」曹操說這句話有激發許褚戰勝馬超的意思，也有認為馬超有勇無謀的意思，

還有讚揚馬超的意思。當時的曹操剛被馬超打得割鬚棄袍，狼狽不堪，以至成了後來常被揭發的短處。現在他見馬超到自己寨前耀武揚威，往來如飛，擲兜鍪於地說：「馬兒不死，吾無葬地矣！」可見他對馬超多麼地恨，多麼地怕。但他卻不以感情代替對馬超的客觀評價。

關羽是劉備的結義兄弟，但出身低微，十八路諸侯討伐董卓時，雖然斬了華雄，卻被袁氏兄弟輕視。曹操據理力爭，不顧袁氏兄弟反對，關羽出征前，敬之以酒，關羽斬華雄後，又背著袁氏兄弟，暗中使人齎牛酒撫慰關羽。後來，曹操離開袁紹，自樹旗幟，與劉備交戰，奪得小沛、徐州，與眾謀士議取下邳，當時關公保護劉備妻小死守此城。荀彧健議曹操趕快奪取，否則袁紹就要趁機悄悄奪城。當時形勢對曹操很有利，取下邳如探囊取物。但曹操因為喜愛關公「武藝人材」，不願力取。曹操從程昱計先將關公圍在一座土山上，然後派與關公有一面之交的張遼前去說服關公投降，關公當時提出三個投降的條件，一是降漢不降曹，二是供給劉備妻小衣食，三是但知劉備信息，雖遠必往。曹操雖對後一條有所遲疑，最後還是答應了，而且親自出轅門迎接，說：「素慕雲長忠義，今日幸得相見，足慰平生之望。」關羽在館驛與二嫂同處一室，秉燭達旦，他「愈加敬服」。到了許昌，待關公以上賓之禮，三日一小宴，五日一大宴，又送金銀器皿和綾錦，又送美女 10 人服侍。聽說關公對二嫂非常敬重，曹操「又歎服關公不已」。他送異錦戰袍一領贈關公，關公卻把劉備當日所贈舊綠錦戰袍穿於異錦戰袍之上，以不忘劉備舊恩。曹操心中雖然不悅，但還是不由自主地感歎關公「真義士也」。曹操又以紗錦作囊，與關公護髯；見關公馬瘦，將所獲呂布赤兔馬贈與關公。曹操聽說關公雖深感自己厚意，更不忘劉備舊恩，感歎說：「事主不忘其本，乃天下之義士也。」關公為與劉備相會，「掛印封金」，護送二嫂而去。曹操得知消息後，不但不命人去追殺，反而讚揚關公是「不忘故主，來去明白，真丈夫也」，「賄賂不以動其心，爵祿不以移其志，此等人吾深敬之」，教育諸將要學習關公的榜樣。自己又親自與關公送行，以路費征袍相贈，雲長立馬橋上，用青龍刀尖挑錦袍於身上，眾將都責關羽無禮，曹操卻認為「彼一人一騎，吾數十餘人，安得不疑」，不但不讓許褚去追擒，反而「於路歎想雲長不已。又怕於路關隘攔截，兩次派人馳公文以放行」。關公過五關連斬曹將六員，曹操不但沒有動怒追殺，還派張遼親自傳諭各處關隘，任便放行。將軍蔡陽因外甥秦琪被關公在黃河渡口所斬，要殺關公報仇，曹操差他去汝

南攻黃巾劉闢，以防止他追殺關公。這種愛才大度可謂古今少見，這就難怪關公華容道不殺曹操了。

（十）

三國時代，真正有才能的人很多，冒牌貨也不少。曹操的高明之處就在於不僅愛才，而且識才。著名的青梅煮酒論英雄是他識人能力的一次最突出的表現。他認為兵糧充足的袁術是「冢中枯骨」，認為「四世三公」，「門多故吏」，「虎踞冀州」，部下能事者極多的袁紹「色厲膽薄，好謀無斷，幹大事而惜身，見小利而忘命，非英雄也」；認為「名稱八俊，威鎮九州」的劉表「虛名無實」；認為孫策措父之名，劉璋守戶之犬，張繡、張魯、韓遂等輩乃「碌碌小人」，不足掛齒。曹操這些話聽起來有點自命不凡，妄自尊大，但歷史的進程卻證明了它的無比正確。他所否定的這一系列人物，當時勢力都很大，但他已經預見到他們的最後歸宿，真可謂遠見卓識！

曹操對象郭嘉之類真正有才華的人是非常喜愛的，而對於徒有虛名的人則是不喜歡的，對禰衡就是如此。《三國演義》中的禰衡是孔融推薦給獻帝招安劉表的。曹操知道禰衡「素有虛名，遠近聞名」，若果不用他，有堵塞賢路之嫌，且易失人望；於是使人召禰衡來，卻不命他坐，實際上不把他看在眼裏。禰衡很不服氣，諷刺曹操手下的文臣武將都是「衣架、飯囊、酒桶、肉袋」，沒有一個能幹的人；自我吹噓才識廣博，「上可以致君為堯、舜，下可以配德於孔、顏」，真是目中無人，惟我獨尊。《三國演義》中寫了許多有真正才能的人，但都沒有像禰衡這樣狂妄自大，壓低別人，抬高自己。孔明是小說中最高智慧的化身，但他也沒有把自己看得高於一切，對劉備說龐統「非百里之才，胸中之學，勝亮十倍」。龐統雖有驕傲的毛病，但也從來沒有自誇才幹比別人高超。如果真的像他所說：「荀彧可使弔喪問疾，荀攸可使看墳守墓，程昱可使關門閉戶，郭嘉可使白詞念賦，張遼可使擊鼓鳴金，許褚可使牧牛放馬，樂進可使取狀讀詔，李典可使傳書送檄，呂虔可使磨刀鑄劍，滿寵可使飲酒食糟，于禁可使負版築牆，徐晃可使屠豬殺狗；夏侯惇稱為『完體將軍』，曹子孝呼為『要錢太守』，其餘皆是衣架、飯囊、酒桶、肉袋」，果如其言，曹操何以能擒呂布、滅袁術、收袁紹、定劉表，縱橫天下，統一北方？曹操讓他充任鼓吏之職，早晚朝賀宴享，事實證明，這正是禰衡的特長，

他「擊鼓爲漁陽三撾，音節殊妙，淵淵有金石聲。坐客聽之，莫不慷慨流涕」。但如果讓他幹比擊鼓更重要的事情，就有點小材大用了。而禰衡卻無自知之明，認爲讓他充任鼓吏是大材小用，罵曹操「不識賢愚，是眼濁也；不讀詩書，是口濁也；不納忠言，是耳濁也；不通古今，是身濁也；不容諸侯，是腹濁也；常懷篡逆，是心濁也」。曹操說他「腐儒舌劍」，並不爲過。事實證明，禰衡除了擊鼓、罵人，再也沒有什麼更大的才能。曹操派他爲使去說劉表來降，如果完成使命，用他做公卿，這是對他的一次實際考驗。可是禰衡先不肯去，後來勉強去了，對劉表「雖頌德，實譏諷」，對黃祖「罵不絕口」，不但沒有完成使命，反而被黃祖所殺。後來的文人在禰衡罵曹上做文章，揚禰抑操，全是偏見。《三國演義》中曾操對禰衡的態度，是其不喜無眞才實學卻自命不凡之人的表現。

曹操斬楊脩，有人認爲是忌才，其實是不符合《三國演義》的實際描寫的。楊脩在丞相府任行軍主薄，「此人博學能言，智識過人，才思敏捷。」譬如曹操在蔡琰家中看到蔡邕在曹娥碑背後所寫的八個字，問眾謀士誰能解出其中的意思，大家都說解不出來，只有楊脩一人站出來說他已經知道八個字的意思了。機智聰敏的曹操，也是在馬行三里之後方才解出八個字的意思，這說明楊脩確實智識過人。但此人卻有一個致命的弱點，就是愛耍小聰明，一有機會就想表現自己，出風頭，代園工猜字、分吃盒酥、揭穿曹操夢中殺人秘密，都引起曹操反感。這種事雖然不能說曹操完全正確，但也不能說楊脩非常高明。以上這些還只是些小事，更加令曹操不能容忍的是，楊脩竟然參與曹丕、曹植爭奪世子的竟爭之中。做法也極不高明，結果弄巧成拙，曹操怎能不對他起殺害之心呢？曹操在漢中作戰處於進退兩難境地，準備班師，便見景生情地把「雞肋」作爲夜間暗號，楊脩作爲行軍主薄，知道其中之意也就罷了，卻煽動軍士收拾行裝，準備起程，這就有點近乎胡鬧了。如果漢軍知曉，前來劫寨怎麼辦？即使明天要撤退，也要作好隨時戰鬥的準備，以防追襲。進兵難，撤兵更難。楊脩卻不顧這些，抓緊機會表現自己「才思敏捷」，怎能不爲曹操所殺呢？

《三國演義》中的楊脩並沒有在政治、軍事、外交等方面給曹操提出過任何成功的建議，也沒有完成過出色的外交使命，更沒有什麼名篇佳作流行於世，所以他的聰明不爲大聰明。孔明之兄諸葛瑾斥其子諸葛恪時有言；「聰明皆露於外，非保家之主」，楊脩也是這種「聰明皆露於外」的人物。曹操在

吃了敗仗後還能想到楊脩說過班師的話有正確的一面，把他的屍首收回厚葬，比起孫峻殺死諸葛恪後棄屍亂冢坑來，也算十分寬厚的了。

當代有人創作京劇《曹操和楊脩》，諷刺曹操忌才，完全改變了《三國演義》中的實際描寫，多為虛構，另有影射，和《三國演義》中曹操與楊脩的關係毫無共同之處。倒是徐懋庸所寫小說《雞肋》尚有客觀的一面。

曹操殺楊脩的直接導因是文人不懂「武事」，不懂軍事行動要守秘密。曹操殺劉馥則是「武人」不懂文事，不懂詩歌藝術。劉馥「久事曹操，多立功績」，赤壁之戰時為揚州刺史。建安十三年冬十一月十五日，曹操渡江準備一切就緒，於「天氣晴朗，風平浪靜」之際，置酒設宴於長江大船之上，與眾將飲酒談笑，不知不覺已經酒醉，忽聞鴉聲望南飛鳴而去，曹操持槊立於船頭，以酒奠於江中，又滿飲了三爵，面對諸將，回顧自己用手中槊破黃巾、擒呂布、滅袁術、收袁紹、入塞北、抵遼東，縱橫天下的輝煌業績，躊躇滿志，情不自禁地吟誦了「對酒當歌，人生幾何」的著名詩歌。這首詩本來是表現曹操渴望賢才以幫助他建功立業、統一天下的意志和心懷。可是劉馥卻不理解整個詩的感情和傾向，抓住「月明星稀，烏鵲南飛；繞樹三匝，無枝可依」四句話，加以肢解和曲解，不避眾人，質問曹操：「何故出此不吉之言？」這不僅使詩興正濃的曹操大掃其興，產生對牛彈琴之感；而且他的做法對當時在場的其它許多只懂打仗不懂詩意的將領們的情緒會有極大影響；還可能動搖曹操的主帥權威。曹操本來要以詩激勵將士在即將到來的戰鬥中立功，他卻如此不識時務，曹操怎能不惱怒？所以曹操刺殺劉馥，雖在醉中所為，實際上也是為了防止劉馥之言帶來的消極影響在軍中蔓延不得不採取的做法。

荀彧舊事袁紹。曹操鎮壓山東黃巾軍後，在兗州招賢納士，荀彧離開袁紹，與其侄荀攸投靠曹操。曹操和他談話後非常高興，說：「這是我的張子房啊！」讓彧作行軍司馬。曹操的另外兩個重要謀士程昱和郭嘉，就是荀彧推薦給曹操的。荀彧自投曹之後，確實出了不少好主意。曹操在向禰衡誇耀手下幾十名文官武將時，把荀彧作為第一人，決不是偶然的。曹操移駕幸許都後，荀彧被任命為侍中、尚書令。官渡之戰時，曹操親自領兵迎敵袁紹，讓荀彧獨當一面，留守許都，遇事難決時還寫信徵求荀彧的意見，可見對荀彧的重視非同一般。可是就是這個荀彧，卻反對尊奉曹操為魏公，理由是「丞

相本興義兵，匡扶漢室，當秉忠貞之志，守謙退之節。君子愛人以德，不宜如此」，這和當初那個勸曹操效法晉文公納周襄王使諸侯服從，劉邦爲義帝發喪使天下歸心的荀彧相比，判若兩人。按曹操當時對形勢所起的作用而言，尊爲魏公不但不爲過分，而且這樣做他的作用可能會發揮得更充分些。當時要用另一比曹操更高明的人物出來發揮作用並無可能。荀彧自己就是主動離開袁紹投靠曹操的，說明他也看到了這一點。曹操南征北戰，目的就是爲了在統一天下中建功立業，名標青史，荀彧卻讓他「守謙退之節」，這至少是不明智的。曹操其人在爲自己謀取地位上並不是一意孤行的人，而是善於掌握時機和條件的人，許田打獵就是明證。時機和條件成熟了，誰反對他也不行；時機和條件不成熟，誰擁護他也不幹。荀彧跟隨曹操多年，可謂心腹，卻不掌握這一性格特點，至少是書生氣太足，或者就是葉公好龍。

曹操和孔融的鬥爭是維護還是反對劉漢正統的鬥爭。曹操雖然口頭上也講要復興漢室，但誰都知道這只是個旗號，漢室氣數已盡，非人力可扶，遲早要被取代。因此曹操并不眞心實意地扶助漢室是符合歷史潮流的。而孔融卻固執地維護劉漢正統，曹操要攻打劉備、劉表、孫權，統一江南，他堅決反對，理由是「劉備、劉表皆漢室宗親，不可輕伐；孫權虎踞六郡，且有大江之險，亦不易取。今丞相興此無義之師，恐失天下之望」，又說：「以至不仁伐至仁，安得不敗乎！」可見，他名爲維護劉漢正統，實則維護諸侯割據，反對統一。以統一天下爲己任的曹操當然要怒而殺他！

曹操說過一句話：「寧教我負天下人，不教天下人負我」。有不少習慣於用「抓住一點，不及其餘，無限上綱」方法分析問題的人，一提起《三國演義》中的曹操，便抓住這句話大做文章。不錯，曹操所說的這句話確實表現了他的極端利己主義，但我們要問，整天「仁義」不離口的劉備難道就不是利己主義了嗎？其實他們在爲一家一姓爭奪天下這一點上是完全一樣的，我們不能僅僅以其口中所說不同爲依據評價他們，不能因爲一句「寧教我負天下人，不教天下人負我」而全盤否定曹操，也不能因爲一句「仁義待人」而對劉備稱頌備至。我們只能根據他們的一生作爲歷史地評價他們。

平心而論，曹操早年說這句話時是情急之中殺了不該殺而又不得不殺（不殺有被報復的危險）的呂伯奢後，陳宮責其不義，順口說出來的。羅貫中從裴松之作《三國志》注所引三條不同傳說中選擇了這一條也是符合曹操當時特定環境下的心理狀態的。問題是曹操早年說的這句話不能作蓋棺論定之語

看。後來他就對要去與關羽作戰的龐德說過：「卿不負孤。孤亦不負卿。」這種主從互相信賴的話不僅龐德聽了感動，讀者看了也少有不動心的。如果說要找一句能代表曹操主要性格特點的話，也只能是後者，而不能是前者。因為這正是曹操身邊之所以能聚攏眾多人才的原因所在，許多人投靠曹操就是因為他禮遇人才。如果他還像早年殺呂伯奢後所說的「寧教我負天下人，不教天下人負我」，誰還敢追隨他打天下？有才之士還不都像陳宮一樣投奔他人？我們分析文學形象要用發展的眼光去看，而不能用靜止的、一成不變的眼光去看。

魯迅在 1926 年 11 月 15 日給許廣平的信中，談到幫助親戚時，也說他自己有時幾乎想說「寧我負人，毋人負我」的憤激之語。但魯迅又說了：「然而自己也往往覺得太過，實際上或者且正與所說的相反。」我們當然不能用魯迅幾乎要說的這句憤激的話來概括魯迅一生的心理和性格。那麼對曹操這個文學形象，當然也不應該用他早年在特殊環境下所說的一句話來概括他一生的心理和性格。

要準確評價小說人物，愚以為首先是不要帶著某種傳統偏見。其次，要顧及小說對人物的整體描寫，要顧及小說中人物的性格變化。再次，要把所論及的人物和他周圍的人物加以比較分析。第四，要把人物置於他所處的特定環境中加以考察。第五，要把作者描寫人物的主觀意圖和客觀效果加以區別。

結論：《三國演義》中的曹操是歷史上那個有作為的曹操的真實寫照。他對人才的態度，在劉備孫權等同時代人之上。他是一個亂世英雄形象，《三國演義》作者沒有歪曲歷史上的曹操，而是把他寫得鮮和豐滿，呼之欲出。不能為了給歷史上的曹操翻案而否定《三國演義》中的曹操（如郭沫若等），也不能從維護反面人物典型的角度肯定《三國演義》中的曹操（如李希凡），因為後者還是承認《三國演義》中的曹操在本質上不同於歷史上的曹操。雖然小說作者從劉漢正統的封建觀念出發，有些地方借書中人物之口或後人詩歌罵他為「奸」，但這和整個作品中活靈活現的曹操形象是游離的，而且和作者對他的整體描寫相比，所佔份量並不大。

原載《唐都學刊》2003 年 1 期

《三國演義》五題

曹操哭郭嘉解讀

羅貫中把赤壁之戰寫得有聲有色，幾乎每個場面都給人留下了難以磨滅的印象。其中曹操回到南郡後慟哭郭嘉一事，雖然僅有一百字左右，但卻餘味無窮，含義至深。遺憾的是，從《三國演義》問世至今，沒有一人揭示出曹操此舉的深刻內涵。包括毛宗崗在內的許多評論家只是認爲曹操哭郭嘉是把責任推卸給眾謀士的「奸」舉，而沒看到曹操哭郭嘉背後所隱藏的不易被常人所覺察的更深的含義，以至曹操哭郭嘉成了千古之迷。

其實，只要我們聯繫一下第三十三回「郭嘉遺計定遼東」，這個謎便可揭開。這回書寫的是曹操聽從郭嘉之計，「虛國遠征」，追剿袁紹之子袁熙、袁尚，袁熙、袁尚敗投遼東太守公孫康。遼東公孫恭建議殺熙、尚以獻曹操，公孫康卻打算在曹操來攻時以熙、尚爲助。這時郭嘉病死易州，死前給曹操留遺書一封，書中說：「今聞袁熙、袁尚往投遼東，明公切不可加兵。公孫康久畏袁氏吞併，二袁往投必疑。若以兵擊之，必並力迎敵，急不可下；若緩之，公孫康、袁氏必自相圖，其勢然也。」曹操沒有聽從夏侯惇等人「速往擊之，遼東可得」的建議，而是採納了郭嘉「不戰而勝」的策略，屯兵易州，顯示他並無下遼東之意。公孫康探知此情，殺掉企圖「鳩占鵲巢」的袁熙、袁尚首級，獻給曹操，曹操坐收漁人之利，高興地說：「不出奉孝之料。」

赤壁之戰前夕的劉備和熙、尚處境相仿。他被曹操大軍追殺，連吃敗仗，惶惶然無立足之地。往荊州投劉表，卻爲荊州實權派蔡瑁、蔡夫人所不容，

幾乎被殺；不久荆州也被曹操佔了，劉備敗走江夏，欲結東吳，但因與東吳「自來無舊」，不好主動啓齒。此時的劉備雖有諸葛孔明輔佐，諸葛孔明之兄諸葛瑾在東吳謀事，但兄弟倆各爲其主，互不相擾，此門不通。如果曹操手下有一個謀士像「郭嘉遺計定遼東」那樣提醒曹操按兵不動，讓孫權感到他「無吞併江南之意」，那麼孫、劉必然互相猜疑，甚至相互殘殺，曹操便可不戰而勝，說不定還會像不久前坐得袁熙、袁尚首級，後來又坐得關羽首級一樣坐得劉備首級呢。可惜的是手下謀士雖多，卻沒有一個像郭嘉那樣清醒分析當時形勢，勸阻曹操不要大兵壓境，因爲大兵壓境的結果是給素無來往的孫劉提供了結成統一戰線的契機，共同抗操。

由此可見，曹操回到南郡時慟哭郭嘉，包含著他對這場戰爭沉痛而深刻的反思，這就是：這場戰爭根本就不應該打。戰則敗，不戰則勝。曹操的聰明過人之處在於他以後再無下江南之意，也不聽從孫權要他當皇帝的勸告，以免使自己再度成爲孫劉兩家的對立面。

曹操哭郭嘉也有對幸免於死的眾謀士的嘲弄和批評。「但嘲弄雖然辛辣，批評雖然尖銳，卻採取了傷悼死人而不傷害活人的方式，這又是曹操惜愛人才的寬厚之處。」（見拙著《競爭中的強者——〔三國演義〕人物競爭論》陝西人民出版社 1989 年 12 月版，第 94 頁）。

曹操焚書

傳統說法認爲歷史小說《三國演義》有三絕：曹操「奸絕」、諸葛亮「智絕」、關羽「義絕」。本文不談諸葛亮「智絕」、關羽「義絕」，只說曹操「奸絕」的論斷並不確切。《三國演義》中的曹操倒是有許多可愛之處的，如焚燒書稿就是一例。

《三國演義》第 60 回寫益州別駕張松，在劉璋控制的西川受到漢中張魯威脅時，欲暗通曹操，給自己留條後路，便拿著私自繪製的西川圖本到了許都，觀察動靜，伺機獻圖，誰知受到曹操冷遇。張松咽不下這口氣，大罵曹操無才。曹操手下隨軍主薄楊脩譏諷張松住在西川那種邊遠角落，怎能知道曹丞相的大才，並出示《孟德新書》手稿一十三篇讓張松看。張松看過一遍後，胡謅說：「此書吾蜀中三尺小童，亦能暗誦，何爲『新書』？此書是戰國時無名氏所作，曹丞相盜竊以爲己能，止好瞞足下耳！」他還憑藉自己過目

成誦的本領，一字不錯的背誦了一遍。楊脩把情況報告給曹操後，曹操說：「莫非古人與我暗合否？」他也不深入瞭解調查一番事情真相，馬上下令把自己總結「用兵之要法」的書稿扯碎並燒掉了。我們今天看不到曹操的《孟德新書》，難知其內容如何，從曹操寫的其它許多有個性的詩文可以推測，肯定不是平庸之作。看了這個故事，除了惋惜曹操輕率，更多的恐怕還是感到丞相可愛，連文章著作與別人「暗合」的事都不幹。毛宗崗在此評點說：「今之文字多有暗合古人者，又不肯學曹操之燒之也。」毛宗崗針對的是他所生活的時代，距今已有三百多年歷史了。可悲的是用在今天仍然很有現實針對性。看看我們今天的學術雜誌，有真知灼見的文章不能說沒有，但「順口接屁，糞裏嚼喳」的所謂學術文章也不少，以至出現了不少學術打假的王海式人物。但抄襲花樣繁多，手法變化無窮，打不勝打，防不勝防。如果不拿出全國上下防治非典的勁頭，看來難以遏制。在此情景下，曹操焚書更讓人感到難得可貴。可是偏偏有些以偷竊別人成果為能事的人，在曹丞相面前不但不感到臉紅，竟然還說曹操「奸」呢！

諸葛亮的謹慎和失誤

《三國演義》中的諸葛亮對魏延是有偏見的。魏延投降劉備，諸葛亮說魏延腦後有反骨，應該殺掉。街亭之戰，本來應該派魏延守街亭，他卻分配魏延去街亭之後屯紮，如果街亭守得住，魏延等於閒置；街亭守不住，魏延有力使不上。但我們不能因此就認為諸葛亮一出祁山沒有採納魏延意見是因為他對魏延有偏見。諸葛亮是政治家、軍事家，不是鼠肚雞腸的小女人，他並不因人廢言。一出祁山沒有採納魏延建議是其用兵謹慎的性格特點的表現，也是他根據實際所作出的正確決定。魏延建議，自己領精兵五千，取路出褒中，順著秦嶺以東，從子午谷直取長安。要孔明自斜谷而進，與魏延東西夾攻，咸陽以西，一舉可定。魏延的建議有一定的道理，曹魏對蜀漢在彝陵之敗、南征孟獲之後是否會馬上北伐，缺乏思想準備。只是司馬懿看到了這種危險性的存在，乞守雍涼，以構成對蜀漢的重大威脅。但魏主曹叡誤中孔明離間之計，把雍涼兵馬付與和司馬懿有天壤之別的曹休，而把司馬懿削職回宛城閒住。當時曹魏長安守將夏侯楙是個膏粱子弟，「其性最急，又最吝」。此人本是夏侯淵之子過繼給夏侯惇做兒，後夏侯淵為黃忠所斬，曹操

憐之，以女清河公主招爲附馬，因此朝中欽敬。他雖然掌握兵權，卻沒有打過仗，做個和平將軍可以，要做打仗將軍就有點岌岌乎殆哉了。所以魏延的建議有道理。但魏延的建議冒險性太大，而這種冒險性取勝的希望又極小。首先，出奇兵取勝必須能達到三個目的中至少一個，或者是能殲敵主力；或者是能搗毀敵方老巢；抑或是能佔據對全面取勝有決定意義作用的地理位置。鄧艾偷渡陰平成功就是因爲能達到後兩個目的而取勝的。而魏延的建議是三個目的中的任何一個也達不到。只是爲了佔據咸陽以西大片土地，縱然取勝，前途並不樂觀。其次，魏延建議是顧前不顧後，因爲曹魏控制的天水郡有個「自幼博覽群書，兵法武藝，無所不通」的姜維，連孔明都驚歎魏地有此「眞將才」，「識吾玄機」。常勝將軍趙雲吃了他的敗仗，極誇姜維槍法與他人大不相同。縱使魏延計謀實現，因沒有搗毀曹魏老巢，又無鞏固根據地，難免腹背受敵，被姜維抄了後路，極易陷入進退維艱的困境。再次，魏延的建議只看到無作戰能力的夏侯楙，沒有看到司馬懿被削職，只是因爲曹叡一時誤聽蜀國奸細散佈的謠言所致，司馬懿並沒有什麼帶根本性的不能復用的大問題。即使有根本性的大問題，在曹魏面臨危險的情況下，也完全可能重新起用，讓其立功贖「罪」。只要司馬懿還在人世，魏延的路線就不可能取勝，正如蜀漢如果有諸葛亮在，鄧艾偷渡陰平就不可能取勝一樣。第四，魏延的建議只顧一點不顧全般。因爲蜀漢當時國力疲弱，兵源不足，彝陵之戰已大傷元氣，七擒孟獲雖然取勝，安有不乏之理？現在緊接著北伐，又是遠離西川，長驅直入，缺乏牢固的後方根據地和群眾基礎，縱然僥倖取勝，也難立足，輕則被魏兵趕走，重則被圍吃掉，後者可能性更大。而各方面實力遠遠趕不上曹魏的蜀漢政權當時是贏得起輸不起，不像曹操當年赤壁之敗，全軍覆沒，但不久又可重振軍威。蜀漢政權則無此能力。諸葛亮主張的「從隴右取平坦大路，依法進兵」，進可攻，退可守，進不冒險，退無大傷。司馬懿批評孔明沒有從子午谷直取長安，表示：如他用兵，必用此路線，這正說明孔明沒有採納魏延建議有先見之明。試想，韓信明修棧道、暗渡陳倉的計謀如果已爲項羽料中，他還有取勝的可能嗎？孔明二出祁山就是因爲曹魏預先設防而難渡陳倉。事實上，司馬懿如果得知天水還有個姜維可以抄孔明後路，決不會有此想法。

　　當然，孔明軍事上是有失誤的，這就是六出祁山時，大勝魏兵，本來可

以把司馬父子燒死在上方谷，但因天降大雨沒有燒死司馬父子，孔明膽怯了，感歎「謀事在人，成事在天」，緊接著沒有像司馬懿所說的「兵出武功，依山而東」，擺出一個進攻的架勢，威懾魏軍。而是「兵出渭南，西止五丈原」，擺了個準備逃跑的架勢，這就使魏兵處於安然無危狀態，難怪司馬懿探知這個消息後，「以手加額曰：『大魏皇帝之洪福也』」，如果說一出祁山沒有接受魏延建議不算失誤，倒是他用兵謹慎不肯孤注一擲的表現，那麼這次「兵出渭南，西止五丈原」就是缺乏勇氣的明顯失誤。

劉備也有輕才的時候

　　《三國演義》中的劉備，自得孔明後，自謂「如魚得水」，對孔明言聽計從，歷來傳為佳話。但這只是劉備對待人才的一個方面。《三國演義》作者的高明在於他還真實地描寫了劉備對待人才的又一方面，這就是一旦他坐上皇帝寶座，對過去言聽計從的孔明就不那麼言聽計從了。關羽張飛遇害後，劉備發誓要為關張二弟報仇，置孔明為他制定的「聯吳抗魏」的正確方針於不顧，欲先滅吳後伐魏，孔明怎麼勸阻也不聽，還當著眾人的面把孔明的奏表擲之於地，說：「朕意已決，無得再諫」，給了孔明一個難堪，這在兩個人的關係史上可以說是空前的。不僅如此，他還不徵求孔明意見，自己決定誰去誰留，把過去一刻難離的孔明竟然擱置不理。後來他連營七百里，馬良建議他將各營移居之地，畫成圖本，徵求孔明意見，劉備不滿地說：「朕頗知兵法，何必又問丞相。」馬良以「兼聽則明，偏聽則暗」相諫勸，劉備這才勉強地讓馬良自去各營，畫成四至八道圖本，去東川問孔明。但為時已晚。正如孔明所指出的，「包原隰險阻而結營」乃兵家之大忌，況且也沒有連營七百里可以拒敵的道理，陸遜所以堅守不出，正是等著劉備這樣做以用火攻，使劉備難以解脫。事實證明孔明分析得完全正確。劉備這次失誤本來是可以避免的，但他因為作了皇帝，可能感到自己已經由「魚」變成「龍」了，魚兒離不開水，龍卻可以離開水了，可以把孔明不當一回事了。他把關張兩個「龍」的結義弟弟看得重於孔明的金玉之言。

　　對趙雲也是如此，想當年在長阪坡時，張飛懷疑趙雲投降曹操，棄窮就富，劉備不聽張飛的話，堅信趙雲不會背己投操。他的妻弟麋芳說，親眼看見趙雲投曹操方向去了，他仍然堅信趙雲必不相棄。劉備高度信任趙雲，最有名的就是擲阿斗於地的那個情節了。奪取益州後，劉備要把有名田宅分給

眾官，趙雲諫勸，劉備非常高興地接受了。可是做皇帝後，趙雲勸他以天下為重，不要伐吳，他根本聽不進去，聲言「不爲弟報仇，雖有萬里江山，何足爲貴。」其實，趙雲和孔明一樣，也是爲劉備的江山著想，但劉備好像非要他的龍弟和他一起坐江山才安心，而在幫他開創江山過程中功勞超過關張的趙雲孔明和他在一起總覺得不夠味似的。這充分表現了劉備濃厚的宗法觀念和「一闊臉就變」的庸俗作風，同時也說明他對人才採取的是實用主義態度，和曹操爲做魏公和魏王而不容於反對他這樣做的有功之臣，本質一樣，只是程度不同罷了，這是劉備的悲劇，也是中國數千年專制王朝所有皇帝的悲劇。這些人自以爲做了皇帝，本領就與地位一起同步提高了，其實這完全是一種自我感覺，地位低而本事大，地位高而本事小甚至沒本事的現象，古今中外比比皆是。個別有自知之明的皇帝認識這一點，承認這一點，保持地位不高時的敬賢作風，就鞏固了自己的地位。而多數無自知之明的皇帝不承認這一點，獨斷專行，傲視一切，最後難免劉備這種悲劇下場。劉備不失爲一個典型，一個有個性特點的人物典型，而不是類型化的人物典型。

從龐統面試談起

看過《三國演義》的讀者恐怕還記得龐統這個人物，按照水鏡先生的說法，「伏龍、鳳雛，二人得一，可安天下」。伏龍是諸葛亮，鳳雛是龐統，二人才能不相上下。諸葛亮還向劉備說過：「士元非百里之才，胸中之學，勝亮十倍。」雖是過謙之詞，但也不是像今天一些人一樣爲了某種個人目的瞎吹亂棒。著名的赤壁之戰孫吳打敗兵力十倍於己的曹操，一個重要原因是曹軍多爲北方人，不習水戰，龐統進獻連環計，給孫吳火攻創造了條件。正像魯肅所說：「赤壁鏖兵之時，此人曾獻連環策，成第一功。」周瑜死後孫權要魯肅接任大都督之職，魯肅認爲自己不稱其職，向孫權推薦龐統說：「此人上通天文，下曉地理；謀略不減於管、樂，樞機可並於孫、吳。往日周公瑾多用其言，孔明亦深服其智。現在江南，何不重用？」孫權聞言大喜，說：「孤亦聞其名久矣。」提出讓龐統來面試。誰知，孫權一見龐統其貌不揚，「濃眉掀鼻，黑面短髯，形容古怪，心中不喜。」難怪毛宗崗在此批語說：「以貌取人，失之子羽，獨不思碧眼紫髯，亦自形容古怪耶？」毛宗崗這裏是說你孫權相貌也很古怪，別老鴉笑話豬黑。可咱中國的事就是這樣奇怪，孫權這個借父兄之名把持權柄的人，長相再醜別人也難奈他何。龐統雖有才學，但無權柄

在握，卻要被人橫挑鼻子豎挑眼。既然是面試，還得提幾個問題吧，一見人家長相不好馬上拒絕也太不像話了吧。於是孫權問龐統：「公之所學，比公瑾如何？」這個問題帶有刁難性質，是存心不想叫龐統過面試關。因為公瑾周瑜是孫權平生最喜歡得用的人，龐統如果說比公瑾才學高，孫權會以他驕傲不予錄用，龐統如果說才學不如公瑾，他會說連周瑜都不如，你來幹什麼？龐統畢竟是龐統，他沒有正面回答孫權的問題，而是說：「某之所學。與公瑾大不相同。」意思是說，我倆所學的東西不同，沒有可比性，就像學計算機的和學外語的沒有可比性一樣。龐統這個回答應該說是夠機敏的了，很難抓住把柄。但一個人，那怕是非常英明的人，一旦對某人有了偏見，也會荒謬到連最起碼的常識都不顧及的程度，孫權這個「聰明、仁智、雄略之主」也不例外。他因不喜龐統相貌，竟然毫無根據地認為龐統的話是輕視了他喜愛的周瑜，「心中愈不樂」。背著龐統在魯肅面前稱高才為「狂士」，「用之何益」，甚至連龐統獻連環計這一赤壁之戰的頭功也不予承認，胡說那是曹操「自欲釘船」，不是龐統之功，發誓不用龐統。魯肅只好把龐統推薦給劉備。世稱求賢若渴以三顧茅廬而聞名於世的劉備竟然在面試龐統時，也因「見統貌醜，心中亦不悅」。劉備其實也是「早聞統名」，現在竟然因為不喜龐統面貌，讓龐統上小小的耒陽縣作縣宰，雖然與孫權稍有不同，但也是讓大炮去打蒼蠅。劉備聽說龐統上任後「不理政事，終日飲酒為樂」，派結義兄弟張飛前去調查，龐統「不到半日，將百餘日之事，盡斷畢了」，而且毫無差錯，百姓人人心服。張飛大吃一驚，下席謝曰：「先生大才，小子失敬。吾當於兄長處極力舉薦。」劉備這才恍然大悟，檢討自己「屈待大賢」，重用龐統為副軍師。龐統身上帶有魯肅和孔明兩人舉薦信，只不過他不願意一下子拿出來罷了。從這件事可看出面試這個東西，主觀隨意性特別大，連孫權劉備這樣的人面試都難免以貌取人，一般人可想而知。三國時期還是個比較講究以真才實學用人的時代，真正有才學而感歎懷才不遇者少，楊脩那種只知耍小聰明而無大聰明，禰衡那種不想以功績而想以虛名得官者例外。黃承彥之女貌雖醜但很有才學。諸葛亮求他為妻，還從她那裏學習了木牛流馬、連弩之法等絕招。但願後人不要重複孫權、劉備的失誤。

（原載《古典文學知識》2005 年 1 期）

附：怎樣看待諸葛亮「能掐會算」

編輯同志：

　　我是一個農村青年，最近看了《三國演義》這部古典小說，覺得「諸葛亮並不會算前知後」。

　　在農村流傳的有關三國故事的各種書籍中，都有諸葛亮能掐會算的說法，還說他是一個扶助明君的賢才。可是，《三國演義》裏有這麼一句話：「漢室江山屬於曹」。這句話從書後看是事實。劉備和曹操都有統一祖國江山的志向，但江山終屬於曹；既然諸葛亮能掐會算，那麼他為什麼沒有掐算出這一點呢？劉備和曹操都是明君，為什麼諸葛亮不去扶助曹操而去扶助劉備呢？這些問題都怎麼解釋呢？您能不能幫助解釋一下。

　　　　　　　　　　　　寶雞縣磻溪公社上原三隊　　曹宗會

曹宗會同志：

你信中提出的問題很有意思。弄清這個問題，對我們分析諸葛亮這個人物形象很有幫助，對於我們正確理解《三國演義》這部著名歷史小說的主要思想意義也有益處。

《三國演義》在描寫諸葛亮忠於劉備統一大業的同時，著力描寫了他超人的智慧。這種描寫可分三類情況：

一、描寫諸葛亮能根據對形勢的清醒分析，對事物發展作出科學預見，並因勢利導奪取勝利。表現在政治上，未出茅廬，就給劉備展現了通過三足鼎立歸於一統的藍圖，制定據蜀聯吳抗曹的戰略方針，選擇荊、襄作為跳板，稱霸兩川。後來的歷史發展從正反兩方面證明了他的這些見解的正確。軍事上，他謹慎用兵，新野一仗，把曹操人馬燒得焦頭爛額，赤壁之戰，使曹操重蹈袁紹眾敗於寡的覆轍，華容道幾乎喪身，從此天下成鼎足之勢。在與司馬懿交戰中，他隨機應變，從容對敵，使其屢遭挫折。外交上，他在劉備兵敗漢津、曹操大兵壓頂、吳主猶豫不決的關鍵時刻，出使東吳，舌戰群儒，用智謀說服了周瑜這個吳主決策的關鍵人物，促使吳主下定抗戰決心，遂成聯吳抗曹之勢。

二、憑藉自己的淵博知識，利用前人的經驗，遇事靈活處置，穩操勝券。草船借箭、巧借東風、木牛流馬等，都是這種描寫的事例。

　　三、作者爲了把諸葛亮神化，也寫了不少荒誕不稽的情節和細節，如觀星顯聖之類。

　　如果以上分析大概不錯的話，那麼，僅僅把諸葛亮的智慧概括爲「算前知後」或「能掐會算」，就顯得很不科學了。因爲這種概括把以上三類描寫混爲一談，有用後一類描寫掩蓋前兩類描寫之嫌。而前兩類描寫是精華所在，應該肯定，只有後一類描寫，充滿封建迷信，應該批判地看待。

　　「漢室江山歸於曹」，這是小說作者對他所描寫的三國這一段歷史的概括。這種概括儘管還有可以挑剔之處，但大體上體現了這一段歷史的發展趨勢。實際上諸葛亮未出茅廬之前，已清醒地預見到了這種趨勢，隆中決策即是明證。他之所以輔助劉備而不輔助曹操，原因是多方面的。從當時形勢看，曹操經過官渡之戰，稱雄北方，兵強馬壯，虎視江南，不可一世；孫權佔據江東，國險民附，無統一大志，有守業條件。只有劉備惶惶然無立足之地，但卻雄心勃勃，以統一天下爲己任。諸葛亮也早有管仲、樂毅之志，輔助劉備，雖如逆水行舟，正好大展宏才。曹操、劉備雖然都有統一大志，都有愛惜人才的優點，但曹操用人不能始終如一，許多他愛惜過的人才死於他的手中。劉備才略不及曹操，但用人始終如一。他求賢若渴，三顧茅廬。諸葛亮作爲封建階級人物，也有「士爲知己者用」的思想。劉備又是「漢室之冑」，「信義著於四海」，便於打起「恢復漢室，討伐逆賊」的旗號，名正言順地進行統一大業。這些都是促成諸葛亮輔助劉備的重要條件。

　　如果說曹操稱雄北方，「非惟天時，抑亦人謀」，那麼蜀漢最後亡國，也有許多謀之不到的地方。例如，劉備爲報關張之仇，不聽諸葛亮、趙雲等人忠言相勸，置聯吳抗魏方針於不顧，欲先滅吳而後滅魏；未經諸葛亮指點，紮營密林之中，招致猇亭之敗，大傷蜀漢元氣。此後忠勇之士相繼離世。諸葛亮六出祁山，竟無先鋒之將，明知魏延不忠，卻又不得不用。後方亦無得力之人，常常缺糧斷草。再加上後主「荒淫無道，廢賢失政」。「雖使諸葛孔明在，亦不能輔之久全，何況姜維乎！」

　　儘管如此，諸葛亮在三國歸於統一的歷史進程中，功績卓著，不可磨滅，作者對他的描寫基本上符合歷史眞實。當然，和其它許多人物（如曹操、周瑜等）相比，這個人物理想化的成份較多，有些事是別人作的，作者也寫到諸葛亮身上，有的則純屬作者自己虛構。對文藝創作來說，這種方法是無可非議的；對歷史小說來說，這種方法有利也有弊，利在它使諸葛亮這一歷史

人物作爲一個完美的藝術形象大放異彩，永遠活在人們心目之中；弊在容易使讀者對某些歷史事實發生誤會，甚至張冠李戴。作者由於自己的偏愛而對諸諸葛亮所作的過分的美化，有時也難免事與願違，「要寫孔明之智，而結果則像狡猾」。再加上作者世界觀、文藝觀和所處時代的限制，給這個人物身上塗了一層很重的迷信色彩，在讀者中造成了一些消極影響，所謂「算前知後」、「能掐會算」之說即由此而產生。我們當然不能苛責六百年前的作者，但也要批判地對待這些糟粕，聽到群眾中對這些糟粕的宣揚，應作具體的有說服力的解釋，以使人們正確閱讀《三國演義》，正確看待諸葛亮這一藝術形象。

（原載《陝西日報》1982 年 7 月 4 日）

《三國演義》章回提要

第一回　宴桃園豪傑三結義　斬黃巾英雄首立功

天下大勢，分久必合，合久必分。

「十常侍」朋比爲奸，帝尊張讓爲「阿父」，朝政日非，以致天下人心思亂，盜賊蜂起。

張角兄弟起事。八州之人，家家侍奉大賢良師張角的名字。四方百姓，裹黃巾從張角反者四五十萬，賊勢浩大，官軍望風而靡。

劉備不甚讀書，性寬和，寡言語，喜怒不形於色；其父早喪，玄德幼孤，事母至孝；家貧，販屨（jù，音巨，麻鞋）織席爲業。爲漢室宗親。

桃園三結義，得馬匹、武器，投奔鄒靖，鄒靖領三人投奔太守（幽州）劉焉。

關張斬黃巾將程遠志等。

往援青州太守龔景，初因寡不敵眾而敗，後玄德用關張埋伏計，解青州之圍。

劉帶兵投廣宗盧植，盧植叫他往援皇甫嵩，朱儁。張寶、張梁敗於嵩、儁，敗軍遇操。

操幼時，好遊獵，喜歌舞，有權謀，多機變；操作中風之狀，父視之，無病，操失愛於叔父，故見罔耳，父不聽叔言。何顒（永）曰「安天下者必此人也。」汝南許劭（shào）說操「治世之能臣，亂世之奸雄。」操除洛陽北部尉時，不避豪貴，威名頗震。因黃巾起，拜騎都尉，引軍征剿。

玄德領嵩命追張寶張梁，路遇盧植被囚於車，飛欲劫之，被玄德止：「朝

廷自有公論，汝豈可造次？」

三人回涿郡，路遇張角敗董卓，玄德等三人救之，卓見玄德爲白身，不爲禮，飛欲斬之。

十常侍之亂；黃巾起義；桃園三結義；一敗黃巾於涿州，二敗黃巾於青州；曹操生平爲人及鎮壓黃巾事；三兄弟救董卓，因白身而被輕慢。

第二回　張翼德怒鞭督郵　何國舅謀誅宦豎

劉關張離董卓投朱儁。

與朱儁、孫堅打敗黃巾，朱詔封車騎將軍，河南尹。孫堅除別郡司馬上任，唯劉備聽候日久，不得除授。郎中張鈞爲之請賞，十常侍奏帝逐出張鈞，封劉備爲定州中山府安喜縣尉。

玄德與關張到任，署縣事一月，與民秋毫無犯，民皆感化。與關張情同手足。

督郵行部至縣，無理取鬧，要賄賂，備與民無犯，無財物給他。

五六十老人要爲玄德說情被門人打，張飛見了，綁縛並用柳條十數枝打之，玄德、關羽來，取印綬掛督郵之頸而去，投代州劉恢，劉恢留匿在家。

十常侍奏罷皇甫嵩、朱儁等職，皆封官，天下復亂。

十常侍謀害忠臣；玄德助劉虞平賊，虞奏備功，薦爲別部司馬，寧平原縣令。

宮中何進與十分侍周旋，袁紹從中鼓動。

第三回　議溫明董卓叱丁原　饋金珠李肅說呂布

何進不聽曹操之勸，從袁紹說，欲召四方之士除宦官。

鼇鄉侯、西涼刺史董卓得詔進發。何進中十常侍之計入宮被斬。袁紹、曹操入宮殺宦，宦劫少帝和陳留王去北邙山，閔貢找回。半路遇董卓。回宮不見傳國玉璽，董卓領兵橫行京都，有人欲除，袁紹不允。

董卓欲廢少帝立陳留王，遭荊州刺史丁原反對，百官亦反對。丁原領義兒呂布討卓，卓敗，李肅爲卓說歸呂布。董卓又議廢立之事，袁紹反對。

第四回　廢漢帝陳留踐位　謀董賊孟德獻刀

袁紹棄官而去，卓從百官議，拜紹爲渤海太守。以安其心。

董卓廢少帝立陳留王爲獻帝（九歲），斬丁管，卓爲收民心，強徵蔡邕爲

侍中。

少帝作怨詩，李儒奉卓命以鴆酒毒害之。

董卓「嘗引軍出城，行到陽城地方，時當二月，村民社賽，男女皆集，卓命軍士圍住，盡皆殺之。掠婦女財物，裝載車上，懸頭千餘顆於車下，連軫還都，揚言殺賊大勝而回；於城門外焚燒人頭，以婦女財物分散眾軍。」

袁紹寫信王允，謀除卓患。曹操願持王允寶刀刺卓。不成，騎卓賜之馬逃走。被中牟縣令陳宮抓住，棄官同逃。

操、宮投宿呂伯奢家，操疑其家人，遇路又明知故犯地殺了呂伯奢，陳宮問之，曰：「寧教我負天下人，休教天下人負我。」陳宮至此，方知操卓是一路人。

第五回　發矯詔諸鎮應曹公　破關兵三英戰呂布

陳宮離操去東郡，操到陳留尋父。得孝廉衛弘資助，招天下士。推袁紹為盟主，孫堅為前部先鋒。鮑信爭功，私派其弟鮑忠搦戰，被華雄所斬。孫堅領兵四路，程普斬胡軫，堅報捷，紹弟袁術聽信了讒言，不與糧草，堅兵敗，祖茂用堅赤幘誘敵救堅，自己身亡，紹與眾諸侯商議，公孫瓚薦玄德、關、張。

俞涉、潘鳳二將被華雄斬，眾皆失色，關公願往斬華，袁術不許，曹操釃酒關公，關公出斬華雄回來，提華雄之頭擲於地上，——其酒尚溫。張飛請戰，又被袁術罵，曹操暗使人撫慰三人。

八路諸侯戰呂布而敗，張飛、關公、玄德三英戰呂布，呂布退至虎牢關上。

第六回　焚金闕董卓行兇　匿玉璽孫堅背約

孫堅領紹命討呂布、董卓，質問袁術不予糧草之事，袁術殺進讒之人以謝之。

董卓使李傕說女與孫堅之子為妻，堅叱退之。

董卓聽李儒計要從洛陽遷都長安，群臣力阻，司徒楊彪說：「天下動之至易，安之至難。」董卓曰：「吾為天下計，豈惜小民哉！」不從。

董卓遷都，李傕、郭汜驅洛陽之民數百萬口，前赴長安，每百姓一隊，間軍一隊，互相拖押；死於溝壑者不可勝數。又縱軍士淫人妻女，奪人糧食；

啼哭之聲，震動天地。「卓臨行，教諸門放火，焚燒居民房屋。」

孫堅飛奔洛陽時，「遙望火焰衝天，黑煙鋪地，二三百里，並無雞犬人煙。」

曹操要袁紹追董卓，袁紹不肯，操一怒之下領人追趕董卓去了。

曹操追兵與呂布等戰而敗走，肩膀中箭，幾乎斃命，曹洪救之。

孫堅於井中得婦人攜之玉璽，聽程普講了玉璽來歷，欲回江東圖大事。袁紹知之，兩相爭執，孫堅離去。

操敗回後埋怨袁紹「遲疑不進，大失天下之望。」投揚州去了。公孫瓚與玄德、關、張亦離袁而去。袁自投關東去了。

荊州刺史劉表（字景升）截住孫堅要討玉璽。

第七回　袁紹磐河戰公孫　孫堅跨江擊劉表

袁紹假約公孫瓚攻冀州韓馥，又暗裏報告韓馥，韓馥引紹入冀州，被奪，投奔陳留。公孫瓚弟公孫越求分冀地，被紹所斬。瓚出兵報仇，會戰磐河。公孫瓚敗，幾被文醜所斬，遇常山趙子龍殺退文醜而得救。趙雲因紹無忠君救民之心，棄之而投奔公孫瓚。

公孫瓚不重用趙雲，敗於袁紹；趙雲出，殺敗紹軍。

袁紹親自督戰，趙雲衝突不入，劉、關、張前來助公孫瓚。劉趙相見，「德甚相敬愛，便有不捨之心。」

李儒獻計董卓，假天子之詔使二人和解，公孫瓚表薦玄德為平原相，玄德與趙雲分別，執手垂淚，不忍相離。雲歎曰：「某曩日誤認公孫瓚為英雄；今觀所為，亦袁紹等輩耳！」玄德曰：「公且屈身事之，相見有日。」灑淚而別。

袁術向袁紹要馬不得，向劉表借糧不得，使書叫孫堅伐劉表，已伐兄。

孫堅伐劉表，「草船借箭」，後發治黃祖（劉表將），驅兵大進至漢水。劉表次妻之兄蔡瑁不聽蒯良之計，出戰而敗，表不予斬。

劉表聽蒯良計，使呂公於峴山求救於袁紹，在峴山用矢石打死孫堅。

黃祖被俘，孫策欲用黃換父屍。

第八回　王司徒巧使連環計　董太師大鬧鳳儀亭

劉表不聽蒯良進軍江東之計，用孫堅屍換回黃祖。孫策回江東招引四方豪傑。

董卓在長安任用親屬,「卓常設帳於路,與公卿豪飲。一日,卓出橫門,百官皆送,卓留宴,適北地招安降卒數百人到。卓即命於座前,或斷其手足,或鑿其眼睛,或割其舌,或以大鍋煮之。哀號之聲震天,百官戰慄失箸,卓飲食談笑自若。」又一日呂佈在桌耳邊言不數句,揪出司空張溫下堂斬首,以其結連袁術圖害於他為藉口。

王允與歌伎貂蟬私立連環之計,要借呂布殺董卓。

王允請呂布至家酒宴,許蟬與布為妾;又請董卓家宴,親送蟬與卓回相府。

呂布執問王允,王允說卓為呂布領去。貂蟬與呂布以目送情,使呂布與董卓猜疑。

呂布趁卓與獻帝共談,與貂蟬私會相府後園鳳儀亭,董卓趕來。

第九回　除暴凶呂布助司徒　犯長安李催聽賈詡

李儒讓董卓把蟬賜與呂布,收買其心。卓以此告貂蟬,蟬哭訴之,卓絕李儒。李儒歎口「我等皆死於婦人之手矣。」

董卓領貂蟬到郿塢去。王允與呂布謀殺董卓之事。派李肅往郿塢假傳天子詔要禪位於卓,卓欣然以往。

卓被殺,「通衢(qú 音渠,四通八達的道路)其屍,百姓過者,莫不手擲其頭,足踐其屍。」

蔡邕哭董卓,王允要殺之,邕知罪,求活命以續漢史,王允怕著書謗己,下獄縊死。

李催、郭汜求王允捨罪不得,從謀士賈詡計,聚陝人反之,打敗呂布,圍長安,殺王允,欲殺獻帝謀大事。

第十回　勤王室馬騰舉義　報父仇曹操興師

李催、郭汜等向獻帝求得官職引兵出城。下令追尋董卓屍首,獲得些零碎皮骨;臨葬之期,天降大雷雨,平地水深數尺,霹靂劈開其棺,屍首提出棺外。——三次改葬,皆不能葬,零皮碎骨,悉為雷火消滅。

西涼刺史馬騰,并州刺史韓遂引兵伐李、郭,賈詡建議只守不戰,李蒙、王方要戰,被馬騰之子馬超所斬。

李催、郭汜用賈詡計,西涼兵糧盡退兵;又用賈詡計,於慶宴間斬私放

韓遂的樊稠。

青州黃巾又起，朱儁薦曹操平息，李傕採納之，操破黃巾軍，將所獲精銳俘虜編爲「青州兵」，「其餘盡令歸農」，自此威名日重。

操在兗州，招賢納士，舊事袁紹之荀彧及其侄荀攸投操，以後程昱、郭嘉、劉曄、滿寵、呂虔、毛玠等亦被操收留。

武將于禁、典韋投曹操。

操接父嵩由陳留瑯琊往兗州，途經徐州，徐州太守陶謙欲結好曹操，派黃巾軍張闓（凱）護送之，闓殺嵩而走。操爲報父仇，親討陶謙，「令但得城池，將城中百姓，盡行屠戮，以雪父仇。」陳宮爲陶謙說情，操不聽，「大軍所到之處，殺戮人民，發掘墳墓。」陶、操相交戰，被風沙沖亂。

陶謙部下糜竺願往退操兵。

第十一回　劉皇叔北海救孔融　呂溫侯濮陽破曹操

糜竺獻計，願往北海請孔融援救，陶謙又派陳登往青州求救。

孔融一面準備救陶謙，一面送書於操以講和，不想被黃巾軍將管亥打敗，城被圍。

太史慈感母受孔融照顧之恩，受母命隻身前來，孔融讓慈送書於劉玄德，讓劉玄德來救。

玄德、關、張與太史慈殺敗黃巾，關羽斬了管亥。

孔融要玄德救陶謙，玄德欲往公孫瓚處借兵。

玄德得公孫瓚兵二千，借得趙子龍一行往救陶謙。陶謙要讓徐州與劉備，劉備不受，使人遺書與曹操勸令解和，操若不從，便要廝殺。

操撕備書，欲斬來使，與之戰，又報呂布助張邈奪取兗州，操於是聽郭嘉之言，賣人情與劉備，拔寨退兵。

陶謙宴請孔融、田闓、雲長、子龍等，要讓徐州與劉備，劉備不肯，最後陶謙讓備屯兵小沛，備從之。趙雲辭去。

呂布兩次不用陳宮之計，一意孤行。

呂布戰敗曹操，操將典韋救得曹出，又被呂布趕來。

第十二回　陶恭祖三讓徐州　曹孟穗大戰呂布

曹操被夏侯惇救。遇雨，各自收兵。

呂布用陳宮計，使田氏假爲操內應，誘操兵入濮陽城，大敗操兵，操遇呂布，以手遮面，加鞭竟過，呂布用戟擊操頭盔問操，操言前面騎黃馬者是，遂得脫。

操詐言被火燒後回營死，將計就計，誘呂布入寨，布中其計而入，大敗。

「是年蝗蟲忽起，食盡禾稻。關東一境，每穀一斛，值錢五十貫，人民相食。」兩處因糧不濟各退兵。

六十三歲之陶謙，三讓徐州，備不受，陶謙指心而死，劉備暫領徐州，以孫乾、糜竺爲輔。

玄德固辭，次日，徐州百姓，擁擠府前哭拜曰：「劉使君若不領此郡，我等皆不能安生矣。」

操欲討備，荀彧勸阻，言棄兗州而取徐州乃棄大而就小。操從之。東略陳地，使軍就食汝南、穎川。

操東略陳地，次及汝、穎。與黃巾何儀、黃邵戰，敗之。許褚盡俘黃巾將士，典韋要俘虜，許不與，兩相戰，不分勝負，操使埋伏計俘許褚，降操。

操取兗州，許褚斬兗州守將李封，呂虔射死薛蘭，操得兗州。

操聽程昱計，出兵濮州，六將戰敗呂布，田氏降操，操怨田氏舊日之罪。又追呂布於定陶，設疑兵計，敗呂布，取定陶，山東一境，盡爲操所得。

第十三回　李傕郭汜大交兵　楊奉董承雙救駕

布欲投袁紹，袁紹助曹操；聽陳宮計，投徐州劉備，劉備納之，張飛不容，備令其駐小沛。

太尉楊彪、大司農朱儁進言獻帝，讓召曹操誅李傕、郭汜。楊彪抓住郭汜妻嫉妒特點，使反間計，使李、郭自相殘殺。

李傕劫帝，不與足食，帝又不能言，只好哭泣。楊彪朱儁勸傕、汜講和不成，反遭扣押，後被放。「傕、汜每日廝殺，一連五十餘日，死者不知其數。」

傕、汜在長安城下混戰，「乘勢擄掠居民。」

李傕心腹賈詡見帝，願爲圖之；皇甫酈與汜同鄉，帝令講和，不成，罵傕不止而出。

皇甫酈在西涼，賈詡在傕寨中慢傕西涼軍心，賈詡使計叫帝加封李傕，傕惑女巫，不賞軍士，部下宋果、楊奉欲殺傕，密洩，宋果被殺，楊奉投西涼去了。傕兵日衰。

張濟來與催、汜講和，兩人從之。

郭汜於中途劫駕，楊奉與之戰，徐晃斬汜將，帝宿奉營。

第二日汜又來戰，正在危急，董承來救駕。

催、汜又商量殺帝分天下，「二人合兵，於路劫掠，所過一空。」混戰楊奉、董承。

承、奉一面與催、汜講和，一面召援兵。「其時李催、郭汜但到之處，劫掠百姓，老弱者殺之，強壯者充軍；臨敵則驅民兵在前，名曰：『敢死軍』。」

催、汜追兵至，奉、承讓帝過船，「岸上有不得下船者，爭扯船纜；李樂盡砍於水中。渡過帝后，再放船渡眾人。其爭渡者，皆被砍下手指，哭聲震天。」

此段與劉備攜民渡江恰成對比。

帝駕至大陽，李樂專權，全不成體統。

韓融曲說催、汜講和。「是歲大荒，百姓皆食棗菜，餓莩遍野。」

承、奉要棄安邑同帝歸洛陽，李樂連通催、汜劫駕。李樂先追帝於箕山。

第十四回　曹孟德移駕幸許都　呂奉先乘夜襲徐郡

追帝之李樂被徐晃砍死。「帝入洛陽，見宮室燒盡，街市荒蕪，滿目皆是蒿草，宮院中只有廢牆壞壁。」帝改興平為建安元年，「是歲又大荒。洛陽居民，僅有數百家，無可為食，盡出城去剝樹皮、掘草根食之。」作者又曰：「看到兩京遭難處，鐵人無淚也恓惶。」

楊彪奏帝召山東曹操。

操聞帝駕至洛陽，荀彧進曰：「昔晉文公納周襄王，而諸侯服從；漢高祖為義帝發喪，而天下歸心。今天子蒙塵，將軍誠因此時首倡義兵，奉天子以從眾望，不世之略也。」操大喜，又帝詔至，剋日起兵。

催、汜又來，帝起駕欲去山東，遇曹操至，保駕還洛陽。寫操氣勢，先為差往山東使命還，次夏侯惇，引許褚、典韋至駕前面君。再次步軍曹洪、李典、樂進見駕。夏侯惇打敗催、汜。次日，操引人馬到來。

催、汜不聽賈詡降操之計，詡單馬走鄉里；催、汜與操戰敗落荒而走。楊奉等怕操不容，領兵大梁去了。

帝命董昭宣操入宮議事。昭食淡三十年，精神充足，操問之。昭獻計移駕幸許都，操從之，感激昭。

操護駕移許都，楊奉等領兵攔路，徐晃與許褚交戰，操欲得徐晃，滿寵願往說之。滿寵扮作小卒，混入寨中，說動徐晃降曹操。操於中途大敗楊奉追兵。

操移駕許都，封賞部下，大權獨攬。

操懼劉備、呂布，荀彧獻「二虎競食」之計，封劉備使殺呂布，若不成，則被布殺，操從之。

玄德得操密書，不殺呂布，張飛要殺，玄德不從，識破操挑撥計。

荀彧又獻「驅虎吞狼」之計，使袁術攻備，又使備擊袁術，料呂布必生二心。

劉備、袁術中操計，兩兵相交，備敗術兵。

張飛不聽備言，與百官飲酒，強令曹豹飲，豹不飲，鞭之五十，豹與呂布聯繫，讓襲徐州。

呂布襲徐州城，飛敗逃，豹追之，被飛刺死。飛到盱眙見劉備。

第十五回　太史慈酣鬥小霸王　孫伯符大戰嚴白虎

袁術使書與呂布讓攻劉備，許以金帛，劉備走，呂布索取金帛不得，欲伐術，陳宮勸阻，令叫劉備還屯小沛，再攻袁術。布從之。

玄德回徐州，見呂布送還親眷，屯於小沛，兩相和好。

孫策投袁術後連打勝仗，術甚愛之，說生子當如策。

策想處境，於月下庭中大哭，朱治、呂範與之謀。

策以亡父玉璽作質當向袁術借兵往江東，於歷陽遇周瑜。周瑜薦張昭、張紘。

孫策戰敗劉繇（yáo 姚），進兵神亭。

孫策到漢光武廟燒香祝禱。太史慈私自出戰，大戰孫伯符。

周瑜襲取曲阿，劉繇遭孫策劫寨。太史慈投涇縣去了。

孫策挾死劉繇一將於麾，喝死一將樊能，人皆呼為小霸王。

策中箭，詐言死，誘薛禮中計，得秣陵，移兵涇縣捉太史慈。周瑜定計與孫策，捉得太史慈，太史慈投降。

太史慈要收拾劉繇餘眾歸孫策，策信之，眾人不信，二日日中，太史慈果率千餘眾到，眾服策之知人。「於是孫策聚數萬之眾，下江東，安民恤眾，投者無數。江東之民，皆呼策為『孫郎』。但聞孫郎兵至，皆喪膽而走。及策

軍到，並不許一人擄掠，雞犬不驚，人民皆悅，齎牛酒到寨勞軍。策以金帛答之，歡聲遍野。其劉繇舊軍，願從軍者聽從，不願爲軍者給賞歸農。江南之民，無不仰頌。」

太史慈射中吳郡守將左手，嚴白虎派嚴與出而講和，與被孫策斬之，白虎棄城而走。孫策得吳郡。

白虎奔餘杭，於路劫掠，被土人凌操領鄉人殺敗。……凌操父子來接孫策，策使爲從征校尉，遂同引兵渡江。

會稽太守王朗，欲引兵救白虎，郡吏虞翻言孫策出仁義之師，白虎乃暴虐之眾，宜擒白虎以獻孫策。朗不聽，敗。孫策用計破城，「安定人民。」

周泰保孫權受傷十餘處，孫策聘郡吏虞翻，虞薦華佗。

此段寫孫策掃平江南，勢如破竹，充滿贊詞。

第十六回　呂奉先射戟轅門　曹孟德敗師淯水

楊大將獻計袁術，讓結呂布攻劉備，袁術從之，送呂布粟二十萬斛，攻小沛，備請布助，布出兵。袁術將紀靈攻備，布請備、紀靈飲宴，呂布轅門射戟，使紀靈不攻劉備。

紀靈獻計袁術，向呂布求婚其女於己子，以結秦晉之好，呂布許之。

陳宮獻計呂布，讓即日送女至袁術處。陳元龍之父陳珪向呂布說明利害，呂布警悟，追回己女。

又張飛奪去呂布從山東買的好馬一百五十匹，呂布出兵討備，飛與布戰，備欲送馬講和，呂布聽陳宮之計，不允，備衝出重圍往許都投曹操。

備投曹操，荀彧讓殺之，郭嘉不讓殺，操從郭言，不殺，送兵、糧於劉備，使領豫州牧，屯小沛。

張繡欲攻操，操接好呂布，遠征張繡，賈詡獻計張繡使降曹操，繡允之。

操取張繡叔張濟妻鄒氏每日爲樂，不思歸期。

張繡聽賈詡計，移軍四寨，令胡車兒趁典韋醉奪走兩鐵戟，放火，典韋在亂軍中死，操逃過淯水，人言于禁造反，追夏侯惇之兵。原來「夏侯惇命令青州之兵，乘勢下鄉，劫掠民家；于禁將本部軍於路剿殺，安撫鄉民。」于禁安營下寨，大敗張繡。入見操，備言青州之兵，肆行劫掠，大失民望，某故殺之。操賞封于禁，責夏侯惇治兵不嚴之過。

作者對操淫人之妻以淯水之敗批判之；對其賞罰分明又肯定之。

操哭典韋，不痛子姪，感動上下。

呂布絕袁術結好曹操，操與陳登商議，登爲內應，將圖呂布。

第十七回　袁公路大起七軍　曹孟德會合三將

袁術不聽諫勸，稱帝。又聽呂布結好曹操，領軍二十萬，分七路征徐州。「七路軍馬，日行五十里，於路劫掠將來。」

呂布從陳宮計，欲殺陳珪陳登父子獻袁術。陳登獻計，親自和楊奉聯繫，結爲內應，打敗袁術，術求救於孫策，策罵其「背反漢室，大逆不道。」

操令策攻術，策要操南下。曹操兵到豫州，劉備獻楊奉、韓暹之首級，言「二人縱兵掠民，人人嗟怨。」操贊備「爲國家除害，正是大功，何言罪也。」又到徐州安撫呂布。

操同備、布攻術，袁術聽楊大將計，渡淮暫避。

操兵缺糧，操令倉官干屯小斛放糧，軍士皆言丞相欺眾，操借㲄頭以安眾心。

操令攻城，城上矢石如雨，操親斬兩員畏避裨將，「遂自下馬接土填坑，於是大小將士無不向前，軍威大振。」城破，燒殺，「壽春城中，收掠一空。」欲渡淮追術，荀彧勸阻，又曹洪告急，操回，一面要呂布、玄德和好，一面要玄德與陳登聯合滅布。

操回許都，李傕、郭氾被斬。操出兵伐張繡，於路麥熟，操不許將校踐踏麥田。操馬因鳩踐麥田，欲自刎，被勸阻，遂拔劍割髮代首。

張繡敗於曹操，曹操攻南陽城。賈詡獻計。

第十八回　賈文和料敵決勝　夏侯惇撥矢啖睛

賈詡獻計張繡，將計就計，曹操聲東擊西，張繡伏兵東南，詐守西北，敗操。

張繡約會劉表截操歸路，操於淯水祭奠典韋及子姪，出奇兵戰勝張繡、劉表。

操因袁紹襲許都要回，劉表不聽賈詡之計追之而敗；後張繡獨用賈詡之計再追，勝之，此攻其不備也。

李通中途救操。

郭嘉稱操十勝而紹十敗，表明作者在紹、操中傾向於操。荀彧、郭嘉獻

計攻呂布，操從之，讓紹攻公孫瓚。

　　陳宮截操派往玄德處使命，布搜其身得備與操書，罵操，興兵攻備。

　　備讓簡雍發書曹操求救。雲長以正言感布將張遼，張遼不與戰，走。

　　操出兵助備。夏侯惇與高順戰，被曹性射中左目，惇撥箭啖睛，趕殺曹性。

第十九回　下邳城曹操鏖兵　白門樓呂布殞命

　　呂布戰敗玄德，不殺其妻小。備棄妻小於沛城而逃。

　　玄德被呂布打敗，從孫乾計，往許都投曹操，中途獵戶劉安殺妻獻備。備遇曹操，言其事，操令孫乾以金百兩往賜之。

　　陳登、陳珪父子與曹為內應，敗呂布，得徐州。

　　操攻呂布之下邳，布不聽陳宮先發制人之計，欲後發制操，操誘布降，陳宮罵曹操「奸賊」，操誓殺之，攻城甚急。

　　呂布聽其妻嚴氏與貂蟬之語，不從陳宮攻操、截糧之計，使人結好袁術，袁術先要其送女而後發兵救，使命被玄德捉見操，操斬之。

　　呂布背其女欲送出被玄德、關、張堵回。

　　操從郭嘉計，決沂（音移）、泗之水，淹下邳城。布恃其赤兔馬，為酒色所迷。

　　布部下侯成，獻赤兔馬於操；魏續、宋憲綁呂布迎曹操兵入城。

　　操泣殺陳宮。縊死呂布。操要殺濮陽敗時追已之張遼，被人攔阻。此人乃雲長。

第二十回　曹阿瞞許田打圍　董國舅內閣受詔

　　玄德、雲長說情救了張遼。操班師回許都，路過徐州，「百姓焚香遮道，請留劉使君為牧。操領回許都，言其功大。」

　　玄德見帝，帝排世譜，玄德乃帝之叔，於是稱玄德為劉皇叔。

　　荀彧諫操圖備，操不從，欲殺袁術親戚太尉楊彪，北海太守孔融為之告免。操又殺上疏劾操專權之趙彥。程昱說操稱帝，操謂朝廷股肱尚多，欲請天子田獵以觀動靜。

　　操逼迫帝許田射獵，操遮天子前迎受群臣將校之呼「萬歲。」（備射一隻兔，帝三射鹿不中，操一箭中鹿背。）關公欲斬操，備阻之。

獻帝回宮謂伏后曰：「先受董卓之殃，後遭催、汜之亂，再受操之威偪。」伏后父伏完獻計送衣與董承，於中藏詔，使爲計圖操。

帝喚董承於功臣閣賜袍，操見之，叫脫下自己試穿，又要承轉賜與他，承先不肯，後同意，操還承。

董承與王子服、西涼太守馬騰等書名畫字於義狀。

第二十一回　曹操煮酒論英雄　關公賺城斬車冑

董承聽馬騰言，連絡劉備。備恐操謀害，於後園種菜，以爲韜晦之計。

操青梅煮酒，聘玄德於小亭暢飲。操以龍喻英雄，問備當世之英雄。操謂袁術「塚中枯骨」，袁紹「色厲膽薄，好謀無斷；幹大事而惜身，見小利而忘命。」劉表「虛名無實。」孫策「借父之名」，劉璋乃「守戶之犬」，操曰：「夫英雄者，胸懷大志，腹有良謀，有包藏宇宙之機，吞吐天地之志者也。」關張帶劍突入，操賜之酒。

滿寵報公孫瓚被袁紹破，袁術使人歸帝號於袁紹，備請領兵於徐州截擊袁術以脫身之計。

操聽郭嘉、程昱之言，派許褚往追劉備。備不回，許褚回報，操不復追。

備攻袁術，術思蜜水不得，吐血斗餘而死。

徐璆（qiú 求）殺術妻子獻玉璽於操。玄德申報朝廷術亡，「一面親自出城，招諭流散人民復業。」

操聽荀彧計連合徐州刺史車冑欲殺劉備。陳登、陳珪又接連劉備殺了車冑。

第二十二回　袁曹各起馬步三軍　關張共擒王劉二將

玄德聽陳登之計，得鄭玄（康成）之書與紹。

紹起兵助備伐操。令陳琳起草討操檄文。

操患頭風，見檄發汗病癒，一面領兵伐備，一面領兵拒紹。操聽眾謀士計比紹果斷。操兵屯官渡，紹不思起兵，操回許都，催劉岱、王忠攻備。

關公生擒王忠；張飛用計生擒劉岱，放其回報操言備不反，張飛於路截之欲殺，被雲長截回。

劉備令雲長守下邳，自己和張飛守小沛。以爲犄角之勢。

第二十三回　禰正平裸衣罵賊　吉太醫下毒遭刑

操、紹皆欲招安張繡，賈詡扯碎紹書，叱退來使，而留操使劉曄於家中。繡從詡計，同去降操，操以禮相待，不記舊怨。操尋文名之士往招安劉表，尋到孔融之友禰正平。

禰正平至，遍罵操之武將文士，操令為鼓吏以辱之。禰正平裸體擂鼓，大罵操，操令禰往說劉表降，禰衡不肯，操強使之往。禰罵荀彧等。

禰見劉表，劉表不殺，使見黃祖。劉表使韓嵩觀操動靜，操使之零陵太守。

黃祖斬禰衡。荀彧計討袁紹。

董承病，帝派太醫吉平往治，承做夢殺操，夢覺被吉平揭破，願趁醫操病時下藥毒殺。董發現家奴與侍妾私語，脊杖之，家奴逃往操府告了密。操詐病騙吉平至，平下毒藥，操不吃，推藥倒地，磚皆迸裂，操問後臺，平不告，操打之半死。又於次日設宴飲酒時，當著王子服等人面幾番打得暈死。又於夜宴時將王子服等四人拿住監禁。又監禁了董承，搜出衣帶詔並義狀，欲廢獻帝立新君。

吉平撞階而死。

第二十四回　國賊行兇殺貴妃　皇叔敗走投袁紹

操欲廢帝，程昱諫曰：「明公所以能威震四方，號令天下者，以奉漢家名號故也，今諸侯未平，遽行廢立之事，必起兵端矣。」操乃止，將董承等七百餘人處死。又殺董妹貴妃（已孕五月）。撥心腹三千充御林軍，令曹洪統領。

操從郭嘉計領二十萬軍分五路下徐州東征劉備。

備使孫乾往河北見袁紹，紹因小兒患疥瘡而形容憔悴，衣冠不整，不願趁操出兵乘虛入許昌，孫乾跌足長歎：「遭此難遇之時，乃以嬰兒之病，失此機會！大事去矣，可痛惜哉！」

張飛獻計劫寨，劉備從之。操發現之，早有埋伏，張飛敗北逃往芒碭（dàng）山去了。

劉備亦敗，逃往青州投袁紹。紹子袁譚護送到平原界口，紹迎接之，同居冀州。

操愛關羽武藝，欲計取之於下邳。

第二十五回　屯土山關公約三事　救白馬曹操解重圍

操從程昱計誘關公出下邳城廝殺，關公只得一土山屯兵其上，突圍不出。操使張遼前往說之，遼俱說關公拼死有三罪，降操有三利，關公亦有三約：降漢不降操；保護玄德妻小；若知玄德去向即辭而往。張遼往告操，操笑曰：「吾爲漢相，漢即吾也。」操不從三約，張遼曰：「劉玄德待雲長不過恩厚耳。丞相更施厚恩以結其心，何憂雲長之不服也。」操從其言。張遼回土山俱告關羽操允之事，關公又進城告知甘、麋二夫人。

關公降曹，操回許昌，使關公與二夫人居一室，關公秉燭達旦。操待關公甚厚，公待二嫂甚恭。

關公見帝，帝呼爲「美髯公。」

操贈關公錦戰袍，紗錦作囊護髯，又送赤兔馬，關公言乘之可見劉備，張遼往探之，雲長雲必立功方去。

備勸袁紹出兵擊許都，操與之戰，被紹將顏良連斬二將。程昱舉關公敵顏良，使玄德在紹處就死。操從其言；關公斬顏良，紹欲斬玄德。

第二十六回　袁本初敗兵折將　關雲長掛印封金

備以天下同貌者多，何言小沛長鬚之人爲關公？紹遂不殺。河北將文醜要爲顏良報仇。玄德願隨之去，文醜分軍與之，使爲後部。

操表奏朝廷，封雲長爲漢壽亭侯。

操使計讓文醜軍奪糧草、馬匹而後圍之，文醜射翻張遼馬，關公趕到，斬文醜於馬下。

紹又欲殺玄德，玄德揭破操借刀殺人之用心，紹不殺。玄德密書雲長，使來就紹。

關公自願爲操除黃巾餘部。

孫乾見關公言玄德在袁紹處。黃巾餘部不戰而敗，故意讓汝南與關公，使其速進，不忘故主。

關公掛漢壽亭侯印於堂上，所受操之金銀一一封置庫中，護二夫人出北門去了。

操將蔡陽願往擒關公獻操。

第二十七回　美髯公千里走單騎　漢壽侯五關斬六將

操深深敬佩關公不忘舊主，「雲長掛印封金，財賄不以動其心，爵祿不以移其志，此等人吾深敬之。」不讓蔡陽追之，自帶十騎後來相送。贈雲長錦袍一領，黃金一盤。

黃巾餘部廖化殺同黨欲辱二嫂之杜遠，並送二夫人與關公。

老人胡華接待關公與二夫人，寫信與滎陽之子讓關羽帶上。

次日過東嶺關斬孔秀。過洛陽斬太守韓福，牙將孟坦；左臂被韓福射中。過汜水關於鎮國寺中聽鄉親普淨之言，斬欲害己之把關將卞喜。

滎陽太守王植約從事胡班謀燒關公，胡班見關公出示父胡華信，告密，關公先出城，斬來趕之王植。經滑州界到黃河渡口，斬夏侯惇部將秦琪，渡過黃河到袁紹地方。孫乾卻來報說玄德離袁紹往汝南投劉闢去了，關公欲去，後面夏侯惇趕來也。

第二十八回　斬蔡陽兄弟釋疑　會古城主臣聚義

關公欲鬥夏侯惇，曹操連差二使讓放關公，又派張遼令放關公。

關公於臥牛山得黃巾張寶部下關西大漢周倉。

來到古城，張飛誤會關公降操，公斬操派往征汝南劉闢的蔡陽以釋疑。糜竺、糜芳亦來。

關公與孫乾到汝南見劉闢，言劉備又回袁紹處。關公與孫乾往河北，孫乾見劉備，以結連劉表爲脫身之計。

關公在關定莊上收關平爲子。

趙子龍占臥牛山，玄德、關公、周倉與之相見。

劉備領諸人往汝南，徐圖征進。

袁紹欲追玄德，郭圖言大敵乃曹操，紹從其計使陳震爲使往結孫策，抗拒曹操。

第二十九回　小霸王怒斬于吉　碧眼兒坐領江東

孫策坐鎮江東，求爲大司馬，操不許，策欲伐許昌，吳郡太守許貢向操告密被策所獲而絞殺之。

許貢三家客於策到丹徒之西山射獵時在山上趕一大鹿，用箭射策面頰，

用刀砍之，程普到，方殺死三家客。救策回吳會養病。

張紘自操處捎書至，言郭嘉不服孫策，策欲討伐許昌。

紹使陳震領紹命結連東吳，拒操，策喜，適逢于吉道人過，眾人往前，策怒欲斬，眾勸之，策囚於獄中。

策欲斬于吉，不聽人勸。令于吉喚雨，雨至，策斬于吉於市，以正妖妄之罪。

策亡，以印綬付弟孫權字仲謀，叫內事不決問張昭，外事不決問周瑜（策之挑擔）。

周瑜向孫權薦魯肅子敬。魯肅要孫權鼎足江東以觀天下之釁。剿除黃祖，進伐劉表，盡長江所極而據守之。並薦琅琊南陽人諸葛瑾。權從肅計決紹順操。權威震江東，深得民心。

第三十回　戰官渡本初敗績　劫烏巢孟德燒糧

袁紹將七十萬兵，敵操七萬兵。紹不聽田豐、沮授關於操兵精但無糧，紹兵不精卻有糧草，所以不宜速戰的意見。

第一次交鋒，操軍大敗，退至官渡。紹亦逼近官渡下寨。

紹軍於操寨周圍圍土山，在上射箭，操用劉曄計，用發石車反擊之，亂石打死紹軍，紹軍號其車曰「霹靂車」；紹軍又掘地道欲通操營內，號為「掘子軍」，操又從劉曄計，饒營掘塹，紹掘伏道不能入。

操使徐晃截紹將韓猛之糧草車而燒之。紹使性剛好酒之淳于瓊守烏巢屯糧之所。

操催糧使被許攸捉見袁紹，許攸要紹分軍擊許昌，紹不聽，反聽淳于瓊言，責怪許攸，許攸投舊友操。

許攸獻計曹操領兵燒烏巢。操從之。操對許攸到來之喜和不實告絕糧之詐，寫得生動。

張遼怕詐不同意燒烏巢，操決意為之。

沮授急諫袁紹讓重兵守烏巢，防操劫糧，紹不聽反責罵之，其少謀寡斷和操多謀善斷相比，天上地下。

操領兵盡燒烏巢糧草，割去淳于瓊耳鼻手指放回。

操兵偽作紹軍而過，殺紹將蔣奇。

擊操營之張郃、高覽敗而投操，夏侯惇恐有詐，操稱吾以恩遇之，雖有

異心，亦可變矣。

操從許攸計，作速起兵，大破紹軍，獲許都及軍中諸人與紹暗通之書，左右曰：「可逐一點對姓名，收而殺之。」操曰：「當紹之強，孤亦不能自保，況他人乎！遂命盡焚之，更不再問。」

得沮授，沮授不降，又盜馬，操殺之，厚葬黃河渡口，題其墓曰「忠烈沮君之墓。」

第三十一回　曹操倉亭破本初　玄德荊州依劉表

袁紹悔不聽田豐之言，致遭此敗；又聽逢紀說田豐在獄中笑他，又欲殺田豐。田豐謂本初外寬內忌，若勝則喜，敗必殺己。果然不出所料。

紹又議立後嗣，議士多為其主，紹不能決。

操引得勝之兵陳列河上，「有土人簞食壺漿以迎之。」老漢曰：「袁本初重斂於民，民皆怨之。丞相興仁義之兵，弔民伐罪，⋯⋯兆民可望太平矣。」操號令三軍「如有下鄉殺人家雞犬者，如殺人之罪！」於是軍民震服，操亦心中暗喜。

倉亭一戰，袁尚（紹愛子老三）射徐晃部將史渙左目。

操從程昱「十面埋伏」之計，誘袁紹至河上，操軍背水死戰，大敗袁軍於倉亭。紹抱三子吐血不止。

眾勸操急攻紹，操曰「現今禾稼在田，恐廢民業，又冀州未可急拔，姑待秋後取之未遲。」荀彧報劉備犯許都，操提大兵往汝南迎劉備。

穰山一仗，備勝操敗。

操兵抄後路取汝南，圍備運糧之將，備三處受敵，大敗於操。

玄德逃到漢江，與眾飲食土人所送羊酒，要眾另投明主，眾曰昔高祖屢敗項羽，後九里山一仗，成功，開四百年基業。

孫乾獻計備歸荊州劉表，並為之使，駁斥不容備之蔡瑁，劉表迎劉備入荊州。

操欲伐備，程昱諫阻，操聽其言，於建安七年春引兵到官渡屯紮。

紹不聽謀士深溝高壘之計，往拒操兵。

第三十二回　奪冀州袁尚爭鋒　決漳河許攸獻計

袁尚於黎陽敗於張遼，紹吐血數斗而死。

袁譚不服袁尚。袁尚不救袁譚。操兵大敗譚、尚於黎陽，迫冀州，攻不下。郭嘉進言棄此而攻劉表，待譚、尚變後再擊之。操從其言。

袁譚聽郭圖計，不聽王修之言，與弟尚鬥，屢敗，欲假操手攻尚。

操聚謀士計議，程昱等不主張去，荀攸曰：「劉表坐保江、漢之間，不敢展足，其無四方之志可知矣。」主張助譚伐尚。操從其言。

操以女許袁譚，譚聽郭圖言，欲在操破尚後謀操，操起殺譚之心。

操敗尚，尚往中山而逃。操從許攸計，決漳河水淹冀州。

操軍擁陳琳到，操說他為袁紹作檄罵我可以，為什麼辱及祖、父？陳說「箭在弦上，不得不發。」眾勸操殺之，操憐其才，赦之，命為從事。

操破冀州，其子丕提劍入袁紹家。

第三十三回　曹丕乘亂納甄氏　郭嘉遺計定遼東

曹丕納袁熙之妻甄氏為妻。操哭本初，並下令「河北居民遭兵革之難，盡免今年租賦。」自領冀州牧。

許攸傲激許褚，許殺之見曹操，操責之，厚葬攸。又訪冀州賢士，得崔琰，待為坐上客。

袁譚拒降操，操敗之，求救於劉表，玄德讓婉詞謝拒。

袁譚敗，欲降操，操不准。時譚居南皮城。譚聽郭圖之計，「當夜盡驅南皮百姓，皆執刀槍聽令。次日平明，大開四門，軍在後，驅百姓在前，喊聲大舉，一齊擁出，直抵曹寨。兩軍混戰，自辰至午，勝負未分，殺人遍地。……譚軍大敗，百姓被殺者無數。」譚被曹洪殺於陣中。操得南皮，「安撫百姓。」

操將袁譚首級號令，敢有哭者斬，王修哭之，操從其言，收葬譚屍，禮為上賓。問攻尚策，修不答，操稱其為「忠臣也。」

幽州軍馬降操。操用荀攸詐降計破并州。

操從郭嘉計，遠征沙漠，得柳城。袁熙、袁尚逃往遼東去了。郭嘉死，遺書定遼東。不加兵遼東，公孫康獻二袁首級至；若加兵遼東，必合力相拒。

第三十四回　蔡夫人隔屏聽密語　劉皇叔躍馬過檀溪

操夜宿冀州城東角樓上，見一道金光，從地而起，令掘之，得銅雀，遂築銅雀臺於漳河之上，約計一年完工。留植、丕造臺，自領兵回許都，從荀攸計，養精蓄銳，「遂分兵屯田，以候調用。」

劉備替劉表討江夏之張武、陳孫，得張武所乘雄駿馬。蔡瑁與其姊蔡夫人獻計劉表欲謀玄德。

玄德以的盧馬贈劉表，蒯良謂此馬妨生，劉表還與玄德，讓玄德往新野駐紮。伊藉謂馬妨生，玄德謝之，不予理睬。

玄德到新野，「軍民皆喜，政治一新。」建安十二年春，甘夫人生劉禪。劉備往荊州說劉表襲許都，表不同意。

表請備飲宴，言之以欲廢長立幼，立長不易之苦惱，備謂廢長立幼乃取亂之道，蔡夫人於屏風後聽之，恨劉備。備歎老將至而功不就，切髀肉復生。

蔡夫人與蔡瑁欲殺玄德於館舍，伊藉告之。

蔡瑁撲空，假劉備題反詩，表見詩大怒。轉念備不會作詩，迴心；蔡瑁又想計謀，欲害玄德於襄陽。趙雲陪玄德去襄陽。酒酣，伊藉告備瑁欲加害，備乘的盧馬出西門而走。的盧馬躍檀溪，蔡瑁追到溪邊，已去。趙雲又殺至。

第三十五回　玄德南漳逢隱淪　單福新野遇英主

趙雲尋備不見，回新野。

劉備遇水鏡先生，薦伏龍、鳳雛二賢人。趙雲請玄德回新野。

劉表令劉琦至新野向劉備請罪，劉琦告之以繼母蔡夫人不容之苦。

玄德得單福，不願以的盧馬賜人妨生，單福言「新野牧，劉皇叔，自到此，民豐足。」備拜為軍師。

玄德聽從單福計破操來軍，殺二呂。

曹仁不聽李典之言，率兵殺新野來。

第三十六回　玄德用計襲樊城　元直走馬薦諸葛

單福識破曹仁「八門金鎖陣」，使趙雲衝突，敗曹陣。

曹仁又不聽李典之言，二更劫寨，被單福設計大敗之，回樊城，已被關公所佔，只好回許昌。

玄德收寇封為義子，改名劉封，回新野。

曹仁回許昌告操單福為備出謀劃策，操欲得之，程昱獻計接徐庶母至，操謂庶在新野助逆臣劉備，背叛朝廷，要其作書召子，徐母罵操，操欲斬之，程昱急止之。並仿徐母筆跡，給徐庶一信，徐庶欲去，孫乾等謂備不可放之去，備不答應，曰「吾寧死，不為不仁不義之事。」

玄德送徐庶，情實眞切。徐庶去而復回，薦襄陽城外二十里隆中之諸葛亮。諸葛亮乃琅琊陽都人。

徐庶走馬薦諸葛。玄德欲與關張去南陽請諸葛。

徐庶親往臥龍崗給諸葛亮打招呼，諸葛正言作色曰：「君以我爲享祭之犧牲乎？」拂袖而入。

第三十七回　司馬徽再薦名士　劉玄德三顧草廬

徐庶奔許都後，被其母指罵爲棄明投暗，母自縊。

操引漳水作「玄武池」，教訓水軍，欲南征。

司馬徽往見劉備，言諸葛與徐庶等四人交厚，「此四人務於精純，惟孔明獨觀其大略。」司馬比諸葛爲「興周八百年之姜子牙、旺漢四百年之張子房。」司馬臨行大笑曰：「諸葛雖得其主，不得其時，惜哉！」

玄德一顧茅廬不遇，卻遇孔明友崔州平，平言方今由治入亂之時，欲使孔明斡旋天地，補綴乾坤，恐不易爲，徒費心力。備言身爲漢胄，合當匡扶漢室，何敢委之數與命。別州平回新野。

玄德欲二顧孔明，張飛讓人召之，玄德不聽。時值隆冬，天氣嚴寒。張飛不同意玄德去，玄德請他回，飛隨之。至一酒店，遇石廣元、孟公威（諸葛二友）。至臥龍崗遇諸葛亮之三弟諸葛均。均言孔明不在，備留書一封，下岡又遇孔明岳父黃承彥。

第三十八回　定三分隆中決策　戰長江孫氏報仇

雲長、張飛俱勸劉備不要再去，備舉齊桓王訪東郭野人和周文王謁姜子牙之事，稱必去。

離草廬半里之外，玄德便下馬步行。遇諸葛均言亮在。到莊前叩門，小童言亮晝寢未起，備拱立階下。張飛見立久欲放火，雲長勸住。孔明翻身向裏而臥，備不叫小童喚起，又立了一個時辰，亮方起。知備到，又去後堂更衣半晌方出。玄德求教，亮對答據蜀、聯吳抗操之策，以荊、益爲跳板之道路。玄德請亮助己，亮不去，備淚濕衣，亮乃從之下山歸新野。

孫權治下士、將雲集；操討其子入朝，張昭欲給，周瑜不給，權從周言，操有下江南之心。

孫權弟孫翊（yì）被部將殺，其妻設計殺部將。

權母喪，託後事於瑜、昭，要權事其妹（吳國太）似母。

權得黃祖不重用之甘寧，甘寧進言破祖襲表之計。

權領十萬大軍破江夏。

第三十九回　荊州城公子三求計　博望坡軍師初用兵

甘寧射死黃祖，權從張昭計，棄江夏回江東。

蘇飛被甘寧保出；凌統欲斬甘寧報父凌操之仇，權從中解勸，令甘寧守夏口；加封凌統。權屯兵柴桑。

劉表請劉備商議討伐東吳之策，以荊州付劉備，劉備卻之。

公子劉琦欲避繼母之害問計孔明，孔明以疏不間親之言推辭，琦多次求問，孔明讓求兵守江夏乃免，劉表徵得玄德同意派琦守江夏。

操出兵博望坡，以窺新野，夏侯惇不聽徐庶之言，要擒劉備、諸葛亮。

關、張二人不服諸葛，劉備用牛尾結帽，被亮正色責之，遂招新野民兵三千，諸葛教練之。

操兵至，諸葛乞劍印分撥已定，眾皆疑惑。

趙雲、玄德誘惇深入，惇部下知不好，欲還已遲，火起軍亂，大敗於備。惇回許昌。

關、張拜服孔明。

第四十回　蔡夫人議獻荊州　諸葛亮火燒新野

孔明建議玄德趁劉表病危，取彼荊州為安身之地，庶可拒操，備不為，亮言「今若不取，後悔何及！」備言「吾寧死，不忍作負義之事。」

操出師伐備，孔融言以至不仁伐至仁，安得不敗，操又聽融敵郗慮讒言，殺融並二子。脂習伏屍而哭，操欲斬，荀彧曰，習曾諫融，剛直太過，乃取禍之道。現哭乃義人也，操免。

劉表死，蔡瑁與蔡夫人不聽幕官李珪之言，私立幼子劉琮為荊州主。

操兵迫襄陽而來，群臣議降，琮不納，王粲言降之利多，琮乃降操，操著他永為荊州之主。

備得此訊，伊籍來拜，言誘殺劉琮以奪荊州，孔明同意，備不同意，願走樊城避之。

操兵至，亮擬用火攻，四門張榜，曉諭百姓隨軍樊城躲避，差孫乾往河

邊調撥船隻，救濟百姓；亮分撥已定，兼用白河水淹，用火燒新野。

操兵進新野空城，正造飯，四面火起，曹仁逃至白河，關公用白河淹之，走下流，又張飛殺來。

第四十一回　劉玄德攜民渡江　趙子龍單騎救主

操聽劉曄之計，令徐庶為使召降玄德。

備從亮計，棄樊城往襄陽。備同百姓同行。

劉琮不開城門，魏延殺出，與文聘交戰，欲引玄德入城，玄德從孔明計，先取江陵安家。

玄德攜民同行，人勸棄民先行，備不忍為。又令關羽往江夏向劉琦求救。

操至襄陽，蔡瑁、張允見操，操欲暫時利用其水軍，加之厚爵。

操殺蔡夫人及劉琮。欲殺孔明妻小，未遂。

備於當陽縣景山被操軍衝散。

糜芳雲趙雲降操，備不信。趙雲隻身於亂軍中尋甘、糜二夫人及阿斗。先送甘夫人過長板坡，又推牆葬糜夫人，取阿斗抱護在懷，直透重圍。

第四十二回　張翼德大鬧長阪橋　劉豫州敗走漢津口

趙雲救阿斗歸，遞與玄德，玄德接過，擲之於地曰：「為汝這孺子，幾損我一員大將！」

張飛於長板橋一聲巨吼，嚇死夏侯傑，喝退百萬兵。

張飛拆橋而退，劉備說拆橋操兵必至，投漢津望沔陽而走。

關公、孔明、劉琦接應劉備投江夏。荊州治中鄧義、別駕劉先引荊州軍民投降曹操。荀攸獻計結連東吳，共擒劉備。操從其計，一面發使遣東吳，一面計點馬步水軍共八十三萬，詐稱一百萬，水陸並進，沿江而來，聯絡三百餘里。

東吳孫權商議禦操之策，魯肅請往江夏弔喪劉表，說備共抗曹操。

諸葛獻計使操、吳相持，備從中取利。

魯肅至，請諸葛同往東吳柴桑郡來。

第四十三回　諸葛亮舌戰群儒　魯子敬力排眾議

曹操齎文要權會獵江夏，共伐劉備，同分土地。張昭等力主投降，魯肅

不同意，權傾向於魯肅。

諸葛辯張昭、虞翻、步騭、薛綜、陸績、嚴畯、程德樞，使眾失色。

東吳糧官黃蓋和魯肅引孔明見孫權。

諸葛用言激孫權，要其率眾投降，又言劉備不願屈從人下，權勃然變色而入後堂。肅責孔明無禮，亮怪孫權不問己破操之策。肅又引亮入後堂。

孔明說操兵雖眾，弱點頗多，備、吳聯合以敵操兵，必勝，鼎足之勢成矣，孫權聽其言。

張昭等又謂權不可中備之計，以降為上，孫權沉吟不語，猶疑不決。吳國太說出其姊臨終之言來，權似夢初醒，方想起周瑜。

第四十四回　孔明用智激周瑜　孫權決計破曹操

周瑜在潘陽湖訓練水師，聞操軍至漢上，回柴桑郡議事，魯肅先接著。張昭等見周瑜，言降操。

黃蓋、程晉等武將見瑜，言不降，欲戰。

瑜與魯肅相辯，瑜降魯戰。

孔明以獻二喬可退操兵激周瑜，瑜決計抗曹。

權聽瑜語，劍砍奏案之一角，決計抗操，以劍賜瑜，使其行號令。

瑜向亮問破操之策，亮謂權懼操兵多，未決絕，瑜復入見權，權果言操兵多，瑜為之開解。瑜於是嫉妒諸葛，欲殺之，魯子敬以為不可。

程普不服周瑜，見瑜調撥有方，服之。

周瑜叫諸葛瑾以兄弟之情說亮事吳，反被亮以骨肉之情說其事備。

第四十五回　三江口曹操折兵　群英會蔣幹中計

瑜欲殺亮，請亮同往三江口。瑜謂亮「操兵八十三萬，我兵只有五六萬。」瑜調亮領兵劫操屯糧之所聚鐵山，亮知其加害之意，欣然同意。魯肅見亮，亮言瑜不能陸戰，瑜怒欲自往。亮點破劫糧必被擒，勸肅諫周瑜以拒操為重，不要相互謀害。

備派麋竺往請孔明，瑜則請玄德至，欲殺之。

備帶雲長到周瑜中軍帳，孔明知之，往視，見有雲長按劍而立，喜曰「吾主無危。」瑜把箋與玄德，見雲長立於備側，「瑜大驚，汗流滿背。」亮與備說清道理，玄德方醒悟，要亮同歸，亮言十一月二十甲子日後為期，見東南

風起派子龍來接。

　　瑜斬操使毀其書，操怒，發兵與瑜戰，敗而歸。

　　瑜視操陸寨，水寨，見水寨深得水軍之妙，欲先除水軍都督蔡瑁、張允。

　　操幕賓蔣幹言與瑜交厚，願往說之來降。操喜。

　　瑜大擺宴席，慶功迎幹，佯醉，晚與幹同榻。幹偷觀蔡瑁、張允給瑜降書。四更又有人來報告蔡、張二將說急切不能下手等。蔣幹回操寨，操斬蔡、張。瑜喜。

第四十六回　用奇謀孔明借箭　獻密計黃蓋受刑

　　亮在肅面前揭穿周瑜讓蔣幹中計之事，瑜欲斬亮。

　　瑜令亮十日內造箭十萬枝，亮答應只要三日，並納軍令狀。

　　亮向肅借二十隻船，肅亦向瑜保密借船之事。

　　亮於第三日請肅取箭，是日霧大，船上將士擂鼓吶喊，操水陸軍俱向江中放箭，日高霧散，亮叫船回，得十餘萬枝箭。

　　亮與瑜各寫破操策，皆「火」字。亮謂操雖兩番被火攻，然必不為備。

　　操從荀攸計，派蔡瑁族弟蔡中、蔡和詐降東吳。瑜將計就計，令二人與甘寧引軍為前部，使與操通消息。肅以此告亮，亮揭穿瑜計。

　　黃蓋夜見周瑜，願吃苦為詐降之人。瑜打黃蓋，肅怨孔明不講情，孔明揭穿苦肉之計，要肅勿告瑜，肅未告瑜，瑜自謂今番瞞過諸葛亮。

　　參謀闞澤願替黃蓋下詐降書。

第四十七回　闞澤密獻詐降書　龐統巧授連環計

　　闞澤獻詐降書，操以降書不明約幾時為由，認為詐降書，要斬澤，澤又以「背主作竊不可定期」使操釋疑。

　　二蔡使人密謂黃蓋受刑之事，操不疑澤，令還東吳。

　　澤又與甘寧作欲降操狀，二蔡願意為之引進。

　　操對甘寧、黃蓋之降持疑，蔣幹願往東吳探聽虛實。瑜又使龐統用連環計，以成火攻。

　　幹被瑜安排於一小庵歇息，幹見龐統於燈下讀書，便要引進於操。龐統欣然應允。

　　龐統與操同觀旱、水兩寨，讚不絕口，謂瑜必敗。

操與統同飲，統獻連環計於操，操接受之。統又請往東吳說諸將來降，遂辭操過江。

徐庶拉住龐統，說黃蓋用苦肉計，闞澤用詐降書，你又用連環計，好大膽子！

第四十八回　宴長江曹操賦詩　鎖戰船北軍用武

庶欲脫身操營，龐統告之以計。

庶使人在寨中散佈韓遂、馬騰謀反，庶請領兵往散關把住隘口，操命臧霸為先鋒，使往，庶遂脫身。

建安十三年冬十一月十五日操看水寨，於大船之上置酒設樂，大會諸將，是夜月照如畫，操飲酒談笑，欲取二喬。又見一鴉向南飛鳴而去。操躊躇滿志，持槊作歌，揚州刺史劉馥謂歌中「月明星稀，烏鵲南飛，繞樹三匝，無枝可依」句不吉祥，操以其敗己之興，用槊刺殺，次日酒醒以厚禮葬之。

操試調遣之，西北風起，大喜；程昱、荀彧謂彼若用火攻，不可防；操謂隆冬之計只會有西北風不會有東南風，彼若用火，燒自己耳。

袁紹舊將焦觸、張南不服北人不能乘船之說，要哨船二十隻，望江南進發，欲奪旗斬將而還。

韓當、周泰殺死焦觸、張南，韓、周與文聘在江中相持，大敗之而回。

周瑜見操軍中旗被風吹倒，旗角於瑜臉上拂過，想起一事，口吐鮮血昏倒。

第四十九回　七星壇諸葛祭風　三江口周瑜縱火

亮為瑜醫病，瑜派人於南屏山築七星壇。

孔明祭風。周瑜見風派丁奉、徐盛往殺孔明，趙雲已接之去。徐盛追趕，趙雲說「本待一箭射死你來，顯得兩家失了和氣。」用箭射斷徐盛船上蓬索。丁、徐回報周瑜，瑜愈欲加害。

周瑜調軍有方，程普雖年長於他，甚相敬服。

亮亦調兵遣將。因觀星象操未合身亡，故派關公把持華容道。雙方各與軍令狀。

黃蓋與操密書，操等蓋船。

瑜斬蔡和，用血祭旗。黃蓋出發往赤壁，程昱提醒操防詐防火，文聘往

阻黃蓋船隻靠近，已不可能，南船俱下，火燒北船，操被張遼救下小船，黃蓋追之，被張遼射中肩窩，翻身落水。

第五十回　諸葛亮智算華容　關雲長義釋曹操

韓當救黃蓋回大寨醫治。

三江水戰，赤壁鏖兵。

關雲長義釋曹操，亮欲斬之。

拼將一死酬知己，致令千秋仰義名。

第五十一回　曹仁大戰東吳兵　孔明一氣周公瑾

玄德告免雲長一死。

劉備使孫乾送禮相賀周瑜，瑜聞玄德孔明俱在江油，將取南郡，與肅同往江油殺玄德。

周瑜至，孔明讓玄德回答：東吳先取南郡，若取不下時，劉備再取。

周瑜派蔣欽、徐晃、丁奉往取南郡，敗於曹仁、牛金而回。

周瑜親自出馬，得彝陵；曹仁、曹洪拆操臨行時之書信視之，棄城而走。周瑜不知是計，敗曹仁後一齊入城，盡落陷坑，瑜左肋中毒箭。

曹仁至瑜寨前罵陣，瑜出陣假裝吐血，回營詐死，曹仁等劫寨中計大敗而走。瑜領軍到南郡城下時，趙子龍已占南郡。又言孔明令張飛已取荊州，令雲長已取襄陽。瑜聽之，金瘡迸裂。

第五十二回　諸葛亮智辭魯肅　趙子龍計取桂陽

周瑜欲與玄德決戰，魯肅言操在北，不宜相逼，願先去講理。

肅往荊州，言荊州九郡應歸東吳，亮言該歸劉表之公子劉琦，肅言琦不在歸東吳，亮應之。

孫權取合淝不下，叫瑜領兵相助，瑜回柴桑，令程普領兵聽候吳主調用。

玄德聽伊藉之言，問計於馬良，從馬良計，叫劉琦回襄陽養病，雲長守荊州，自領大軍南征零陵、武陵、桂陽、長沙。

玄德、孔明設計使張飛、趙雲捉零陵將刑道榮，刑降，孔明讓捉零陵太守劉賢，方準降，刑願為內應，回後卻與劉賢設計誘孔明、玄德欲擒之。孔明亦將計就計，殺敗劉賢，趙雲殺刑道榮，張飛捉劉賢，孔明使劉賢說父劉

度投降，劉度仍爲零陵郡守，劉賢赴荊州隨軍辦事。

張飛與趙雲爭去取桂陽，孔明令趙雲往。桂陽太守趙范欲降，部將要戰，戰敗後降，范與雲結爲兄弟，欲以家嫂許爲妻，雲怒絕之，范將詐降雲，雲斬之，反派范兵回城詐言拿了趙雲首級，范開城被擒。

孔明聽之稱爲美事，趙雲言取范嫂三不，並言「主公新定江漢，枕席未安，雲安敢以一婦人而廢主公之大事！」

張飛請取武陵郡，捉太守金旋來見。

第五十三回　關雲長義釋黃漢升　孫仲謀大戰張文遠

張飛攻武陵，從事鞏志欲降，太守金旋責志出戰，大敗而歸，志亂箭射下，金旋中箭被割首級。飛令鞏志往桂陽見玄德，玄德叫鞏志代金旋職。

飛去荊州替回雲長，雲長取長沙。

雲長不殺馬下黃忠，黃忠次日射關盔纓，報不殺之恩。長沙太守韓玄欲斬黃忠，被魏延救起，殺韓玄降關公。

玄德親往黃忠家探之，黃忠乃降。

孔明謂魏延腦後有反骨，欲斬之，玄德告免。

孫權下馬迎魯肅，謂下馬迎之，足顯公否？肅謂權成帝業，方顯肅。

孫權與張遼戰，失利。長史張紘責孫權輕敵，孫權承認己之過。太史慈請出，與張遼內奸細裏應外合，擒張。張警惕性高，殺造反之人，敗太史慈，太史慈中箭而亡。

劉琦病亡，雲長守襄陽，魯肅來討荊州。

第五十四回　吳國太佛寺看新郎　劉皇叔洞房續佳偶

魯肅討荊州，孔明言劉備取劉璋之西川後還之，寫成文書，玄德押印，孔明、魯肅作保。肅歸，瑜責怪其誠實。

玄德甘夫人死，周瑜讓孫權把妹許與玄德，賺玄德到南徐殺之。呂范見玄德，孔明叫答應了。玄德帶趙雲往東吳南徐，開孔明第一錦囊，往尋喬國老造輿論說玄德來招親。

吳國太、喬國老認爲周瑜美人計不行。一太一老來日於甘露寺見玄德，大中其意。子龍告備有刀斧手欲殺之，備告國太，國太大罵孫權。

劉備、孫權同爲荊州砍石。（有十字紋之「恨石」）

備、權馳馬於「駐馬坡」。

國太接玄德，趙雲從館驛搬入府中。

玄德成親。

第五十五回　玄德智激孫夫人　孔明二氣周公瑾

玄德懼怕侍婢佩劍，管家婆稟孫夫人後盡撤之。

孫權差人至柴桑郡報知周瑜玄德招親，弄假成眞之事，瑜又用計，欲軟困備於吳中，喪其心志，隔離心腹，然後以兵擊之。

玄德被聲色所迷，全不想回荊州。

子龍拆諸葛第二個錦囊妙計，見備言操攻荊州，備告孫夫人，孫夫人與備以到江邊祭祖爲由，辭國太而去。

孫權醉醒，知備走，令陳武、潘璋追之，又令蔣欽、周泰持己之劍取備與孫夫人頭回。

備行至柴桑界口，周瑜派徐盛、丁奉堵截。趙雲拆第三錦囊妙計，備以實情告孫夫人，孫夫人喝罵周瑜不止，徐盛、丁奉只好放過。又陳武、潘璋趕到，孫夫人又大罵一頓。待蔣欽、周泰持吳侯劍至，已去多時。

玄德離柴桑到劉郎浦，不見船隻，又想在吳繁華之事，不覺凄然淚下。

孔明接備，瑜追之敗於雲長。

第五十六回　曹操大宴銅雀臺　孔明三氣周公瑾

周瑜箭瘡迸裂，昏絕於地。

權從張昭、顧雍計，遣華歆（音心）見操建議封劉備爲荊州牧，使操不敢加兵江南，又討好劉備，又使人從中間備、操，吳從中取利。

「操自赤壁敗後，常思報仇；只疑孫、劉並力，因此不敢輕進。」

操大會文武於鄴郡，賀銅雀臺成。

操憑高而望，觀看武官比試弓箭。又令文官作詩紀之。

操攬眾詩，自述其經歷，曰「如國家無孤一人，正不知幾人稱帝，幾人稱王。」

操連飲而醉，喚左右捧過筆硯，亦欲作銅雀臺詩。剛才下筆，忽報華歆表奏劉備爲荊州牧，孫劉結親，漢上盡屬劉備，操聞之，手腳慌亂，投筆於地。言「劉備之得荊州，是困龍入大海矣！」

操從程昱計，封瑜爲南郡太守，程普爲江夏太守，使與備相爭，從中取利。

吳侯差魯肅要荊州，備從孔明計大哭不止。孔明具言劉備欲取劉璋之西川不忍，不還荊州疏親，還了無立身之地之苦。

肅回告瑜，瑜哄備爲之取西川，以換荊州，趁勢取荊州。孔明將計就計答應了。瑜至，只留趙雲守城，關、張等從四面殺來，聲言要捉周瑜，瑜馬上大叫一聲，箭瘡復裂。

第五十七回　柴桑口臥龍弔喪　耒陽縣鳳雛理事

瑜發誓取西川，怎奈前面被關平、劉封所截，諸葛又下書至，俱言取西川不易，且給操以可趁之機，瑜見之，仰天長歎「既生瑜，何生亮。」三十六而亡。

瑜上書吳侯薦魯肅以代己。孫權從之。

孔明至柴桑弔喪周瑜。魯肅及眾將見之悲慟，皆謂周瑜量窄，自取死耳。

魯肅向孫權推薦龐統，孫權一見面黑古怪，二嫌其輕視公瑾，不用；魯肅薦之劉備。

統投備，備亦不喜，讓去耒陽縣當縣宰，統去不理事，終日飲酒。張飛來視，於半日內處理完百日之事。統又將出魯肅薦書，張飛回告玄德，又孔明回，統又將出孔明薦書，玄德用爲副軍師。

操欲伐備，荀攸讓先伐東吳，並遣人齎詔至西涼召馬騰，欲除之。

馬騰留馬超守西涼，引次子馬休、馬鐵並侄馬岱同往許都。

操使黃奎往見馬騰，奎與騰約殺操，奎妾李春香告之情夫苗澤，苗澤告之操。操派將圍戰馬騰，斬馬、黃奎。苗澤求李春香爲妻，操言奎爲一婦人害姐夫一家，與奎並斬於市。

操聞備欲取西川，驚曰：「若劉備收川，則羽翼成矣。」

第五十八回　馬孟起興兵雪恨　曹阿瞞割鬚棄袍

操起兵三十萬，徑下江南。

權使魯肅聯備，孔明叫備作書於馬騰之子馬超，令興兵入關，操不敢下江南。

馬岱回西涼告馬超，言叔父馬騰等被殺之事，超深恨操，又接備書，便

欲起兵入關。西涼太守韓遂又將操讓其擒超之書出示超。

馬超、韓遂聽從龐德，計取長安。又用先激曹洪，後懈怠引洪廝殺之計，取潼關。

潼關一戰，曹操大敗，又脫紅袍，又割髯，又扯旗角包頸，狼狽之極。馬超趕上，槍朔於樹，操脫，曹洪擋住超，操乃幸免。馬超兩次增兵，操不憂反喜反賀。

操欲渡河過馬超之後。超趕操下船，許褚一人爲操撐船，渭南縣令丁斐又放馬牛誘西涼兵來奪，操於是得脫。

韓遂、龐德中操陷坑計，敗之；又去劫寨，操預先埋伏，超先使三十騎探路，中埋伏，曹兵圍之，超等卻從背後殺來也。

第五十九回　許褚裸衣鬥馬超　曹操抹書間韓遂

操連敗馬超，操從終南山「夢梅居士」婁子伯計，擔土潑水，築成土城（時值冬初）。

兩軍對陣，馬超見操後有許褚，收兵回營。褚向超下戰書。超出戰，兩相爭鬥，不分勝負，褚赤膊上陣，被馬超殺敗，臂中兩箭。

操派兵渡河西下寨，前後夾攻超，韓遂同意手下意見，派楊秋講和。操將計就計，使反間計，與韓遂在陣前馬頭相交，訴說京師舊事，不敘軍情，一個時辰後各退。馬超聽之，問遂，並心疑之。

操又從賈詡計，親給韓遂書信，於緊要處盡皆改抹，超索書觀之，告疑於遂，遂爲明心，於來日陣前與操說話，令超殺操。操卻不出，令曹仁出，與說密語，超出殺韓遂未遂，韓遂將與操通投降之意，超殺韓遂不成，被操軍圍殺，龐德、馬岱救出，往隴西臨洮而逃。操回許都。

漢中漢寧太守張魯欲起兵拒操，部下建議先取劉璋之西川，後圖操。劉璋聞之派張松爲使赴許都說操伐魯，以解西川之危。

第六十回　張永年反難楊修　龐士元議取西蜀

張松（永年）身短貌醜，操一見言數句而退，松言川中無諂佞之人，太尉楊彪之子楊修亦謂中原無諂佞之人。楊修拿丞相兵法新書示張松，松目過之後便能背誦，修大驚，告訴操松言孟德新書乃戰國無名氏而作，丞相竊盜之，操聞之燒掉孟德新書，楊修請操讓松面君，操令觀軍容，松謂蜀中以仁

義治人，並揭操短，操欲斬，謀士勸阻後亂棒打出。

趙雲、關公等遠接之，玄德、孔明、龐統又遠迎之，留宿三日，不提西川之事。松臨別，以西川之圖相送，願為內應，共取西川。

松回益州，與友法正、孟達共議獻益州於備。松謂劉璋請備入蜀，共拒張魯、操，璋欲派法正去，府下主簿黃權，帳前從事官王累往阻之，劉璋不聽，令法正便行。

法正與玄德密議獻益州之事。玄德遲疑，言「操以急，吾以寬；操以暴，吾以仁；操以譎，吾以忠；每與操相反，事乃可成。」不忍取同宗基業。統言「兼弱攻昧，」「逆取順守」。玄德遂要孔明、雲長守荊州，自己與龐統領兵西行。劉璋要親自去接，黃權再諫而不聽。李恢又諫，亦不聽。王累倒懸執諫，璋不從，累割繩撞死。

劉璋迎玄德於涪城。言劉備仁義之人，部下言劉備柔中帶剛，璋不戒備，賞賜在成都之張松。

龐統、法正進言玄德趁此圖劉季玉（璋），玄德不忍。

第六十一回　趙雲截江奪阿斗　孫權遺書退老瞞

玄德與劉璋飲，龐統令魏延舞劍，殺劉璋，劉璋手下亦舞劍，備與璋急止之。忽報張魯犯葭萌關，璋遣備往，聽從部下言，把守要隘，以防備變。

權欲伐備，恐傷其妹，遣周善詐稱母病，孫夫人帶七歲阿斗上船。趙雲截江奪得阿斗，又逢張飛截住吳船，同歸遇孔明來接，大喜而歸，報玄德。

孫權欲伐備，又報操領兵報赤壁之仇，便罷此心，又聽張紘之言，遷居秣陵，治建業，築石頭城，又築濡須塢，以備戰操。

操聽董昭之言尊魏公，加九錫，賜不同意他如此的謀士荀彧以空飯盒，荀彧服毒而亡。

操、權交戰濡須，操敗，程昱諫退，操不應。與權戰，不勝，欲回又止，得孫權書，言赤壁之鑒，操乃退兵。

孫權回秣陵又圖玄德。

第六十二回　取涪關楊高授首　攻雒城黃魏爭功

玄德從龐統計發書成都向劉璋求援兵及錢糧，劉璋聽部下意見怕備圖蜀，只以弱兵少糧相與，備怒。

玄德從龐統計，徐圖益州，張松聞之，欲遺書，書遺兄張肅，拾獻劉璋，璋斬松全家，並備備襲。

玄德與龐統回涪城，報涪水關楊懷、高沛二將相別，楊懷、高沛欲害劉備被斬，備得涪關，與龐統酒醉相戲，玄德醒後向龐統賠罪，君臣釋疑。

劉璋派劉瓚、張任往守雒城以拒劉備。

黃忠、魏延爭破冷苞、鄧賢之寨，龐統令各破一寨，先破者頭功。魏延欲先奪黃忠分的冷苞寨，再打自己分的鄧賢寨，不想吃了敗仗，被黃忠救出，卻又沿路埋伏，活捉了冷苞。玄德奪了冷苞、鄧賢寨子後，立免死旗，不許殺害降卒，願去著去，願留者留，於是歡聲動地。

備放冷苞回，冷苞要助劉璋子決涪水淹備兵保雒城。

第六十三回　諸葛亮痛哭龐統　張翼德義釋嚴顏

玄德聽受劉璋髡鉗之刑的彭羕之言，防冷苞決水，魏延捉冷苞見玄德，備斬之。

孔明書至，言有凶事，備欲回荊州，龐統猜忌孔明爭取西川之功，不思回軍，諫備進兵。

備、統分兩路取雒城。統至落鳳坡，被劉璋部將張任埋伏之兵用亂箭射死。死年同周瑜，三十六歲。魏延被張任等前後夾擊，適得黃忠救回。

玄德哭祭龐統，派關平請軍師諸葛。孔明臨行，囑關公「北拒曹操，東和孫權。」可保荊州。

張飛領兵至巴郡，（行前孔明囑咐不要擄掠百姓，不要鞭撻士卒。）連連幾日罵戰，守城老將嚴顏只是不出。飛令軍士四散砍柴，嚴顏令軍十乘亂雜在其中，探聽張軍消息。張飛假傳消息說三更抄小路偷過巴郡，嚴顏事先埋伏。張飛以假張飛使嚴中計追打，自己從後殺來，後捉嚴顏。先欲斬，顏不降，後以禮待之，乃降，並願助奪成都。

第六十四回　孔明定計捉張任　楊阜借兵破馬超

　　嚴顏使所管關隘盡出來降。

　　劉備從黃忠計劫張任寨勝，追至雒城，戰敗而走，被張飛所救。

　　張任二將趕黃忠、魏延，被玄德、張飛抄後路截擊，二將降。

　　張任用計圍張飛，趙雲救出張飛。

　　孔明親繞金雁橋巡視，用計活捉張任。接著取雒城。孔明問蜀降將，知去成都還有重兵把守之綿竹。孔明欲進兵，法正言以書上劉璋可使來降。璋接其書，大怒大罵。並差使赴漢中請張魯相助。

　　馬超兵敗入羌。冀城刺史韋康降之被殺，其參軍楊阜被馬超重用，楊以回臨洮葬妻爲名，搬兵大敗馬超。馬超與龐德、馬岱投張魯，大將楊柏與兄楊松不容馬超。

　　楊松又聽黃權之言，欲助劉璋敵劉備。

第六十五回　馬超大戰葭萌關　劉備自領益州牧

　　馬超自告奮勇，攻葭萌關捉劉備。

　　孔明用計敗李嚴，李嚴說費觀降備，備得綿竹。

　　孔明激張飛去葭萌關敵馬超，魏延要奪頭功，被馬岱箭射左臂，被張飛所救。張飛勝馬岱。

　　張飛與馬超連戰不分勝負。

　　孔明趕到葭萌關，使孫乾送金銀於楊松，事成之後保張魯爲漢寧王，魯罷兵，招馬超。馬超欲戰，楊松提出三件難事相難，馬超罷兵。楊松又揚言超欲反，超進退不得之際，孔明要說馬超來降，玄德不許，正好劉璋部下李恢來降，使說馬超，超降玄德，願與弟岱取成都。益州謠：「若要吃新飯，須待先主來。」

　　劉璋出降。孔明建議劉備使劉璋往荊州，備先不從，後從之。備自領益州牧。盡升隨從。

　　玄德欲將成都有名田宅，分賜諸官。趙雲諫曰：「益州人民，屢遭兵火，田宅皆空；今當歸還百姓，令安居復業，民心方服；不宜奪之爲私賞也。」玄德大喜，從其言。

　　孔明刑法頗重，法正勸寬，孔明歷舉史例，說明嚴之道理；法正爲蜀郡太守，太橫，人告孔明讓責，孔明謂法正對玄德之功，不禁法正，法正聞之，

自斂戢。

　　雲長欲入川與馬超比試武藝，孔明以書安撫之，雲長謂孔明「知吾心也。」

　　孫權欲討回荊州。

第六十六回　關雲長單刀赴會　伏皇后爲國捐生

　　張昭獻計孫權，教拘孔明之兄諸葛瑾老小，使其赴成都見孔明說劉備交還荊州。

　　瑾到成都，孔明設計使瑾奔波無獲而回，孫權又差官去長沙、零陵、桂陽三郡赴任，被關公逐回。孫權又從魯肅計，請雲長於陸口寨外臨江亭上赴宴，企圖殺之。雲長應允。叫關平備船領兵於江上等候。

　　雲長領周倉及八九個關西大漢赴宴。席間肅提荊州之事，雲長推託，右手提刀，左手挽住肅手扯到江邊上船，魯肅無計可施，刀斧手恐傷肅體不敢下手。

　　孫權待要起兵攻荊州，忽報操起兵來了，權遂罷伐荊之心。

　　操欲起兵南征，參軍傅干上書，言「吳有長江之險，蜀有崇山之阻，難以威勝」，操於是罷南征，「興設學校，延禮文士。」又王粲等人欲尊操爲「魏王」，荀攸反對，操言其欲效荀彧，荀攸知之，憤疾而亡。

　　獻帝與伏皇后遣宦官穆順送書於父伏完，事洩，操殺伏后、伏完、穆順。華歆爲幫手。

　　許褚爲操站崗，曹仁請入不得，操贊褚爲「忠臣。」

第六十七回　曹操平定漢中地　張遼威震逍遙津

　　操欲伐吳滅蜀，夏侯淳建議先取漢中張魯，後以得勝之兵取蜀。操從之。

　　張魯於陽平關設寨，並劫夏侯淵、張郃之寨，曹兵敗。

　　操出視張魯部下之寨，被其將楊昂、楊任大殺一陣，一面假退，一面派兵抄其後。操兵勝得陽平關。操又得南鄭。

　　賈詡設計使龐德降。張魯不燒府庫，操封將軍。楊松賣主求榮被斬於市。

　　操得東川，主簿司馬懿建議趁勢取益州，操不從。

　　四川人聞操至，皆懼，孔明以書與孫權，交割荊州三郡，叫權領兵攻打合淝。權逍遙津敗，欲水陸並進，書至漢中，操留夏侯淵守漢中，提兵殺奔濡須塢來。

第六十八回　甘寧百騎劫魏營　左慈擲杯戲曹操

凌統奉權命欲敗操銳氣，與張遼鬥不分勝負而回。甘寧帶一百人夜劫操寨，到操中軍左衝右奔，不捨一人而回，權深贊之。

次日交戰，凌統出陣，騎馬被暗箭所傷，將被捉，甘寧一箭射中要捉之將樂進面門。至此凌統與甘寧結為生死之交，凌統遂不念甘寧殺父之仇。

二次交兵，權傷亡甚大，周泰三番衝殺敵圍救得權命，權重賞之。

二次講和罷兵。

操被立為魏王，崔琰相阻乃死。操欲立三子曹植為後嗣，丕從賈詡計，作老實狀，操問之於賈詡，詡言袁紹、劉表教訓，操於是立丕為王世子。

操於鄴郡築魏王宮。

左慈以妖術戲曹操。

第六十九回　卜周易管輅知機　討漢賊五臣死節

操被左慈驚病，太史丞許芝從許昌往見操，薦平原管輅為之卜，管卜群臣為「皆治世之臣也。」卜東吳損一將——魯肅亡，卜蜀兵至。操令王必領御林軍馬屯於許都東華門外。主簿司馬懿認為王必不堪此任，操不予聽。

耿紀、韋晃、金禕、太醫吉平二子趁許都正月十五慶賞元宵佳節之際欲討曹操，不成，皆亡。

曹洪、張郃領兵到漢中，初戰告勝，馬超只不出戰，洪退兵，張郃請戰。

第七十回　猛張飛智取瓦口隘　老黃忠計奪天蕩山

巴山張飛以飲酒誘張郃，大敗張郃，郃奔瓦口關。

張郃定埋伏計，誘殺雷銅，張飛將計就計，教魏延殺退埋伏兵，自與郃戰，郃又敗。

張飛向漢中欲回家之百姓男女問明通瓦口關後路，與魏延領兵奪瓦口關，張郃敗回南鄭，曹洪令奪葭萌關。

孔明激派黃忠、嚴顏往葭萌關戰張郃，初戰告勝。

黃忠以佯敗驕兵計敗夏侯尚、韓浩、張郃。張郃敗奔漢水旁。黃忠又使計與嚴顏奪得天蕩山。張郃、夏侯尚兵投定軍山，奔夏侯淵去了。

黃忠不服老，定要去打定軍山，孔明不允，黃忠要去。

第七十一回　占對山黃忠逸待勞　據漢水趙雲寡勝眾

孔明叫法正助黃忠。並派趙雲接應黃忠。

操親出征，出潼關到藍田，於蔡邕莊會其女蔡琰。試揚修才。操至南鄭，手書與定軍山之夏侯淵，教以剛柔相濟。

夏侯淵得書，急於立功，不聽張郃之言，出戰勝，俘黃忠部將陳式；黃忠從法正步步為營，「反客為主」之計，勝淵俘夏侯尚，兩相交換俘將，忠射尚背。

忠從法正言，奪得定軍山西一山頭，從法正計，以逸待勞，殺了夏侯淵，順勢奪了定軍山。

黃忠去燒操糧草，被圍，趙雲救出，據漢水大敗操追兵，占操寨，忠奪糧草，玄德孔明大讚子龍一身都是膽。

操命徐晃從斜谷小路取漢水，王平往助。

第七十二回　諸葛亮智取漢中　曹阿瞞兵退斜谷

徐晃不聽王平意見，渡漢水紮營搦戰，黃忠、趙雲使其疲而退時分兵擊之，大敗，晃責王平，平降玄德。

操親奪漢水寨柵，孔明使趙雲用虛張聲勢之計，操兵三夜不眠，退三十里。

玄德渡漢水背水下寨，操下戰書，備兵敗，棄衣物而走，操疑方欲退回，蜀兵大殺之，敗回南鄭，魏延張飛已先得南鄭，操心驚，望陽平關而走。玄德問孔明操敗何速？孔明謂操多疑，亮以疑兵勝之。

張飛於去陽平關路上用矛刺中許褚肩膀，大敗操兵，盡奪糧草車輛。

操親領兵戰，備兵大敗操兵，操棄陽平關而逃。到斜谷界口，遇次子曹彰。又回斜谷與備戰，混戰一場，操於斜谷界口紮住。

操欲進被馬超拒守，欲退又怕蜀兵追，猶疑不決，庖官進雞湯，裏有雞肋，操謂夏侯淳夜間口號為「雞肋」，行軍主簿楊脩知之，謂操要回，因雞肋食之無肉，棄之有味，猶今之進不能勝，退恐人笑也。操見其亂軍心，斬首之，次日進兵大敗，操被魏延一箭射中人中，掉門牙兩顆。遂班師回京兆。

第七十三回　玄德進位漢中王　雲長攻拔襄陽郡

操棄漢中而走，玄德安民已定，大賞三軍，人心大悅。

諸葛引法正等人欲尊玄德爲帝，「名正言順，以討國賊。」玄德言己爲臣子，若爲此事，是反漢矣。孔明言眾人舍生忘死以求功名，若不爲此，恐失人望。玄德不從。孔明建議今有荊襄兩川之地，可暫爲漢中王。玄德以沒有天子明詔，是僭；孔明以今宜從權推之，玄德應允。遂於建安二十四年秋七月，築壇於沔陽，進位漢中王。

操怒欲伐，司馬懿建議齎書往說孫權，使攻荊州，備必拒之，操可乘虛而滅備。操從之，使滿寵爲使，權一面打發滿寵回，一面使諸葛瑾爲己子求婚關女，雲長勃然大怒，言「吾虎女安肯嫁犬子乎！」吳侯遂與操共取荊州。

玄德派使見雲長，雲長見封黃忠爲五虎將，乃怒曰「黃忠何等人，敢與吾同列？大丈夫終不與老卒爲伍！」不肯受印，費詩以理解之，雲長大悟。

先鋒傅士仁糜芳飲酒失火，受關之責。關公與曹仁戰，大敗之，雲長得襄陽，曹仁退樊城。關至樊城，曹仁書至長安求救兵。

第七十四回　龐令明抬櫬決死戰　關雲長放水淹七軍

操令于禁解樊城之危，龐德爲先鋒，領軍將校董衡言龐德與西蜀有聯繫，不宜作先鋒，操欲納下其先鋒印，龐德免冠頓首，流血滿面，操言德不負孤，孤亦不負卿。

龐德造一櫬，抬赴樊城，與妻子生離死別，以表破關公之決心。

關平出戰不分勝負。關公與德戰百餘合不分勝負，于禁勸龐德退，德不允。關公與德又戰，德使拖刀計，一箭射中關公左臂，德欲趕，于禁怕其成大功，鳴金收兵。于禁移七軍於樊城北下寨。

魏兵屯於罾口川，關公於秋雨連綿之夜放襄江水淹魏七軍，于禁投降，龐德被周倉撞翻小船，落水被擒。公押于禁赴荊州，斬龐德。

水繞樊城，曹仁欲回軍，滿寵諫勸而止；水落，關公來戰，曹仁教放箭，關公右臂正中落馬。

第七十五回　關雲長刮骨療毒　呂子明白衣渡江

關平等勸公回荊州治傷，關公只要取樊城。

華佗（沛國譙郡人）專程駕小船爲公醫臂，公飲酒食肉，與馬良奕棋，華佗刮骨有聲，公全無懼色。

操懼關公，意欲遷都，司馬懿勸諫連合東吳，夾攻關公，操從其計。

權欲取荊州，陸口守將呂蒙從陸遜計，薦陸遜守陸口，遜具禮至樊城，書言卑謹，關公大笑，無憂東吳，——此陸遜故慢其心耳。

呂蒙被拜大都督，兵穿白衣作商人渡潯陽江，盡捉烽火臺軍士，不知不覺襲了荊州，呂蒙請令軍中「如有妄殺一人，妄取民間一物者，定依軍法。」原住官吏，並依舊職。蒙一同人取民間箬笠蓋鎧甲，蒙斬之示眾，「自是三軍鎮肅。」

權至，放于禁歸操，虞翻又去公安說傅士仁來降，派傅士仁去南郡說糜芳來降。

第七十六回　徐公明大戰沔水　關雲長敗走麥城

糜芳不願降，適逢關公派使催糧，又值呂蒙兵臨城下，糜芳乃降。

徐晃出兵，大敗關平、廖化、關公。關公差人往成都求救，一面攻打荊州。

呂蒙於荊州以禮相待關兵家屬，關兵無戰心。比及交戰，荊州上人呼兄喚弟，關兵皆應聲而去。關公被關平、廖化從重圍中救出，屯紮麥城。

廖化至上庸向劉封、孟達求救，二人不救。

諸葛瑾往說關公投降，公言「玉可碎而不可改其白，竹可焚而不可毀其節；身雖殞，名可垂於竹帛也。」

第七十七回　玉泉山關公顯聖　洛陽城曹操感神

公欲棄麥城投西川，王甫勸從大路走，小路有埋伏，關公不聽，「雖有埋伏，吾何懼哉！」出麥城北門，於路遇伏兵，於決石被潘璋部將馬忠所獲。

權欲使降，主簿左咸以操公鑒之，權乃令斬關公、關平。麥城守將王甫、周倉亦亡。

關公於當陽縣玉泉山顯聖。

權得荊州之地，大贊呂蒙（子明），關公借呂蒙之屍大罵孫權，蒙死。

權怕備攻，送關公首級與操，欲嫁禍於操，操從司馬懿之計，厚葬關公於洛陽南門，贈為荊王。使備恨權，兩相爭鬥，操於中取利。

玄德聽說關公亡，昏絕於地。

第七十八回　治風疾神醫身死　傳遺命奸雄數終

孔明言關公「平日剛而自矜，故今日有此禍。」勸備保重，備要提兵與弟報仇。

孔明勸曰：「不可。方今吳欲令我伐魏，魏亦欲令我伐吳；各懷譎計，伺隙而乘。王上只宜按兵不動。且與關公發喪。待魏吳不合，乘時而伐之。」

操欲造建始殿，砍躍龍潭前躍龍祠旁一梨樹，砍不下。梨樹之神乃砍夢中之操，操驚醒後頭疼。

華歆薦華佗，操令赴金城求之，佗欲動手術，操疑殺己與關公報仇，下佗於獄，佗傳青囊書於獄卒「吳押獄」，吳妻燒之，剩一兩頁，止閹雞豬等。

權與操書，勸其「早正大位，遣將剿滅劉備，掃平兩川，臣即率群下納土歸降矣。」

操視畢大笑，出示群臣曰：「是兒欲使吾居爐火上耶！」侍中陳群等奏曰：「殿下宜應天順人，早正大位。」操笑曰：「吾名爵已極，何敢更有他望？苟天命在孤，孤為周文王矣。」司馬懿諫封孫權官爵，令拒備，操從之。

操死，立其子曹丕為繼。時建安二十五年春正月，六十六歲。

第七十九回　兄逼弟曹植賦詩　姪陷叔劉封伏法

彰將軍馬盡交與曹丕，回鄢陵自守。

曹丕改建安二十五年為延康元年。丕鄙于禁為人，令人畫關公水淹七軍事於牆上，于禁見而羞死。

丕問罪於臨淄侯植和蕭懷侯熊，熊懼罪死，許褚縛植至鄴郡，其母卞氏為之說情，丕試植詩才，植賦之二首，丕貶植為安鄉侯。

玄德聽廖化言，從孔明計，欲分劉封、孟達而除之。孟達投魏，劉封討之，劉封敗，回成都見漢中王，王斬之。

第八十回　曹丕廢帝篡炎劉　漢王正位續大統

華歆等百官見獻帝，要其讓位於丕，帝不從。

華歆屬詞相逼，曹洪、曹休用劍相逼，帝只得降詔禪讓，丕喜欲受，司馬懿諫教謙讓，以絕天下人之口，丕從之，帝又降詔，丕又不從，華歆讓築「受禪臺」，帝從之，丕登帝位。改延康元年為黃初元年。國號大魏。諡父操

爲太祖武皇帝。自許昌幸洛陽。

孔明等欲立玄德爲帝，玄德兩辭，言不爲篡逆之事，孔明設計託病不出，玄德問病，亮言不爲帝則眾將散，眾散則魏、吳至。玄德從之，百官從屏風後出，遂應爲帝。

備即帝位，欲起傾國之兵伐吳，趙雲出諫不可。

第八十一回　急兄仇張飛遇害　雪弟恨先主興兵

趙雲謂先主「若捨魏以伐吳，兵勢一交，豈能驟解。」又言「漢賊之仇，公也；兄弟之仇，私也。願以天下爲重。」先主云「朕不爲弟報仇，雖有萬里江山，何足爲貴？」先主不聽勸諫，起兵伐吳。

張飛急於報仇，往成都而來，時先主見孔明等苦諫，心稍回；飛至大哭，言爲公報仇，先主遂起討吳之心。秦宓諫，先主囚之；諸葛上表救秦宓，先主擲表於地，發兵七十五萬伐吳。

張飛回閬中，要部將三日內制白旗白甲，三軍掛孝伐吳，末將范疆、張達因言期短而受鞭，滿口吐血，二人商議於飛睡時刺其腹割其首獻束吳。

張苞、關興至，先主又哭。遣吳班爲先鋒，關興張苞護駕。

孫權使諸葛謹說劉備與束吳和好共討曹丕。

第八十二回　孫權降魏受九錫　先主征吳賞六軍

先主起大軍至夔州，駕屯白帝城。

諸葛謹謂先主棄魏伐吳是「捨大義而就小義」，「棄重而取輕」。先主不聽，謹回江南。

孫權差中大夫趙咨見魏帝丕。

丕欲坐觀虎鬥，封孫權爲吳王，加九錫。

劉備兵勢如破竹，大敗吳兵，先主從巫峽建平起，直接彝陵界分，七百餘里，結連四十餘寨。

黃忠聽先主說老者無用，私自引五六人出戰，先主令關興、張苞相助。

第八十三回　戰猇亭先主得仇人　守江口書生拜大將

黃忠一戰斬武將史蹟，二戰中敵埋伏，中箭回營身亡，年七十五歲。

先主大戰猇亭，關興於山中斬殺父之賊潘璋首級而歸。

糜芳、傅士仁怕被荊州兵殺，殺馬忠見先主，先主親剮其肉，以祭關公。

孫權將飛首級並范疆、張達一同送往猇亭，許還荊州與孫夫人，永結盟好，先主要「先滅吳，次滅魏」，只不聽諫。

闞澤薦陸遜爲將拒蜀兵，孫權築壇拜陸遜爲大都督。遜到猇亭，韓當、周泰等不服。

遜令諸將堅守勿戰，諸將謂怯。

先主自猇亭布列軍馬，直至川口，接連七百里。

馬良言謂吳主前襲荊州，皆出陸遜之詭計，先主怒欲擒之，以己老欺彼幼。罵陣，遜只堅守不出，先主無奈，移寨於山林樹木間避暑。馬良讓畫圖本請孔明閱，備先不肯，後許之。

第八十四回　陸遜營燒七百里　孔明巧布八陣圖

周泰等請戰，陸遜以前面山谷有伏兵不讓出擊。三日後，伏兵不得其便果出。陸遜等其兵疲意困，後發制人；吳主領兵接應；曹丕派兵將襲東吳。

孔明叫馬良速叫劉備改屯諸營。

陸遜先使淳于丹探了蜀兵虛實，夜來借東南風放火，劉備敗走，被趙雲救入白帝城。

陸遜追備，誤入八陣圖之死門，諸葛亮岳父黃承彥引之出生門。

陸遜懼魏襲吳，不敢深入西川。

第八十五回　劉先主遺詔託孤兒　諸葛亮安居平五路

黃權率江北之眾降丕，劉備不殺其家屬。黃權至魏聽人說備殺其親屬亦不信。

魏主不聽賈詡、劉曄之言，出三路兵伐吳，皆被擊敗。

先主把白帝城館驛改爲永安宮，染病不起，夢關張二弟招魂，遂請孔明、李嚴等星夜來永安宮。託孤於孔明，要其子以父事丞相。

孔明立劉禪爲帝。

丕欲趁備亡進兵伐之，賈詡相阻，司馬懿主張用五路大兵夾攻之。

孔明不出理事，多官三請不見，後主親往，孔明獨倚竹杖，在小池邊觀魚。後主問之，孔明言四路兵皆已退，唯東吳一路，未得舌辯之士往說之，

故思慮；又奏明後主，派鄧芝往結東吳，消除舊怨，共拒曹魏。

第八十六回　難張溫秦宓逞天辯　破曹丕徐盛用火攻

孫權從陸遜計，探得丕四路軍馬不勝，遂不起兵。

鄧芝不懼油煎，往說吳主決意與蜀通好。吳主派張溫同鄧芝赴蜀以達己意。

孔明向後主陳述自己的戰略計劃曰：「吳若通好，魏必不敢加兵於蜀矣。吳、魏寧靖，臣當征南，平定蠻方，然後圖魏。魏削則東吳亦不能久存，可以復一統之基業也。」

張溫至蜀甚傲，秦宓席間難之，溫不能對，亮恐其羞，以善言解之。孔明又令鄧芝與張溫同去吳答禮。

權問鄧芝吳蜀二國同心伐魏，天下太平，二主分治，豈不樂乎。芝對曰：「天無二日，民無二主，如滅魏之後，未識天命所歸何人？但為君者，各修其德；為臣者，各盡其忠；則戰爭方息耳。」權稱之誠款。

吳、蜀通好。

丕伐吳，司馬懿出其意。丕封之為尚書僕射，留許昌處理國政大事。

丕親伐吳，大敗而回。孔明欲南征。

第八十七回　征南寇丞相大興師　抗天兵蠻王初受執

孔明在成都，「事無大小，皆親自從公決斷。兩川之民，忻樂太平，夜不閉戶，路不拾遺。又幸連年大熟，老幼鼓腹謳歌，凡遇差役，爭先早辦；因此軍需器械應用之物，無不完備；米滿倉廒。財盈府庫。」

孔明欲南征，後主先不讓，後經孔明說服之，諫議大夫王連再三苦勸，孔明堅意要行。中途，關公三子關索相投。

孔明使反間計，破蠻兵三路。

馬良亡，弟馬謖至帳前報喪，孔明問之討蠻之計，馬謖言以攻心為上，攻城為下；心戰為上，兵戰為下。

孔明用激將法使魏延、趙雲深入蠻地，戰敗孟獲三洞元帥。

孟獲親自出戰，被魏延活捉。孔明盡釋其將士，也將蠻王孟獲釋放，待來日再決雌雄。

第八十八回　渡瀘水再縛番王　識詐降三擒孟獲

　　孟獲於瀘水南岸皆築土城，深溝高壘，為萬全之計。

　　孔明差來送解暑藥並糧的馬岱引三千軍去瀘河下流一百五十里水漫處沙口渡河截糧，軍士半渡而死，問土人，方知炎天毒聚瀘水，半夜水冷毒散方渡無事，馬岱於夾山谷奪了蠻糧。

　　原被孔明放回之二洞主擒孟獲見孔明。獲不服，孔明送其到瀘水邊而歸。

　　孟獲殺縛己之降將；教弟孟憂詐降進寶於諸葛，以裏應外合，孔明用藥麻翻孟憂，孟獲撲了個空，又吃敗仗，下至瀘水中船，被扮作蠻兵的馬岱所捉。

　　孟獲不服，孔明放回，時孔明各路軍馬已渡瀘水深入巢穴，奪其險要。孔明謂眾將三擒三縱，「誠欲服其心，不欲滅其類也」，並說「皆賴妝等之力，共成功業耳。」諸將聽了盡皆喜悅。

第八十九回　武鄉侯四番用計　南蠻王五次遭擒

　　孔明於多洱河畔設寨，孟獲引兵叫罵，孔明叫諸將堅守不出，避其盛焰，待其疲乏，乃設計四擒孟獲。

　　孟獲四次被放，與弟孟憂投禿龍洞洞主朵思大王，欲以有毒之四泉（啞泉、滅泉、黑泉、柔泉）敗蜀兵。

　　孔明向一老人打聽得解四泉的辦法，於萬安溪遇孟獲之兄孟節，為軍士解毒。又掘地二十餘丈禱神得水。

　　蠻二十一洞主楊鋒與孟獲飲酒時擒之獻孔明。

　　孔明五縱其去。

第九十回　驅巨善六破蠻兵　燒藤甲七擒孟獲

　　孟獲逃回銀坑洞，孔明領兵至該洞之三江城，軍士壘土越牆得城。獲妻祝融氏擒蜀二將而歸。孔明用計擒祝融夫人換回二將。

　　木鹿大王驅巨獸敗趙雲、魏延，孔明以驅巨獸敗之，佔了銀坑洞。

　　孟獲詐降欲擒孔明，孔明識破後一齊拿了，六縱孟獲而去。孟獲許以七擒方服。

　　孟獲投烏戈國，來見兀突骨，兀突骨起三萬藤甲兵為之報仇，屯兵桃花

渡口。

孔明讓魏延連敗十五陣，棄寨七個，蠻兵愈驕，魏延誘兀突骨之藤甲兵至盤蛇谷中，燒死藤甲兵。蜀兵作蠻兵誘孟獲至盤蛇谷，大敗之，孟獲被馬岱生擒活捉。

孟獲拜服，孔明不予蠻地留人留兵，讓其自治，蠻誓不再反。

孔明班師回蜀，至瀘水而不能過。

第九十一回　祭瀘水漢相班師　伐中原武侯上表

孔明祭瀘水班師回成都。

曹丕崩，曹叡立。司馬懿被封為驃騎大將軍，上表乞守西涼等處，叡許之，遂封懿提督雍、涼等處兵馬。

孔明驚曰「司馬懿深有謀略，今督雍、涼兵馬，倘訓練成時，必為蜀中之大患。」欲起兵征之，參軍馬謖建議使計言司馬懿反，叡必殺之。亮從之。

鄴城門上貼懿欲反之布告，叡知大驚。華歆等言應盡早除之；曹真曰不可，若疑，可仿漢高偽遊雲夢之計，御駕幸安邑，觀懿動靜而後擒之。

懿知之，慌為己辨，叡從華歆計，將懿削職回鄉。

孔明上出師表，欲伐魏。譙周諫阻不聽，趙雲請為先鋒，孔明辭後主百官，率軍望漢中進發。

夏侯淵之子夏侯楙請為出戰，叡封為大都督，司徒王朗諫此人年幼不可付以大任，楙罵朗欲通諸葛為內應。朗不敢言，楙率兵二十餘萬星夜到長安。

第九十二回　趙子龍力斬五將　諸葛亮智取三城

魏延進長驅直入之計，孔明不用。欲從隴右取平坦大路，依法進兵，何憂不勝。

趙雲殺西涼大將韓德三子，擒一子，韓德敗回。

趙雲又於鳳鳴山刺死韓德。趙雲中計被圍幾死，張苞、關興殺透重圍救之，乘勢大敗魏軍，楙退入南安郡，趙雲等連日攻打不下。

諸葛亮用計取南安郡和安定郡，擒夏侯楙。

天水郡太守馬遵欲起兵救南安，部下姜維言中孔明之計，馬遵遂悟。

第九十三回　姜伯約歸降孔明　武鄉侯罵死王朗

姜雄破孔明計並使趙雲中計。孔明親往天水城下，半夜被姜雄殺敗，孔明稱姜雄爲將才。

孔明設計得姜雄，得天水、上邽、冀城。前出祁山，兵臨渭水。

曹叡命曹眞爲大都督，與蜀戰。軍師王朗與孔明對陣而罵，王朗被罵得氣滿胸膛，大叫一聲，撞死馬下。

孔明將計就計，殺敗曹眞、郭淮。（郭淮以爲蜀兵劫寨，欲乘虛劫蜀寨，孔明將計就計，大獲全勝。）

第九十四回　諸葛亮乘雪破羌兵　司馬懿剋日擒孟達

郭淮謂曹眞與羌結連，使襲蜀兵之後，首尾夾攻。

西羌國王徹裏吉派雅丹丞相和越吉元帥領兵直扣西平關。

羌兵鐵車如潮湧走蜀兵，關興被圍在垓心不得脫，後張苞往來救之。

孔明乘天降大雪，設坑塹，誘羌鐵車兵陷入，大敗之，關興斬越吉，馬岱活捉雅丹丞相，孔明釋放之。

曹眞兩路先鋒被趙雲、魏延所斬，申朝乞援。華歆要曹叡親征；太傅鍾繇保舉司馬懿，曹叡亦悔當初罷其歸田里之事，此時便復司馬懿官職，加爲平西都督，使由宛城赴長安。

昔降曹丕之孟達欲舉金城、新城、上庸三處歸降孔明，又聞曹叡復用司馬懿，孔明大驚，修書讓孟達防之。孟達不以司馬爲然，孔明料孟達必死司馬之手。

司馬懿得孟達造反信，不奏朝廷，先予徵除，後見曹叡，睿賜金鉞斧一對，司馬舉張部爲先鋒，往破蜀兵。

第九十五回　馬謖拒諫失街亭　武侯彈琴退仲達

司馬懿知亮平生謹愼，「若是吾用兵，先從子午谷徑取長安，早得多時矣。他非無謀，但怕有失，不肯弄險。」懿意欲取漢中之咽喉街亭、列柳城。懿謂「諸葛亮不比孟達，將軍爲先鋒，不可輕進。……若是怠忽，必中諸葛亮之計。」

馬謖自告奮勇守街亭，孔明怕彼有失，派王平助之。

　　孔明又令高翔守列柳城，魏延守街亭後，趙雲、鄧芝出箕谷以爲疑兵，自統大軍，姜雄爲先鋒，兵出斜谷。

　　馬謖要於山上林木深處下寨，王平諫在五路總口下寨，馬謖不聽，王平令五千兵自下寨，畫圖本報孔明。

　　懿領兵圍山，謖下山而逃，蜀將魏延、王平、高翔奪街亭不得，望陽平關來。

　　懿先於郭淮而得列柳城，後出兵箕谷。

　　孔明見失街亭、列柳城，安排退兵之計。此次征進使開始走卜坡路。

　　司馬懿引兵襲西城，諸葛亮只好演空城計。懿怕中計而退兵。亮曰「吾非弄險，蓋因不得已而用之。」遂離西城往漢中而走。懿兵又在退中爲張苞、關興所截殺。懿回街亭。曹眞追孔明回軍，遭姜雄、馬岱廝殺而敗退。蜀軍回漢中。

　　趙雲於退軍中殺魏二追來之將。

　　懿知空城計後，仰天歎曰：「吾不如孔明也！」回長安奏睿夕兵收川。

第九十六回　孔明揮淚斬馬謖　周魴斷髮賺曹休

　　尚書孫資建議曹叡分兵守險要，養精蓄銳，以圖吳、蜀，曹叡駕回洛陽。

　　趙雲不少一將一卒而歸，孔明賞賜，雲不受，亮欽之。

　　孔明揮淚斬馬謖。參軍蔣琬自成都至勸之無效。

　　孔明上表後主，自求貶丞相之職。費禕齎詔至漢中，孔明讓諸將「勤攻吾之闕，責吾之短。」並在漢中勵兵講武，以爲後圖。

　　司馬懿識破諸葛亮欲效韓信暗度陳倉之計，薦郝昭守陳倉。

　　又吳潘陽太守周魴願降魏，乞兵征伐，司馬懿領兵助曹休南下。

　　吳將陸遜出抵魏軍。

　　曹休言周魴詐降，周魴欲自刎，休阻之，魴割髮以表忠心，休不疑。賈逵揭之，曹休削其兵權。魴賺休入石亭，大敗之。

　　陸遜讓吳主寫信入川，叫諸葛亮再度攻魏。

第九十七回　討魏國武侯再上表　破曹兵姜維詐獻書

　　曹休死，懿還。

諸葛亮欲進兵，趙雲病亡。後主葬之成都錦屏山之東，立廟享祭。

亮使陳倉口城守將郝昭同鄉（隴西人）靳祥兩番說郝來降，郝斷然拒絕。

孔明用雲梯攻城，大敗；孔明又用衝車攻城，又敗；孔明又掘暗道欲入城，又被掘重壕橫截之，攻城不下。又王雙救兵到，連斬蜀二將，傷一將，孔明向姜雄求計，姜雄讓襲祁山。

姜雄詐降曹真，費耀恐詐，替真出征，果然中計自刎。蜀兵二至祁山。

第九十八回　追漢軍王雙受誅　襲陳倉武侯取勝

司馬懿對蜀軍的策略，蜀兵運糧艱難，利在急戰；魏兵則宜久守，不予出戰；待蜀兵退，擊之可勝。追趕之時，大要仔細。郭淮謂「久後能御蜀兵者，必仲達也。」認爲司馬之言「深識諸葛亮之法。」

魏將孫禮裝作魏用糧兵車，孔明料其欲以火攻，便將計就計，也用火燒其車，大敗魏軍。

孔明安排退軍之計，因兵無糧，魏兵又不出戰，怕其以輕騎襲己糧道，要歸不能。

張郃來聽曹真調用，言司馬說「吾軍勝，蜀兵必不便去；若吾軍敗，蜀兵必即去矣！」真派人打聽，蜀兵已去二日。

魏延受諸葛密計，斬追兵王雙。

吳孫權稱帝。並派人到西蜀通盟好。後主聽孔明言，齎禮作賀，請陸遜出兵伐魏。吳主大喜，陸遜言既與同盟，不得不從，遂虛張聲勢以伐魏，待諸葛亮伐魏急時可圖中原。

孔明出漢中，知陳倉守將郝昭病，乘勢襲之而得。孔明驅大兵三出祁山。魏帝封司馬懿爲大都督抗蜀。

第九十九回　諸葛亮大破魏兵　司馬懿入寇西蜀

司馬懿教郭淮、孫禮襲攻武都、陰平二郡之蜀兵，孔明識破司馬之計，得了二郡，伏兵要道，前後攻殺，魏兵大敗。郭、孫棄馬爬山逃回。

懿又使計，孔明識破，大敗張郃、戴陵。司馬懿驚歎諸葛眞神人也，傳令教軍盡回本寨。

費禕齎天子詔，復孔明丞相之職。

孔明步步爲營而退，張郃等追之，大敗而歸，懿責之爲只憑勇不憑智。

忽傳張苞死於成都，孔明大哭吐血，遂臥病不起，回漢中養病。

魏曹眞、司馬懿、劉曄出伐蜀，孔明知陰雨將至，只派一千兵守隘口，大兵以逸待勞，待其退時將大兵掩殺。

魏兵至陳倉城，雨大作。魏主召懿、曹眞回朝。

孔明不令追趕。

第一百回　漢兵劫寨破曹眞　武侯鬥陣辱仲達

孔明不追魏兵，四出祁山。

司馬懿引兵屯祁山之東的箕谷口，曹眞屯於祁山之西斜谷口。有將出怨言，懿斬之。

魏延、陳式不聽鄧芝傳孔明防魏伏兵、不可輕進的命令，領兵出箕谷，被魏兵殺敗。

曹眞不提備蜀兵，被蜀兵劫寨，司馬懿救之。

孔明斬陳式留魏延。又作書送曹眞，曹眞見書病重而亡。魏主催司馬懿出戰。

孔明與懿鬥陣，懿軍入陣大敗。

孔明杖責送糧官（因誤糧十日）苟安，苟安降魏，懿讓其回成都散佈流言說丞相有犯上稱帝之意，後主乃召孔明回成都，遂退兵回都。

司馬懿見孔明增竈法不敢追，至其知孔明不增兵只增竈後，蜀兵已回。

第一百零一回　出隴上諸葛妝神　奔劍閣張郃中計

孔明用減兵添竈法回成都，後主言心甚思慕而召回。孔明追殺散佈流言之宦官，追至苟安，已投魏而去。孔明復回漢中，從楊儀計，分兩班軍兵，輪流伐魏。

孔明至祁山，糧米不到，欲割隴上之麥，司馬懿引兵在此，其已予知。

孔明使「縮地」之法，魏軍追之不上。一時四面皆遇孔明坐四輪車至，懿疑爲神，奔回上邽，不出。孔明使人割盡隴上之麥送赴鹵城打曬去了。

郭淮獻計攻鹵城，孔明預先伏兵於麥田，淮、懿至，四面圍殺，魏兵大敗。淮又獻計調雍、涼諸郡人馬來，自己奇襲劍閣，截蜀兵歸路。

適兵換期將至，孔明讓兵啓程，兵感丞相之恩，願出迎敵，大敗雍、涼遠來疲憊之兵。

永安李嚴書至言東吳連魏伐蜀，孔明只好退兵，懿怕中計，不敢追趕。至知蜀兵退，方追。

孔明於劍閣木門道埋伏，張郃追至，被射死。

孔明回漢中，方知李嚴糧草未備，怕丞相責難，故妄寫信言吳入蜀，又在後主面前言丞相無故班師，孔明後主欲斬之，因其同是先主託孤之臣，遂謫爲庶人。

孔明養軍三年，又要伐魏，後主言「方今已成鼎足之勢，吳、魏不曾入寇，相父何不安享太平。」孔明言受先帝知遇之恩，夢寐以求克復中原。

譙周阻擋孔明出兵。

第一百零二回　司馬懿占北原渭橋　諸葛亮造木牛流馬

太史譙周以種種異兆爲由要丞相只宜謹守，不可妄動。孔明言「吾受先帝託孤之恩，當竭力討賊，豈可以虛妄之災氛，而廢國家大事耶！」遂設祭昭烈之廟，誓「六出祁山，竭力盡心，剿滅漢賊，恢復中原，鞠躬盡瘁，死而後已。」

孔明星夜至漢中，聞關興病亡，放聲大哭。歎「可憐忠義之人，天不予以壽。」引三十萬兵，姜維、魏延爲先鋒，分五路至祁山取齊。

司馬懿薦夏侯淵四子爲先鋒，行軍司馬。睿昭懿堅守渭濱，待蜀兵糧盡而退乃追而殲之。

懿又令郭淮、孫禮總督隴西兵馬，於北原下寨，深溝高壘，不予出戰，待機而動。

孔明虛攻北原，暗取渭濱。司馬懿識破而用兵，蜀兵大敗。亮使費禕發書孫權，出兵伐魏。

懿派鄭文詐降諸葛，諸葛令其斬秦朗，彼卻斬秦朗之弟秦明，孔明識破，教鄭文寫書要懿劫寨，秦朗爲先鋒劫寨被圍而死，懿爲後應敗回營中。

孔明在上方谷（葫蘆谷）作木牛流馬，往來劍閣與祁山之間，搬運糧草，以爲久計。司馬懿派人搶得兩三隻，依樣製造，成二千餘隻，往來奔走於隴西，搬運糧草。孔明派人劫魏運糧之木牛流馬而歸。

第一百零三回　上方谷司馬受困　五丈原諸葛禳星

吳主分三路領兵伐魏，敗，徐徐而退。

孔明令蜀兵與魏民相雜種田，以爲久計。魏延罵戰，懿只不出。孔明故使木牛流馬讓魏劫去，又教兵士多次被俘，言蜀兵無備。懿遂出戰，取上方谷，不想被圍谷中，四面地雷炸，火起，司馬懿抱二子大哭，忽大雨傾盆，火滅雷啞，懿父子三人逃回。作者歎道：

「谷口風狂烈焰飄，何期驟雨降青霄。武侯妙計如能就，安得山河屬晉朝」。

司馬懿堅守不出，聽說孔明兵屯五丈原，以手加額曰：「大魏皇帝洪福也。」

孔明以巾幗女衣並辱之書信送司馬懿，懿本怒，卻重待來使，聽使說孔明食少事煩，料不能久。

主簿楊顒諫孔明「親理細事，汗流終日，豈不勞乎！」

亮神思不寧，諸將未敢進兵。

魏將欲戰，懿請戰於曹叡，睿聽辛毗言發聖旨不叫出戰，懿以此安己軍心。

費褘至，言吳兵無功而退，孔明聽罷，昏倒於地。

諸葛禳星，魏延闖入將主燈撲滅，報魏兵至。孔明棄劍歎曰：死生有命，不可得而禳也。

第一百零四回　隕大星漢丞相歸天　見木像魏都督喪膽

姜維欲斬魏延，孔明令魏延出戰，魏兵退。

孔明授己書於姜維。孔明強支病體，令左右扶上小車，出寨遍觀各營；自覺秋風吹面，徹骨生寒，乃長歎曰：「再不能臨陣討賊矣！悠悠蒼天，曷此其極！」

孔明於建興十二年秋八月二十三日身故，年54歲。姜維、楊儀不敢舉哀，安置龕中。

魏延不服楊儀，且口出不遜之言，埋怨孔明當初不聽他「循秦嶺以東，當子午谷而投北，可到長安」的建議。

司馬懿追蜀兵，蜀將姜維推木人孔明山，懿嚇退。

第一百零五回　武侯預伏錦囊計　魏主拆取承露盤

魏延背反，先入漢中，燒絕棧道，攔楊儀歸路，二人連續奏後主，各言彼反。後主知魏延反，派董允假節釋勸，用好言撫慰。

馬岱假助魏延取西川，延喜。與姜維戰，楊儀拆視丞相錦囊妙計，與延對陣，激延喊「誰敢殺我」，馬岱遂殺之。

後主按孔明遺囑，葬之定軍山。建廟沔陽。

吳主增兵巴丘，後主派宗予報喪探虛實，吳主折金鈚箭，設誓「朕若負盟，子孫絕滅。」

楊儀不服蔣琬，後主罷為庶人，羞愧自刎。

曹叡大興土木，建造宮殿。「民力疲困，怨聲不絕。」司徒董允上表切諫被罷為庶人；太子舍人張茂上表切諫受誅；又欲長生不老，派馬鈞赴長安拆取柏梁臺上之銅人、承露盤，眾官上表諫諍，睿只不聽。

又寵郭夫人，疏毛皇后。

忽報遼東公孫淵造反，自號燕王。

第一百零六回　公孫淵兵敗死襄平　司馬懿詐病賺曹爽

睿派司馬懿伐公孫淵。淵敗，被殺。

睿亡，年三十六歲，以幼子曹芳（8歲）託於司馬懿。曹爽聽門人何宴之言，奏芳加懿為太傅，兵權盡歸曹爽。司馬懿推病不出。

爽使荊州刺史李勝以辭仲達為名探其虛實，仲達故作老之將死之態，李勝告曹爽、爽喜。

司馬懿乘曹爽和曹芳出城謁高平陵之際，率二子欲謀爽。

第一百零七回　魏主政歸司馬氏　姜維兵敗牛頭山

司馬懿奪曹爽之兵權，並斬之。

曹芳封懿為丞相，加九錫。

夏侯霸造反，敗於郭淮與陳泰，投漢中降姜維。

姜維回成都奏明後主，以霸為嚮導官，伐魏。先將已敗，維聽霸之計，往牛頭山抄雍州之後，郭淮引一軍取洮水斷了姜維糧道，維敗奔陽平關來，遇司馬師憑勇猛而戰敗之。師欲奪關，姜維用武侯臨終時所遺「連弩」之法，一弩發十矢而敗師。

第一百零八回　丁奉雪中奮短兵　孫峻席間施密計

姜維領敗兵回漢中。

司馬懿病逝。次子司馬昭趁東吳孫權新亡南征東吳。東吳諸葛恪（kè）派丁奉往戰，於雪中持刀在魏營衝突，大敗魏兵。諸葛恪一方面發書求姜維進兵攻魏，一面驅兵至新城，圍之攻打，城中守將用緩兵之計哄退吳兵，恪額中箭，敗回東吳。

孫峻與吳主孫亮請諸葛恪赴宴，峻就席間殺之，權歸孫峻。

蜀姜維得諸葛恪書，奏明後主，發兵伐魏。

第一百零九回　困司馬漢將奇謀　廢曹芳魏家果報

姜維在董亭與徐質交兵大敗。姜維造木牛流馬運糧誘魏兵劫奪，就中圍殺了徐質，又於鐵籠山困住司馬昭，郭淮使人詐降來攻魏之羌兵，誘之入寨而殲之，令降將去鐵籠山解圍，姜維不知是計，被其殺敗。於路用郭淮射來之箭射死郭淮，敗回漢中。

魏國太長史夏侯玄，中書令李豐，光祿大夫張緝持芳書欲圖司馬師、司馬昭，不想被師所殺，師挾太后廢芳立曹髦（音 máo）為帝。

第一百一十回　文鴦單騎退雄兵　姜維背水破大敵

揚州都督毌丘儉與刺史文欽商量討伐司馬師廢主之事，文欽子文鴦於魏營中左衝右突，司馬師眼珠迸出。文鴦又在退兵時幾次隻身返入魏數百追將群中，打殺多人。文欽趕到已遲，遂投東吳孫峻而去。

毌丘儉兵敗入慎縣，縣令宋白設宴，趁其醉殺之，將頭獻於魏兵，淮南平定。

司馬師回許昌，目痛不止，付印授於弟司馬昭，眼珠迸出而亡。昭不遵君令，屯兵洛水之南。從此中外大小事情皆歸於昭。

蜀將姜維趁魏內亂興師伐之，於洮水背水一戰大破魏兵。又勒兵取狄道城，被鄧艾設計殺敗，退兵漢中。退屯鍾提。

第一百一十一回　鄧士載智敗姜伯約　諸葛誕義討司馬昭

姜維又出師伐魏，被鄧艾打敗。上表自貶其職。

魏諸葛誕送子質於吳，與吳會合，共同討伐司馬昭。

第一百一十二回　救壽春於詮死節　取長城伯約鏖兵

諸葛誕戰敗而亡；吳將降魏者多，敗兵放回。

姜維又欲伐魏，中散大夫譙周歎曰：「近來朝廷溺於酒色，信任中貴黃皓，不理國事，只圖歡樂；伯約累欲征伐，不恤軍士；國將危矣！」乃作仇國論一篇，寄於姜維，裏言「多慢則生亂，思善則生治」，姜維不聽。

姜維先大勝，圍長城，後鄧氏父子至，堅不出戰，以等關中兵到，三面夾擊，又傳東吳兵敗，諸葛誕被殺，姜維只得退兵。

姜維五度伐魏不成。

第一百一十三回　丁奉定計斬孫綝　姜維鬥陣破鄧艾

東吳孫綝廢孫亮而立孫休。休封孫綝爲丞相，荊州牧。

吳主孫休與老將丁奉合謀於群臣赴宴時，殺死孫綝。

蜀後主派人作賀，吳主派人還禮。吳使薛珝謂吳主曰：「近日中常侍黃皓用事，公卿多阿附之。入其朝，不聞直言；經其野，民有菜色。所謂『燕雀處堂，不知大廈之將焚』者也。」

姜維六次伐魏，於祁山安寨；與鄧艾鬥陣，趁鄧艾與己八陣相圍時，變作『長蛇卷地陣』，將艾圍在垓心。被司馬望救出，退於渭水下寨。二次鬥陣，鄧艾欲從後刺殺，卻被姜維識破而大敗之。

司馬望與鄧艾派襄陽黨均接連中常侍黃皓散佈流言，姜維怨上投魏，後主乃召姜維回。

第一百一十四回　曹髦驅車死南闕　姜維棄糧勝魏兵

姜維在後主面前揭穿其聽信小人之言，中人反間之計，後主乃令姜維再回漢中，伺機伐魏。

司馬昭與賈充合謀篡位。曹髦領三百餘人望雲龍門而來，欲殺昭。賈充戎服乘馬，命成濟刺死曹髦於輦前。司馬昭爲掩耳目，將成濟誅滅三族。

賈充叫司馬昭稱帝，昭欲效周文王三分天下有其二還服事殷，被稱爲至德之事，留意於其子司馬炎。賈充遂不勸。昭立曹璜爲帝，璜改名奐，封昭

爲相國，晉公。

姜維以昭弑君之名出師伐魏，此七伐中原也。分三路出祁山。

魏方參軍王瓘詐降姜維，約鄧艾裏應外合，維假信之，命運糧草，偷換王瓘與鄧艾書，使鄧艾中計而敗，艾雜於軍中而逃；王瓘被追，往漢中，姜維趕之，投黑龍江死。

姜維回漢中，八議討伐中原。

第一百一十五回　詔班師後主信讒　託屯田姜維避禍

姜維奏後主，譙周諫曰不宜伐魏，後主不聽。

維徵求廖化意見，化認爲「連年征伐，軍民不寧；兼魏有鄧艾，足智多謀，非等閒之輩：將軍強欲行難爲之事，此化所以不敢專也。」維怒云「昔丞相六出祁山，亦爲國也。吾今八次伐魏，豈爲一己之私哉？」遂留廖化守漢中，自領兵三十萬徑取洮陽。

鄧艾使計，夏侯霸先鋒引兵入城被箭射死城下。鄧艾又引兵自侯河城內領軍殺入蜀寨，蜀兵亂，洮陽城之夏侯望趁機殺出，維大敗。

張翼攻打祁山，姜維與鄧艾戰，鄧艾去救祁山，圍張翼，姜維到，救張翼，敗魏軍。

後主信黃皓讒言，一日三詔召姜維回成都，維當後主面請殺黃皓，後主反引皓拜姜維。秘書郎卻正要姜維去隴西沓中屯田避禍。

司馬昭趁蜀國腐敗，派鍾會伐蜀。

第一百一十六回　鍾會分兵漢中道　武侯顯聖定軍山

鍾會約鄧艾伐蜀，人謂滅蜀必矣，只不得還都。

後主聽信黃皓讒言，不准姜維出兵拒魏之奏，瞎信師婆虛妄之說，只在宮中飲宴歡樂。

定軍山武侯顯聖，鍾會前軍立一白旗，上書「保國安民」四字；所到之處，如妄殺一人者償命。於是漢中人民，盡皆出城拜迎。會一一撫慰，秋毫無犯。

姜維等眾將大敗，奔劍閣。

鍾會與鄧艾互不服氣。鄧艾偷度。

第一百一十七回　鄧士載偷度陰平　諸葛瞻戰死綿竹

鍾會與鄧艾不和，鄧艾偷度陰平，摩天嶺，欲取成都，大於鍾會取漢中之功。兵到江油，守將馬邈降鄧艾，其妻忠義自縊身死。兵至涪城，涪城軍民俱降。

諸葛瞻，其母黃氏。黃承彥之女，母貌甚陋，而有奇才：上通天文，下察地理；凡韜略遁甲諸書，無所不曉。武侯在南陽時，聞其賢，求以爲室。武侯之學，夫人多所讚助焉。

後主從郤正之言，召諸葛瞻，付與成都兵七萬，使拒魏兵。瞻子尚爲先鋒。

諸葛瞻、尚父子俱戰死綿竹。

第一百一十八回　哭祖廟一王死孝　入西川二士爭功

光祿大夫譙周建議降魏，後主五子劉諶不願降魏。後主讓推出宮門。令譙周作降書至雒城請降。鄧艾重待降使。後主來日出降；劉諶聞帝降，欲死見先帝，其妻崔夫人先死，諶割其頭並三子頭至昭烈廟中，大哭，眼出血，自刎。

後主率太子諸王，及群臣六十餘人，面縛輿櫬，出北門十里而降。

姜維聞後主降，大驚，設計假降鍾會，間其與鄧艾關係。

鄧艾奏昭封禪等事，昭疑艾反，封鍾會以監鄧艾，司馬昭假討鄧艾實防鍾會，與曹奐出師長安。

第一百一十九回　假投降巧計成虛話　再受禪依樣畫葫蘆

鍾會收鄧艾。與姜維謀反。軟監眾將官，姜維欲殺之，不幸被魏兵衝來，姜維心疼昏倒，會被箭射死。姜維自刎。鄧艾父子被田續斬之。

司馬昭封禪爲安樂公，後主拜謝，昭宴待，席間言不思蜀，郤正教之，後主背書而無淚，昭喜其誠實，不疑。

「追歡作樂笑顏開，不念危亡半點哀。快樂異鄉忘故國，方知後主是庸才。」

魏主曹奐封司馬昭爲晉王，昭立司馬炎爲世子。昭突然中風不語，以手指炎而死。眾封炎爲晉王，謚父爲文王。

炎以「吾與漢家報仇」爲由，效曹丕廢帝之事，奐捧傳國玉璽登壇授炎。

魏吞漢室晉吞曹，天運循環不可逃。

作者視晉爲漢也。

第一百二十回　薦杜預老將獻新謀　降孫皓三分歸一統

東吳孫休亡，立孫皓爲主。皓兇暴日甚，酷溺酒色。寵幸中常侍，殺規諫之臣。奢侈無度，公私匱乏。不聽勸諫，大興土木，作昭明宮。

吳主欲圖中原，令陸抗兵屯江口，以圖襄陽。

司馬炎派羊祜鎮守襄陽，祜在襄，「甚得軍民之心。吳人有降而欲去者，皆聽之。減戍邏之卒，用以墾田八百餘頃。其初到時，軍無百日之糧；及至末年，軍中有十年之積。」與陸抗同獵，不相犯。與陸抗互贈酒、藥。吳主因陸抗不出兵而以孫冀代領其軍。

吳主殺忠臣四十餘人。魏羊祜上表讓伐吳，炎不許，後悔之，祜死前薦杜預。祜亡，南州百姓，「罷市而哭」。立碑祭之。

張華、杜預上表請伐吳，晉主許之。

東吳孫皓聽幸臣中常侍岑昏之計，撥匠工於江邊造鐵索、鐵錐，以禦晉軍。晉軍勢如破竹，所向披靡，直至石頭城下，孫皓降。